Ludwig Ganghofer
Edelweißkönig

*

# Ludwig Ganghofer

# Edelweißkönig

*

## Hochlandroman

Vollständige Originalausgabe

Gesamtauflage 780000 Exemplare

## Droemer Knaur

Alle Rechte Droemersche Verlagsanstalt Th. Knaur Nachf.
München/Zürich
© 1919 by G. Grot'sche Verlagsbuchhandlung Berlin
Satz und Druck Süddeutsche Verlagsanstalt und Druckerei GmbH.
Ludwigsburg
Aufbindung Großbuchbinderei Sigloch Stuttgart/Künzelsau
Printed in Germany · 17 · 5 · 73
ISBN 3-426-08823-1

# 1

Von der Bergseite des Tales kam ein Jäger über die Wiesen her, deren junges Grün in der Nachmittagssonne einen Glanz wie Metall bekam. „Grüß dich Gott, Finkenjörg! Schaust dir dein' Hof an?" rief er einem Bauer zu, der, die Pfeife zwischen den Zähnen, am Zaun seines Gehöftes lehnte. „Aber hast schon recht! Da is auch was dran zum Schauen!"

Der Finkenhof mit dem zweistöckigen Wohnhaus, mit dem Gesindetrakt, dem Back- und Waschhause, mit der eigenen Schmiede, mit den Stallungen, Scheunen und Heustadeln und Holzschuppen bildete ein Dörfl inmitten des Dorfes. Ein brauner Staketenzaun mit breitem Gattertor und einer kleinen, zum Wohnhaus führenden Pforte schied das Gehöft von der Straße; ein gleicher Zaun umschloß auf der Rückseite des Hauses den Gemüsegarten, während graue Bretterplanken die hügeligen Wiesen von den Nachbarhöfen trennten. Höher und höher stiegen diese Planken hinauf, bis sie im Wald der Berge sich verloren, die mit zerrissenen Graten in weitem Bogen das Dorf umspannten. Weiß lag noch der Schnee auf allen Felskuppen, und wie mit bleichen Fingern griff er durch viele Schluchten hinunter ins Tal. Die Almen waren schon frei von Schnee, aber ihre Grashänge zeigten noch ein totes Gelb; die Lärchenbestände waren bereits von zartem Grün überhaucht, und auch die tiefer stehenden Fichten begannen schon jene hellere Färbung anzunehmen, die der frische Trieb des Frühjahrs den dunklen Nadelbäumen verleiht. Wo aber von den obersten Wiesen aus der Buchenwald in breiten Streifen sich einzwängte zwischen die Fichten, blickte durch das Gewirr der nackten Äste noch das rötliche Braun des Berggrundes, auf dem die Blätter des verwichenen Sommers moderten. Auch die Haselnußstauden, die den grauen Bretterzaun geleiteten, waren in der Nähe des Bergwaldes noch unbelaubt; je mehr sie dem Tal sich näherten, desto sichtlicher zeigte sich an ihnen die Kraft des Lenzes; in der Nähe des Finkenhofes waren sie schon übersät mit kleinen blaßgrünen Frühlingsherzen. An den Kastanienbäumen, die das Wohnhaus umringten, sproßte das Laub, und die jungen Blätter lispelten im lauen Wind. Dazu das Gurren der Tauben und das Glucksen der Hühner. Aus der Schmiede tönte Hammerschlag, und in der offenen Scheune klang, von einer kräftigen Mädchenstimme gesungen, die muntere Weise eines Liedes.

Der Tag wollte sinken. In zarter Bläue blickte der Himmel herunter durch die klare Luft, in die sich vom Dach des Finkenhofes der Rauch emporkräuselte mit langsamen Wirbeln. Zu diesem Hofe paßte der Bauer, ein Zweiundvierzigjähriger, dessen hohe, feste Gestalt den jüngeren Jäger um einen halben Kopf überragte. Er machte ein gutes Bild: in der schwarzledernen Bundhose mit den dunkelblauen Strümpfen, in der grünen Weste mit den kleinen Hirschhornknöpfen und in dem weißen Hemd mit den gebauschten Ärmeln. Auf breiten Schultern saß ein energischer Kopf mit klugen, lebhaften Augen; sie waren braun wie das Haar; ein kurzer Bart umkräuselte die Wangen; Kinn und Oberlippe waren rasiert, und man sah einen Mund, der ebenso freundlich reden wie streng befehlen konnte.

Neben diesem Bauer war der Jäger wie das Kind einer anderen Rasse. Seine Gestalt schien beweisen zu wollen, daß Knochen und Sehnen zur Bildung eines menschlichen Körpers völlig ausreichen. Die mit blanken Kappennägeln beschlagenen Schuhe, in denen die nackten Füße staken, mochten schwere Pfunde wiegen. Zwischen den grauen Wadenstutzen und der verwetzten Lederhose waren die braunen Kniescheiben bedeckt mit zahlreichen Narben. Die dicke Lodenjoppe stand wie ein Brett von den Hüften ab und krümmte sich nur widerwillig um die Schultern, die das Gewicht des bauchig angepackten Rucksackes und der Büchse nicht zu fühlen schienen. Schief über dem kurzgeschorenen Schwarzhaar saß ein mürber Filzhut, und über die schmale

Krempe nickte eine Spielhahnfeder gegen die Stirn, unter der die grauen Augen blitzten, verwegen und heiter. Scharf hob sich die gekrümmte Nase aus dem hagern, sonnverbrannten Gesicht, und unter dem aufgezwirbelten Schnauzer lachte aus dem Gestrüpp des schwarzen Vollbartes ein lustiger Mund heraus. Bei aller derben Kraft, die in diesem Mannsbild steckte, waren seine Bewegungen von einer lebhaften Geschmeidigkeit. Alles an ihm redete mit, während er schwatzte: „In der Fruh hab ich a bißl nach die Auerhahnen gschaut. Hoffentlich rührt sich noch einer, wann mein Herr Graf zum Hahnfalz kommt. Möcht nur wissen, warum er so lang ausbleibt! D' Hauserin im Schlößl droben kennt sich schon gar nimmer aus. Allweil sagt dös Gansl: ‚Paß auf, da stimmt ebbes net!'" Er sah zu dem kleinen Kastell hinauf, das von einer nahen Anhöhe mit seinen Türmchen und Erkern herwinkte. „Es wird schon a bißl spat für'n Falz. No, vielleicht kommt er morgen, der Graf. Da schießt er noch allweil seine sechs, acht Hahnen."

„Oho!" wehrte der Finkenbauer. „Ich saget gleich gar: a Dutzend."

„Net an einzigen laß ich abhandeln. Mein Jagderl steht da! Freilich, d' Füß sind mir schier wie Brezeln worden vor Laufen und Laufen, bis ich sauber gmacht hab mit die Lumpen. Jeder hat's lassen müssen. Grad an einzigen hab ich noch auf der Muck." Der Jäger überflog das Gehöft mit einem Blick, der den Bauer stutzig zu machen schien. „Mei' Rennerei allein hätt's freilich net ausgmacht. Er hat sich's a Trumm Geld kosten lassen für Winterfutter, Gangsteig und Jagdhütten, der alte Graf!"

„Unser Herrgott hab ihn selig! Jeds hat ihn gern ghabt. Und 's ganze Ort hat mittrauert, wie s' ihn aussitragen haben vor zwei Jahr, mit die Füß voraus. Is schad drum."

„Und der Junge, weißt, der schlagt ihm nach. A lieber, a feiner Mensch! Und seelengut! Was ich hab, dös hab ich von ihm, mein' Hund, mei' Gwehr, mei' Häusl, alles! Und a Jager! Durchs Feuer springet ich für mein' Grafen, und wann er's haben wollt, reißet ich dem Teufel d' Nasen aussi aus der höllischen Visasch."

„Gern is er allweil dagwesen bei uns im Hof, wie er noch a Bürscherl von zwölf, vierzehn Jahr gwesen is. Und gute Kameradschaft hat er ghalten mit mein Ferdl."

„Laßt sich der Ferdl bald wieder anschaun?"

„Die nächste Woch kommt er. Jetzt is er in der Münchnerstadt auf Übung als Unteroffizier. Die nächsten Täg wird er frei. Da hab ich ihm gschrieben, er soll a bißl bei uns einkehren, vor er wieder nach Bertlsgaden geht zu seiner Schnitzerei. Am liebsten hätt ich ihn ganz bei mir. Aber weißt ja, wie er is! Bei uns fehlt ihm d' Werkstatt, und hat er net 's Schnitzmesser in der Hand, nacher is ihm net wohl."

„Wahr is's! Wann er mit mir droben war am Berg, hat er allbot was aufklaubt vom Boden, a Wurzn oder a Trümml Holz, hat umanand bosselt mit sein Taschenfeitl, und kaum ich's versehen hab, hat er a Köpfl, a Manndl oder a Viecherl fertig ghabt. Ja, der Ferdl! Den hab ich gern!"

„Der is auch zum Gernhaben!" stimmte der Bauer mit einem Lächeln seines Bruderstolzes bei. „Haben kunnt er von mir, was er möcht. Oft schon hab ich dran denkt – bei uns wird's von Jahr zu Jahr besser mit die Sommerleut – und da laß ich ihm a saubers Häusl hinsetzen an d' Straßen. Da kunnt er a Werkstatt einrichten und an Laden auftun. Und wär daheim! Bei mir!"

„Du bist halt einer, Finkenbauer! Was Schöners kann's net geben auf der Welt, als wann Gschwisterleut so eisern zammhalten. Aber sag, was is denn mit der Schwester? Bei der Frau Gräfin in der Münchnerstadt wird s' a schöns Bleiben haben. Net? Und hinpassen tut s' an so a Platzl, d' Hanni? So a feinboanlets Frauenzimmerl! Ich hab mir s' oft gar net anreden traut in ihrem stadtischen Gwandl und mit ihrem Muttergottesgsichtl. Wie geht's ihr denn?"

Schweigend, mit ernsten Augen, sann der Bauer vor sich hin. Der Jäger schien keine Antwort zu erwarten. Sein spähender Blick hing an der nahen Scheune, und ein unruhiges Zucken ging um seine Lider. Nun hob er lauschend den Kopf, als möcht er die Worte des heiteren Gesanges verstehen, der aus der Scheune klang. „Is dös net d' Emmerenz? Die singt ja drauflos, als ob s' zahlt werden tät dafür!"

Wie ein Erwachender sah der Bauer auf. „Hätt gmeint, daß du der Enzi ihr Stimm soweit schon kennst, daß d' nimmer drum fragen mußt?"

„Hast gmeint?" Der Jäger machte die Augen klein. „No, weißt, von die paarmal her, wo ich d' Emmerenz im letzten Sommer gsehen hab auf der Alm, da kannst so a Weibsbilderpfeiferl leicht vergessen. Der Winter is lang. Aber wahr is's: a richtiger Vogel hat allweil sein Gsangl. Aufs Dudeln versteht sich d' Enzi!" Der Jäger guckte zum Himmel hinauf, als wäre vom Wetter die Rede. „Wirst auch sonst kein' Grund zum Klagen haben. Wenigstens hab ich d' Emmerenz noch nie net anders gsehn als mit rührige Händ, allweil bei der Arbeit."

„He, du, warum lobst denn dös Mädel so über'n Schellenkönig?"

„Gar net! Ich red halt, wie alles redt."

„Geh, tu net so fein!" Schmunzelnd tippte der Bauer mit der Pfeifenspitze über den Zaun hinüber. „Meinst, ich hab's net lang schon gmerkt, daß du der Enzi seit'm Sommer z'Gfallen gehst?"

„Ich?" Der Jäger verzog die Nase und schüttelte den Kopf: „Ah na! Dös Madl hätt mir für mein' Gusto alles z'viel Haar auf die Zähn!"

„Du wärst grad der Rechte, der ihr die Borsten ausrupfen kunnt."

„Meinst?" Jetzt lachte der Jäger. Dazu klang aus der Scheune die Stimme der Emmerenz:

> „Gasselgehn is mei' Freud,
> Gasselgehn hab ich gern,
> Wann schön der Mondschein scheint
> Unter die Stern!
>
> Wann ich kei' Schneid net hätt,
> Hätt ich beim Tag a Gfrett,
> Hätt ich bei'r Nacht –"

9

Das wunderlich zwiegeschlechtliche Liedl brach mitten in der Strophe ab, ein halb erstickter Aufschrei wurde hörbar, dann ein klatschender Schlag und die zornige Stimme des Mädels: „Da hast ebbes, du Schmierbartl, du heimtückischer!" Mit gerunzelter Stirn blickte der Finkenbauer zur Scheune hinüber, aus deren Tor ein Knecht getreten war, der außer dem unsauberen Hemd nur eine verblichene Soldatenhose am Leibe trug. Den Kopf mit den semmelblonden Haaren hielt er zwischen die Schultern gezogen. Das Gesicht mit dem langen Schnurrbart, dessen gedrehte Spitzen bis auf die Brust heruntertrauerten, wäre hübsch gewesen, wenn ihm nicht der schiefe Schnitt der Augen einen Ausdruck von lauernder Verschlagenheit gegeben hätte. Dazu war jetzt die eine Hälfte dieses Gesichtes sehr auffällig gerötet, und der Bursche schien es eilig zu haben, den apfelroten Backen in der dunklen Stalltür verschwinden zu lassen. „Ha! Was hat's denn da geben?" rief ihm der Finkenbauer zu.

„Nix!" brummte der Knecht.

Schon wollte der Bauer erwidern, als ihn ein scharfklingendes Kichern veranlaßte, sich nach dem Jäger umzublicken. Was er in diesen grauen Augen blitzen sah, war die Schadenfreude eines glühenden Hasses. Höhnend rief der Jäger: „Valtl, mir scheint, du hast an linksseitigen Sonnenstich kriegt?"

Der Bursch erwiderte keine Silbe und verschwand im Pferdestall. Durch eine Spalte des Scheunentores klang die streithafte Stimme der Emmerenz: „Gelt, Jager, geh fein du auch in' Schatten! D' Sonn macht dürr. Schaust eh schon aus wie a Zwetschgen am Nickelstag!"

Und der Jäger antwortete: „Geh, laß dich a bißl anschaun. Mußt ja heut sakrisch sauber sein, weil schon beim Reden so süß bist, als wärst a halbs Jahr lang mit die Immen gflogen."

„Da kannst recht haben!" klang es aus der Scheune. „Und wann ich vom Honigmachen nix glernt hab, kunnt ich bei die Immen leicht ebbes anders profitiert haben!" Die Worte des Mädels schlugen über in Gesang:

> „Der Immenstock steht hinterm Haus,
> D' Imm fliegen ein und aus,
> Büaberl, gelt, rühr net dran,
> Weil der Imm stechen kann!"

Mit einem Jodler entfernte sich die Stimme, während der Jäger zur Antwort sang:

> „Daß der Imm stechen kann,
> Dös schreckt mich weni,
> Wann der Imm gstochen hat,
> Laßt er sein' Höni."

Der Finkenbauer wurde heiter. „So! Schön hin und schön her! Nur allweil lustig, 's Lachen halt d' Leber gsund. Und komm, kehr ein a bißl im Haus, nacher trinken wir a Krügl."

„Da laß ich mich net nöten! Ich hab allweil an rauchen Hals, der 's Netzen vertragen kann." Der Weg durch die Gattertür mochte dem Jäger als ein zeitraubender Umweg erscheinen. Er sprang mit einem flinken Satz über den Zaun hinüber an die Seite des Bauern. Sie durchschritten den Hof. Als sie um die Ecke des Wohnhauses lenkten, verhielt ein reizvoller Anblick ihren Fuß.

Entlang dem Hause zog sich eine mit Holzplatten gepflasterte, gegen den Hof durch ein Geländer abgesperrte Terrasse. Bis unter das Dach war die Mauer überspannt von einem grünen Lattengitter. An seinen Stäben hatte sich der wilde Wein zu einem dichten Netz verflochten, aus dem schon die jungen, weißgrünen Triebe hervorstachen. Wie glühende Augen aus einem Schleier, funkelten die von der Abendsonne beleuchteten Fenster aus diesem Netzwerk, das ein laubenförmiges Dach über der offenen Tür bildete, zu der drei Stufen aus Backsteinen emporführten. Auf der obersten Stufe saß ein Mädel, das kaum das sechzehnte Jahr überschritten haben konnte. Braune Flechten umrahmten ein feines Köpfl von länglichem Oval. In dem halb kindlichen, halb jungfräulichen Gesicht mit dem schlanken Näschen, dem kirschroten Mund und den runden Wangen paarten sich gesunde Frische und ein leiser Ausdruck von Schwermut. Vielleicht waren es nur die großen Rehaugen, die dem Gesichte diesen Ausdruck verliehen; sie bewegten sich langsam, erzählten von wunderlichen Träumen und waren anzusehen, als hätten sie über alles zu staunen, was ihnen auf ihren langsamen Wegen begegnete. Der schlanke Hals verschwand in dem fransigen, blaßblauen Seidentuch, das um die Schultern geschlungen und über der knospenden Brust hinter das schwarze, mit silbernen Haken besetzte Mieder gesteckt war. Ein dunkelblaues Röckl guckte unter der weißen Schürze hervor. Zu beiden Seiten des Mädels waren kurzgeschnittene Fichtenzweige über die Stufen verstreut, und auf dem Schoße lag ein aus solchen Reisern geflochtener Kranz. Der war zum Schmuck des Brettchens bestimmt, das auf weißem Grunde die schnörkelige Aufschrift ‚Willkommen!' trug. Dem Mädel zu Füßen saßen zwei pausbäckige, von Gesundheit strotzende Kinder, ein Knabe von fünf und ein Mädchen von sieben Jahren. Als Dritter im Bunde hatte sich der schwarzzottige Hofhund zu dem kleinen Paar gesellt; und wie die beiden lauschenden Kinder, so blickte auch er mit funkelnden Augen zu dem Gesicht des Mädels empor, das seinen zwei Schützlingen von Berggeistern und Waldfeen erzählte, während es mit geschickten Händen gelbe Schlüsselblumen und weiße Schneerosen zwischen die Reiser des fertigen Kranzes fügte. Mit warmen Lichtern spielte die Abendsonne über die liebliche Gruppe.

„Und so hat a jeder Stein sein' eigenen Geist: der Kreidenstein, der Blutstein, der Eisenstein, der Salzstein, der Marmelstein, und überhaupt a jeder, hat mein Vater gsagt!" So hörten Bauer und Jäger das Mädel erzählen. „Die Bäum aber und die Pflanzen und Blümlein, die haben Geisterinnen, wo man Feyen heißt, und die sind sanft und gütig gegen alle Menschen, hat mein Vater gsagt. Die zürnen bloß, wann einer aus Übermut einischneidt in a Bäuml oder so a liebs Blüml zammtritt mit die Füß. Und so gibt's an Almrauschfey, an Enzianweibl und a Steinrautalfin. Grad an einzigs Blüml, dös schöne Edelweiß, dös droben wachsen tut z'höchst auf die Berg, dös hat an Mannergeist, der's hüten tut und schützen. Und dem sein Nam heißt Edelweißkönig. Der hat a freundlichs Gsicht mit blaue Augen, an braunen Bart und braune Lockenhaar. Sein grüner Hut hat a Kranzl von lauter Edelweiß, und 's ganze Gwand is gemacht aus söllene Blümeln. Ja, und so viel sorgen tut er sich um seine Pflanzerl! Lang vor'm ersten Schnee kommt er aus'm Berg aussi und deckt alle Ständerln zu, daß keins erfrieren kann. Im Sommer, hat mein Vater gsagt, wann's lang net gregnet hat und d' Sonn so hinbrennt auf die armen Blümeln, daß schier alle verschmachten möchten, da holt er's Wasser aus die Bäch, damit er seine Pflanzerln gießen kann. Und weil er weiß, wie gern als d' Menschen 's Edelweiß haben, drum führt er alle, die suchen gehn, unsichtbar an die Platzeln hin, wo die weißen Sterndln wachsen. Dieselbigen aber, dö mit die Blümeln allein net zufrieden sind und dö Pflanzen mitsamt die Wurzeln ausreißen, daß an so eim Platz kein Stammerl nimmer wachsen kann, die haßt er bis aufs Blut. Als an Unsichtbarer stößt er s' abi über d' Wand, zur Straf!" Ein tiefer Atemzug schwellte die junge Brust der Erzählerin, deren Stimme sich zu geheimnisvollem Flüstern gedämpft hatte.

Als sie schwieg, rüttelte ein Schauer den Flachskopf des kleinen Lieserls. In dem frischen Gesicht des braunlockigen Buben war keine Spur von Angst zu sehen. Er runzelte nachdenklich die Stirn. Plötzlich warf er das Köpfl auf und sagte: „Du, Veverl! Wie kann man denn wissen, wie er ausschaut und was er tut, der Edelweißkönig? Wann er allweil unsichtbar is?" Drüben an der Hausecke stieß der Finkenbauer in lächelndem Vaterstolz dem Jäger den Ellbogen an die Rippen.

Veverl richtete die großen Augen vorwurfsvoll auf den fürwitzigen Jungen. „Aber Pepperl, wie kannst denn so daherreden!" schalt sie mit einer Stimme, deren ernster Klang ihren Glauben an die Wahrheit dessen verriet, was sie den Kindern erzählt hatte, fast mit den gleichen Worten, in denen es ihr vor Jahr und Jahr zu dutzend Malen der Vater erzählt hatte, im tiefen Bergwald unter rauschenden Bäumen. „So hat mein Vater gsagt!" Das war für ihr kindliches Gemüt ein Argument, das keinen Zweifel duldete. „Allweil is er net unsichtbar, der

Edelweißkönig! Er laßt sich schon diemal sehen, aber net vor jedem, der daherlauft auf zwei Füß."

„Hast ihn du schon gsehen?" fragte das blonde Lisei gruslig, während der Bruder mißtrauisch zwinkerte.

„Aber!" erwiderte Veverl. „Wie kunnt ich ihn denn gsehen haben! Da müßt man doch z'erst sein Königsblüml finden! Mein Vater hat mir erzählt von eim, der ihn gsehn hat, gwiß hundertmal, und was mein Vater gsagt hat –"

„Und mein Vater sagt, es gibt keine Geister net!" fuhr Pepperl dem Mädel in die Rede. Wieder bekam der Jäger den Ellbogen des Finkenbauern zu spüren.

„So, du! Paß auf!" warnte Veverl. „So ebbes därfst net gar so laut sagen. Hast ihn gestern ums Betläuten net schreien hören, den Holiman, droben im Wald: huhu, huhu!"

„Jawohl, Holiman! Dös is doch a Käuzl gwesen!" trotzte Pepperl.

„Was? A Käuzl? Der Holiman is's gwesen! Und wann dein Vater sagt, es gibt keine Geister, so tut er's, daß dich net fürchten sollst. Aber freilich gibt's Geister, gute und böse. Die bösen laßt der Herrgott umgehn zur Sündenstraf, und bloß in der Nacht zu gwisse Stunden kann man s' sehen. Sie können aber keim braven Menschen ebbes anhaben, wenn man s' anruft: Alle guten Geister loben den Herrn."

„In Ewigkeit Amen!" lispelte das Lisei.

„Die guten Geister aber glauben selber an unsern lieben Herrgott und beten zu ihm wie fromme Menschen. Ja, die hat unser Herrgott erschaffen, damit s' ihm Obacht geben auf seine Tierln und seine Berg, auf seine Bäum und Blümeln, weil er selber im Himmel droben mit seine Gnadensachen und mit der Weltregierung soviel z'schaffen hat. Halb sind s' wie d' Engel, weil sie sich unsichtbar machen können, und weil s' überall durchschlupfen, durch Wasser und Feuer, Stein und Holz. Und halb sind s' wieder wie d' Menschen, weil s' Freud und Schmerzen gspüren und lachen und weinen, weil s' Hunger und Durst haben und essen und trinken. Ja, Pepperl, schau, so einer von die guten Geister is der Edelweißkönig. Wann amal groß bist, daß d' auffi kannst auf die Berg, und 's Glück will, daß d' sein Königsblüml findst, nacher kannst ihn rufen. Da siehst ihn mit eigene Augen. Und da bist a gmachter Mann! Wer 's Königsblüml findt, dem kann nix Unguts gschehen. Der kann sich net versteigen und net derstürzen. Wo einer in Gfahr is droben auf die Berg und er ruft den Edelweißkönig an, mit 'm Königsblüml in der Hand, da steht er gahlings da vor eim und hilft eim aus der Not."

„An was kennt man denn dös Blüml?" fragte das Lisei, dem die Augen glänzten.

„Kennen tut man's leicht! Aber 's Finden? So a Blüml wachst in die Berg grad an einzigs alle Jahr. Wen aber 's Glück dran hinführt, der kennt's auf'n ersten Blick. 's Königsblüml is fünfmal so groß als wie an anders Edelweiß. In der Mitt, da hat's sechs gelbe Schöpferln, wie an anders Sterndl grad an einzigs hat, und rings drum rum, da stehen dreißig bluhweiße Strahlen."

„Dös muß aber schön sein!" seufzte das Lisei, während Pepperl unternehmungslustig hinaufspähte zu den schneebedeckten Gipfeln der Berge, als erginge er sich in stillen Plänen, wie und wo er die Königsblume suchen wollte. Dabei fragte er: „Is dös wahr? Gibt's da droben so a Blüml?"

„No freilich!" scholl von der Hausecke die Stimme des Jägers. Die Kinder fuhren erschrocken zusammen, während der Hofhund dem Jäger mit Gebell entgegenstürzte. „No freilich is wahr, du kleiner Thomasl du! Ich hab selber schon eins gfunden, so a Blüml, ja! Schad, daß ich dir's nimmer zeigen kann. Ich hab's am Hut tragen, und da hat mir's der Wind abigweht über d' Wänd, daß ich's nimmer finden hab können." Er wandte sich an Veverl, die ihn mit einem Blick betrachtete, als möchte sie aus seinem Gesicht ergründen, ob er scherze oder die Wahrheit spräche. „Schön kannst verzählen, Veverl! Dir möcht ich zuhören ganze Stunden lang."

Veverl errötete und reichte dem Jäger die Hand, die in dieser braunen Tatze völlig verlorenging. Schüchtern beantwortete sie die Frage, wie sie sich auf dem Finkenhof eingewöhnt hätte – gut natürlich! Auch an die Kinder richtete der Jäger noch ein paar lustige Worte; dann stellte er den Bergstock an die Wand, trat mit dem Bauer ins Haus und fragte auf der Schwelle: „Wie lang lauft denn 's Faßl im Keller schon?"

„Seit der Brotzeit erst."

„Brav, mei' durstige Seel! Jetzt schau nach aufwärts! Da kommt ebbes."

## 2

Als die beiden die geräumige Stube betraten, die den Wohlstand ihrer Bewohner verriet, sagte der Jäger: „A saubers Madl, 's Veverl! Die wachst sich aus!"

„Und Arbeit brauchst ihr keine schaffen, alles schaut s' eim von die Augen ab. Für alles hat s' an Dank, und völlig drauf sinnieren tut s', wie s' eim a Freud machen kann. Zu die Kinder stellt sie sich besonders gut. Wann s' nur net gar so voller Gschichten stecket! Jeden Tag verzählt s' dem Paarl söllene Sachen, wie grad jetzt eine ghört hast."

„Dös mußt ihr net wehren!" Der Jäger legte Gewehr und Rucksack auf die den Kachelofen umziehende Holzbank. „An söllene Sachen haben Kinder ihr Freud. Dös macht ebbes lebendig in ihrem Gmüt. Da profitieren s' mehr als in der Schul. Kommt man ins richtige Alter, so weiß man, was man von söllene Sachen halten muß. Und lacht man drüber, 's Gute davon bleibt deswegen doch: daß man an Sinn hat für alles, was über'm Gartenzaun draußen wachst."

„Ich red net dagegen. Aber es wär für d' Vevi an der Zeit mit 'm richtigen Alter. Die glaubt an ihre Gschichten so fest wie an unsern Herrgott."

„Is gscheiter, als wann s' eine von die Aufgeklärten wär, die sich mit vierzehn Jahr schon Wulsten in d' Röck einipolstern, 's Mieder ausspreizen und d' Strümpf auf der Ruckseit mit siebenfacher Woll stopfen. Und a gschickts Dingl muß dös Madl sein! Dös hab ich an ihrem Kranzl gsehen. Gelt, der Willkomm is für 'n Ferdl grechnet?"

Der Bauer schüttelte den Kopf, während er den Tisch rückte, um dem Jäger einen bequemen Weg in den Herrgottswinkel zu schaffen. „'s Veverl hat meiner Mariann a Freud machen wollen."

„Die Bäuerin is auf der Reis'?"

„Nach der Münchnerstadt!" erwiderte der Bauer zögernd. „Unser Hanni hat in der letzten Zeit allweil so sinnierliche Brief gschrieben. Ich hab mich a bißl gsorgt. Da hab ich zur Mariann gsagt: ‚Fahrst eini in d' Stadt und gehst hin zur Gräfin. Bei so was reden sich d' Weiberleut allweil besser mitanander. Und erfahrst ebbes', hab ich gsagt, ‚was dir net taugt, so mach kurzen Prozeß, pack 's Madl zamm und bring 's mit heim.'" Draußen eine trällernde Stimme. „Du! Hörst!" Der Bauer ging zur Tür und rief in den Flur hinaus: „Enzi!"

„Was schafft der Bauer?" klang's von der Küche her.

„Komm a bißl eini! Der Eberl-Gidi hockt bei mir!"

„Soll ich ihm leicht d' Füß heben, daß er besser sitzt?"

„Geh, sei net so hantig!" brummte der Bauer. „Komm eini!"

Die Emmerenz erschien unter der Tür, eine Gestalt von gesunden Formen. Der graue Lodenrock zeigte die nackten, auffallend kleinen Füße. Das dunkelbraune Tuchleibl umspannte straff die festen Brüste. Dem groben, kurzärmeligen Hemde waren hoch am Hals mit roter Wolle zwei Buchstaben eingemärkt, E. und B., darunter eine Zahl, die verriet, daß Enzi vor fünfundzwanzig Jahren das Licht der Welt erblickt hatte. Der mollige Hals trug einen kugelrunden Kopf, über dem das rotblonde Haar mehr praktisch als gefallsüchtig zu einem dicken Knoten zusammengewirbelt war. Das Gesicht mit den vollen Lippen, zwischen denen die weißen Zähne blitzten, mit der keck aufgestumpften Nase und mit den Blauaugen unter den starken, lichten Brauen konnte sonst den Eindruck gemütlichen Frohsinns machen. Jetzt waren die gespannten Nasenflügel streitbar gehoben, und unter der gerunzelten Stirn schauten die Augen mit einem verdrossenen Blick in die Stube. „Also, was soll's?" fragte sie kurz, während sie die nassen Hände an der blauen Schürze trocknete.

„An grausamen Durst haben wir alle zwei, der Bauer und ich", rief ihr der Jäger zu, „sollst uns ebbes herschaffen zum Abkühlen."

„A Wasser?"

„Mar' und Josef! Du meinst es gut mit mir! A Wasser mag ich net amal in die Schuh haben, viel weniger im Magen."

„'s Wasser macht hell in die Augen."

„Aber dumm im Kopf."

„Kunnt dir net schaden, weil d' allweil meinst, daß d' gar so gscheit bist."

„Mei' Gescheitheit kannst dir gfallen lassen. Dö sagt mir, wie schön als bist!"

„Schön bin ich net, aber gsund. Und grob kann ich auch sein, wann ich merk, daß mich einer föppeln will."

„Geh weiter", unterbrach der Bauer lachend den Streit, „hol uns a paar Krügeln Bier auffi aus'm Keller!"

„Und laß dein' Zorn über mich net beim Einschenken aus!" rief Gidi dem Mädel nach, das wortlos die Stube verließ.

„Mußt ihr doch amal den Hamur ausbügelt haben?" forschte der Bauer. „Weil s' gar so igelborstig is mit dir?"

„Na, da weiß ich nix davon!" beteuerte Gidi, dachte aber dabei an eine Morgenstunde des verwichenen Sommers, in dem die Emmerenz, nachdem sie auf dem Finkenhof in Dienst getreten war, die Brünndlalm auf dem Höllberg bezogen hatte.

Der Bauer guckte zum Fenster hinaus und sah nach der Uhr. „Ich kann mir gar net denken, warum d' Mariann so lang ausbleibt. Es ist schon fünfe vorbei."

„Soll die Bäuerin heut noch heimkommen?"

„Ich hab den Dori mit 'm Wagen einigschickt in d' Station. Um viere kommt der Zug."

„Da können s' noch gar net dasein. In einer Stund fahrt man so an Weg net."

„Mit meine Roß aber schon! Wann ich nur an andern gschickt hätt als 'n Dori. Der Bub, der lacklete, hat sein' langohreten Hirnkasten allweil voll mit Unfürm. Hoffentlich hat er mir den Wagen net umgschmissen!"

„Aber Bauer! Wart halt noch a halbs Stündl und mach dir keine überflüssigen Sorgen!"

„Ich weiß schon, ich bin allweil a bißl übertrieben bei so was!" erwiderte der Bauer ruhiger. „Auf d' Mariann kann ich mich auch verlassen. Die is wie d' Uhr, die geht auf d' Minuten. Die verhalt sich net, weil s' weiß, was ich für a sorgsames Gmüt hab. Aber der Dori halt, der Dori! Kein Tag vergeht, wo er net ebbes anstift. Ich bin ordentlich froh, wenn er wieder droben is auf der Alm."

„Schickst ihn auf d' Brünndlalm wieder auffi als Hüterbub?" fragte der Jäger, als Emmerenz die Stube betrat, in den Händen zwei Steinkrüge, von denen der weiße Schaum in Flocken niedertroff.

„Ja freilich!" erwiderte der Bauer und zwinkerte mit den Augen. „Aber d' Sennerin muß ich wechseln. Ich schick statt der Enzi die alte Waben auffi."

„Was!" fuhr Gidi auf. „Die zahnluckete Hex willst mir vor d' Nasen hinsetzen, statt –" Er sprach den Namen nicht aus. Für den Fortgang der Unterhaltung sorgte die Emmerenz. Sie setzte die beiden Steinkrüge so energisch auf die Tischplatte, daß die zinnernen Deckel ein Hupferl machten. „Bauer! Von der Brünndlalm willst mich fortschaffen? Von meim liebsten Platzl auf der Gotteswelt? Warum denn? Hab ich deine Küh net heimbracht von der Alm, daß dich spiegeln hättst können in ihrem Glanz? Und zum Dank dafür –" Die Stimme schlug ihr um. „Bauer, wann mir so ebbes antust, kannst mich lieber gleich aussifegen aus'm Dienst."

„No, no, no!" begütigte der Finkenbauer mit gut gespieltem Ernst. „Ich hab dir's zum Besten gmeint. A Katzensprüngl von der Brünndlalm steht d' Höllberg-Jagdhütten. So a jungs Madl und so a schneidiger Jager? A Dienstherr muß auf alles denken."

Kichernd duckte Gidi den Kopf. Emmerenz aber fuhr auf wie eine gereizte Wölfin: „So? Jetzt is gut! Gelt, Bauer, verstrapazier dir 's Köpfl wegen meiner Unschuld net! Ich kann mich selber hüten. Gar vor so eim windigen Jagerlippl! Dös kunnt er selber schon gmerkt haben!"

„Aber Enzi!" mahnte der Jäger, während der Bauer lachend seine Nase in seinen Krug steckte. „Merkst denn net, daß dich der Bauer a bißl bei der Falten hat?"

„Laß mich aus, gelt!" schnauzte ihn das Mädel an. „So was kann man haben bei deiner sauberen Bekanntschaft, du –" Sie schien nach einem Wort zu suchen, das ihrer Entrüstung gleichgewichtig wäre, und fand keines, das den nötigen Zentner wog.

„So mußt net reden!" Der Jäger hatte Mühe, seine gute Laune festzuhalten. „Da, nimm lieber den Krug und stich an! A richtiger Trunk macht jede Menschengall sanftmütig."

„Trink dein Bier selber!"

„Du! Beleidigen därfst mich deswegen net!"

Emmerenz sah betroffen auf; aus dem Klang dieser Worte hatte sie einen Ton gehört, der ihren Ärger beschwichtigte; und als sie gewahrte, wie dem Jäger die Adern an den Schläfen schwollen, griff sie wortlos nach dem Krug und setzte ihn zu kräftigem Trunk an die Lippen. Je fester sie schluckte, desto freundlicher wurde das Gesicht des Jägers. Als er den Krug aus Enzis Händen nahm und ihn fast zur Hälfte geleert fand, sagte er heiter: „Hast an saubern Zug! Drum zieht's mich halt auch so hin zu dir."

„Wird dich schon wieder wegziehen auch!" brummte das Mädel und ging zur Tür. Hier traf sie mit Veverl zusammen, die den Bauer in den Hof hinausrief, um den vollendeten Schmuck der Haustür zu betrachten. Inzwischen vertiefte Gidi sich in seinen Krug, an dessen Rand er sich mit gewissenhafter Forschung die von Enzi benützte Stelle ausgesucht hatte. Dann folgte er dem Bauer. Gerechtermaßen bestaunte er das schmucke Aussehen der

Tür, als auf der Straße Räderrollen und Hufschlag nähertönte. Jetzt ein hallendes Peitschenknallen. „Vater! Dös is der Dori! Ich kenn ihn am Schnallen! D' Mutter kommt!" jubelte Pepperl und rannte zum Tor. Das Lisei klammerte sich an den Arm des Bauern: „Vater? Kommt d' Hannibas mit?"

„Aber Dapperl, man sieht ja den Wagen noch net."

Valtl war aus dem Stall gekommen und hatte das Einfahrtstor geöffnet. Jetzt trabten um die Hausecke des Nachbargehöfts mit wehenden Mähnen die zwei prächtigen Rappen. Dann sah man den Dori mit der schnalzenden Peitsche und die Kutsche mit dem schwarz glänzenden Lederzeug. „Ja heiliger Gott", stammelte der Finkenbauer, „der Wagen is ja leer! Da hat's ebbes geben!"

Ohne den Lauf der Pferde zu mäßigen, lenkte Dori in tadelloser Kurve das schmucke Gefährt in den Hof, wo er das Gespann zum Stehen brachte. Unter dem Einfahrtstor hatte Pepperl sich an die Kutsche gehängt, und so war er nun der erste, der vor Dori stand, mit der Frage: „Du, wo is denn d' Mutter?"

„Wahrscheinlich in ihrem Unterrock!" Dori nahm den grünen Spitzhut ab. Dieser siebzehnjährige Bursch war eine sonderbare, fast unglaubhafte Menschenerscheinung. Mit dem kurzen, kugeligen Leib, den langen Armen und den mageren, knochenstelzigen Beinen, deren Gabel sich gleich unter dem Schlüsselbein auseinanderzuspalten schien, sah er einer aufrecht wandelnden Riesenspinne ähnlich; dieser Eindruck wurde noch unterstützt durch die gaukelnde Bewegung, in der sich seine Arme und Beine fortwährend befanden; das sah sich immer an, als möchte er irgend etwas von einem hohen Schrank herunterfangen. Man konnte sich die Notwendigkeit dieser Bewegung erklären, wenn man die qualvoll engen, aus einem braun und grau karierten Stoff gefertigten Beinkleider und die spannenden Falten des schwarzen Jankers betrachtete, der dem Burschen kaum bis zu den Hüften reichte; an die Ärmel, die bei jeder Bewegung zu platzen drohten, waren zinnoberrot gefütterte Aufschläge angestückelt; der lange Hals war umwunden von einem rot und weiß gesprenkelten Tuch, dessen Zipfel scharf hinausstachen über die Schultern. Die rotbraunen Haare waren bei reichlicher Pomade glatt um die abstehenden Ohren gebürstet. In dem braunen, häßlichen Gesicht mit der breiten, sanguinisch nach aufwärts geschwungenen Maulkurve und den lustig vorstupfenden Backenknöcherln war ein ruheloses Zwinkern und Blinzeln. Wenn der Dori dazu die Stirn runzelte, rührte sich die ganze Kopfhaut mit dem kleinen Hut, und die Ohrmuscheln gerieten in eine Bewegung gleich den Löffeln eines Hasen, der den nahenden Jäger wittert. Mit forschendem Blick studierte Dori den näher kommenden Bauer; er fürchtete wohl, daß sein Herr die wenig ehrfurchtsvolle Antwort gehört haben könnte, die er auf Pepperls Frage gegeben hatte. Als er aber aus dem Mund des Bauern nichts anderes hörte als nur die erregte Frage, weshalb er allein zurückkäme, war alle Scheu wie weggeblasen, und in wortreicher Geschäftigkeit, mit Händen und Füßen redend, erzählte er den Verlauf seiner Fahrt. „Und wie der Zug einigfahren is in d' Starzion, da hab ich allweil gschaut und gschaut. D' Augen hab ich gstellt – so kann der Schneck seine Hörndln net fürischieben. Aber d'Leut alle sind aussikommen, der Zug is wieder furtgfahren, als müßt er vor'm Tuifi davonsausen, und allweil war noch kei' Bäuerin beim Zeug. Da hat mir einer d' Roß ghalten und ich bin selber in d' Starzion eini. Überall, wo a Türl aufgangen is, in alle Buriauxen und Wartsaaler hab ich 's Nasenspitzl einigschoben, aber von unserer Bäuerin hab ich nix ghört und nix gsehen."

Schweigend wandte sich der Finkenbauer von dem Burschen ab und ging kopfschüttelnd der Haustür zu.

Emmerenz fuhr scheltend auf Dori los: „Du Lalle, du dummer! Was mußt denn nacher so lustig knallen, wann d' allein kommst!"

„Jawohl, ich soll einifahren wie a hölzernes Manndl!" schnatterte Dori. „Wann ich fahr, müssen d' Leut ans Fenster springen und schauen! Und sie haben weiters net gschaut! Fixsakrawolt, auf a halbe Stund hinter meiner is allweil noch der Staub aufbrudelt. So bin ich gfahren!"

„So gfahren, ja, daß d' Roß dämpfen wie frisch gsottene Erdäpfel." Mit der strengsten Amtsmiene, die sie als Fürmagd aufzuziehen wußte, fügte sie bei: „Da kann sich jetzt der Knecht wieder hinstellen vor die armen Viecher und mit'm Strohwisch rippeln, bis er Blasen kriegt an die Händ!"

„Du?" fiel Gidi stichelnd ein. „Is dir denn gar so drum z' tun, daß der Valtl weniger Arbeit hat?"

Emmerenz würdigte ihn keiner Antwort, sondern ging zum Gesindehaus hinüber, wobei sie was murmelte von „dreinreden" und „nix angehen". Gidi schickte ihr einen Blitz seiner grauen Augen nach und musterte den Valtl. Der bemühte sich, ein harmloses Gesicht zu zeigen. „Du, Jager, was is", wurde Gidi in seiner Beobachtung durch Dori unterbrochen, „hast net a paar Hirschgranln oder an Adlerklau? Weißt, zum Anhängen an d' Uhr?"

„Hast ja gar kei' Uhr net."

„Na! Aber ich laß mich heuer a zweitsmal firmeln, nacher krieg ich schon eine. Mein erster Godl hat mir zum Firmgeschenk bloß an verdorbenen Magen kauft. A ganze Nacht lang sind mir die sauren Pfingsttäuberln aussigfahren aus der schmerzhaften Seel."

Gidi lachte und folgte dem Bauer in die Stube. Um den Finkenjörg zu beruhigen, führte er alle Möglichkeiten an, die ihm einfielen. Immer schüttelte der Bauer den Kopf. Er kannte seine Mariann, und sie kannte ihren Jörg und seine ‚sorgsame' Natur. Da gab's kein Versäumen des Zuges. Wenn seine Mariann gesagt hatte: zu der und der Stunde komm ich, dann kam sie auch, oder –

„Aber geh, warum machst dir denn 's Herz so schwer! Was soll denn deiner Bäurin geschehen können? So a verständigs, achtsames Weiberleut!"

„Mei' Mariann, freilich! Was soll denn meiner Mariann geschehen? Aber – allweil in der letzten Zeit is mir's fürgangen: Bei der Hanni is ebbes net sauber in ihrem Gmüt! Ich kenn s' ja! Wann s' da amal ebbes drin hat – sie müßt mei' Schwester net sein –, da gibt sie's nimmer her. Hättst nur ihre gspaßigen Brief lesen sollen! Und am End kann ich net alles sagen, was ich mir denk." Seufzend schob sich der Bauer hinter den Tisch, an dem der Jäger saß, stützte die Arme auf und legte den Kopf zwischen die Fäuste. „Hätt ich nur 's Madel net fortlassen im Herbst. Aber wie's halt kommen is! Wann so a fürnehme Frau vor eim dasteht und allweil redt und redt, da mußt am End ja sagen. An d' Hanni selber hab ich halt auch a bißl denkt. Es is halt amal so kommen. Weißt es ja selber!"

Der Jäger nickte; er wußte das freilich; während der sechs Jahre, die er im Dorfe lebte, hatte er's zum Teil mit angesehen, wie das gekommen war. Und was jener Zeit vorausgegangen, hatte er aus dem Gespräch der anderen erfahren. Viel des Guten hatte er dabei über die selige Finkenbäuerin gehört, die an dem Tage dahingegangen war, an dem sie der Hanni das Leben geschenkt hatte. Wenige Wochen später waren dem alten Finkenbauer, dem man nach seinem Aussehen hundert Jahre hätte prophezeien mögen, von einem schlagenden Pferd die Rippen der Herzseite zerschmettert worden; lange Monate mußte er in schwerem Siechtum liegen, ehe der Tod ihn erlöste. Von ihm hatte Jörg, der damals bei seinen dreiundzwanzig Jahren schon ein festes Mannsbild war, als der Erstgeborene unter den fünf Geschwistern das Regiment auf dem Finkenhof mit kräftigen Händen übernommen. Gleich im ersten Jahr seiner Herrschaft kam schwere Kümmernis über den jungen Bauer. Es schien, als hätte der Tod in dem freundlichen Hause sich heimisch gefühlt. Noch trauerte Jörg um die Eltern, da mußte er auch die beiden Geschwister zu Grabe tragen, die im Alter zwischen ihm und Ferdl standen; in der gleichen Woche waren sie an den schwarzen Blattern gestorben. Als die Krankheit bei ihnen ausgebrochen war, hatte Jörg die zwei jüngsten Geschwister aus dem Haus gegeben. Seinen ‚Ferdlbuzzi‘, ein Bürschl von sechs Jahren, hatte er zu einem Verwandten der Mutter gebracht, in ein fünf Stunden vom Dorf entferntes Gehöft. Ehe noch eine Woche vergangen war, erschien eines Abends der Bub im Finkenhof, allein, verstaubt, triefend von Schweiß – „ganz verlechznet und derlegen", wie der Finkenbauer zu erzählen pflegte, wenn er auf diese Geschichte zu sprechen kam. „Und weißt, was er gesagt hat, der kleine Loder, wie ich ihn ordentlich angfahren hab: warum er durchbrennt wär bei die Vettersleut? Da hat er aufgschaut zu mir mit nasse Augen. Grad gstößen hat's ihn, wie er gsagt hat: ‚Ich hab's nimmer ausghalten, weil's mich so blangt hat nach meim Jörgenbruder!‘ – Da hab ich ihm a Bussel auffidruckt, dös er gspürt hat vierzehn Täg! Und seit der Stund is dös Bübl mein Auf und Nieder gwesen!"

Dieser Geschichte pflegte der Finkenbauer in lächelndem Bruderstolz die Vermutung beizufügen, daß wohl auch sein Hannerl so zu ihm gelaufen wäre, wenn es damals überhaupt schon hätte laufen können. Das Kind hatte in jenen Tagen eine ‚hochwürdige Unterkunft‘ gefunden. Die alte Schwester des Pfarrers, die das Kind aus der Taufe gehoben, hatte es zu sich in den Pfarrhof genommen, und da wurde das liebe Ding in kurzer Zeit die lachende Sonne des sonst so stillen Hauses, der gehätschelte Liebling des hochwürdigen Herrn und seiner Schwester. Als dann der Finkenhof wieder rein war von dem bösen Odem jenes finsteren Gastes, entspann sich zwischen Jörg und der Schwester des Pfarrers ein hartnäckiger Kampf; der eine wollte das Kind bei sich im Haus haben, die andere wollte den Liebling nicht aus ihrer Pflege entlassen. Und Jörg war es, der nachgab. Er mußte sich sagen, daß er selbst bei aller Liebe das Kind nicht warten konnte und ihm eine fremde Person halten müßte. Die würde dem Kinde nicht jene Fürsorge widmen, deren es bei der Pfarrschwester sicher war, die es liebte wie eigenes Blut. So verblieb Hannerl im Widum; täglich wurde es in den Finkenhof zu Besuch getragen, bis es diese Besuche auf eigenen Füßen abzustatten vermochte; an Grobwettertagen und auch sonst an manch einem Abend kam Jörg mit dem munter sich streckenden Ferdl auf ein Plauderstündchen in den Pfarrhof, und niemals kam er, ohne dem Kind einen Leckerbissen oder ein Spielzeug mitzubringen.

Die Jahre vergingen, und aus dem Hannerl wurde ein liebliches Mädchen, dem alle Bewohner des Dorfes gut waren, obwohl sie es bald nicht mehr als ihresgleichen betrachteten, sondern ihm eine respektvolle Behandlung angedeihen ließen, als wär' es ein Kind ‚fürnehmer‘ Leute. Vielleicht lag die erste Ursache dazu nur in der städtischen Kleidung, die das Mädchen auf Anordnung seiner Patin zu tragen bekam; bald aber fanden sich weitere Ursachen hiefür in der Art, in der sich Hannis Wesen entwickelte. Der alte Pfarrer, ein gebildeter Mann, der außer dem Katechismus auch andere Bücher nach ihrem Werte gelten ließ, hatte seinen Liebling auch zu seiner Schülerin gemacht. Dadurch kam es, daß Hanni bald in allem und jedem ihre Altersgenossinnen überragte, in denen die Scheu jede gespielsame Vertraulichkeit erstickte. So sah sich das Mädchen in den Ferienwochen und Freistunden auf den Verkehr mit ihrem Bruder Ferdl beschränkt, der mit einer abgöttischen Verehrung an seiner Schwester hing. Wenn sie kam, warf er Holz und Messer in die Ecke, diese beiden Dinge, die ihm schon in der Schulzeit über Tafel und Griffel, über Essen und Trinken gingen. Späterhin fand das Mädchen noch einen zweiten Gespielen in dem jungen Grafensohn aus dem Schlosse droben, einem hübschen, schlank gewachsenen Knaben. Von der Stunde an, in welcher Luitpold mit seinen Eltern auf dem Kastell zur Sommerfrische eintraf, war er von Ferdl unzertrennlich, tobte und tollte mit ihm, ließ sich von ihm leiten und verführte ihn auch selbst zu kecken Streichen, die stets, wie sie auch ausfallen mochten, an Jörg einen lächelnden Verteidiger fanden. Der junge Bauer war stolz auf den ‚nobligen Umgang‘ seines Herzbuben. Doch wenn man den Verkehr der beiden Knaben in ihrem Zusammensein mit ‚Hannchen‘, wie Luitpold das Mädchen nannte, genauer beobachtete, mochte es fast den Anschein gewinnen, als pflege das junge Herrchen die Kameradschaft mit dem Bauernsohn viel mehr um der Schwester willen, die in seiner Sprache mit ihm redete und seine Gedanken mit ihm dachte.

Dieses Zusammenleben nahm ein Ende, als Ferdl mit sechzehn Jahren nach Berchtesgaden zu einem Holzschnitzer in die Lehre verbracht wurde. Das war des Buben eigener, heißer Wunsch gewesen. Auch Luitpold blieb in den nächsten Jahren dem Dorfe fern, da er die Sommermonate in einem Kurort verbrachte, den sein kränklicher Vater besuchen mußte. Diesen doppelten Verlust schien Hannchen schwer zu empfinden; sie wurde still und in sich gekehrt. Darin änderte auch der Wechsel ihrer äußeren Lebensweise nichts, der bald nach Ferdls Abreise vor sich ging. Schon seit Jahren hatte Jörg es jährlich ein paarmal versucht, sein Hannerl aus dem Pfarrhof zu entführen; immer wieder hatte er sich durch die Bitten der Pfarrschwester die Bewilligung neuer Fristen abschmeicheln lassen. Unerbittlich wurde er, als er sein Begehren durch den Vorbehalt unterstützen konnte, daß das Mädchen nun auch im elterlichen Haus unter guter Aufsicht stehen würde – als auf dem Finkenhof eine junge Bäuerin ihren Einzug gehalten hatte. Das war rasch gekommen, mit dieser ‚Freit‘, und es war dabei sehr einfach zugegangen. Da war eines Tages auf dem Finkenhof ein junges, blondes Mädel eingestanden, die Mariann, auch eine Waise, die nur noch einen Bruder hatte, der tief in den Bergen ein kleines Haus besaß und als Holzknecht, Pechsammler und Schachtelmacher sein und seines Kindes Leben fristete. Von allem Anfang war Jörg zufrieden mit seiner neuen Fürmagd, die bei jeder Arbeit herzhaft zugriff, immer und überall den Vorteil ihres Bauern wahrte, als wär' es ihr eigener, dabei die Mägde in guter Zucht hielt und den Knechten gegenüber sich in Respekt zu setzen wußte. Jörg begann zu denken: die Mariann gäb' eine richtige Bäuerin ab! Von diesem Gedanken war nur noch ein kleiner Schritt zu dem anderen: die Mariann wär' die richtige Bäuerin für mich! Auf Geld brauchte er nicht zu sehen, er, der Finkenhofbauer, den die Leute im Dorf den ‚Goldfink‘ nannten. Eines Abends, als Mariann den jungen Bauer auf einen Übelstand in der Milchwirtschaft aufmerksam machte und wohlmeinend beifügte: für so was gehöre halt eine Bäuerin her – da lächelte Jörg und sagte: „No, sei halt du mei' Bäuerin!“ Der Mariann schoß das Blut bis unter die Haare; dann verließ sie wortlos die Stube, und am anderen Morgen kündigte sie den Dienst. Jörg ließ sie gehen; es war ihm recht so; er wollte seine Bäuerin nicht aus dem eigenen Gesindehaus holen. Drei Tage später fuhr er der Mariann nach, die zu ihrem Bruder gegangen war, und wiederholte in aller Form seinen Antrag. Zwar errötete die Mariann auch jetzt wieder bis unter die Haare, aber sie blieb nicht wortlos.

Dem Jörg war sie, was er sich von ihr versprochen hatte, eine treffliche Hauserin, dazu eine gute Mutter der zwei prächtigen Kinder, mit denen sie ihn beschenkte. Jörg wurde der Frau, die er nur aus verständiger Überlegung genommen, von Herzen gut, und auch sie war ihm zugetan, wenn sie dies auch nie in Zärtlichkeiten äußerte, mit denen sie um so mehr die Kinder bedachte. Ihr Mann stand für sie immer über ihr, sie schaute zu ihm auf, sein Wille war der ihre, sein Wort ihr Gesetz, sie dachte, wie Jörg dachte, und tat, was er getan wissen wollte. Auch ihr Gefühl für seine junge Schwester, die bald nach der Hochzeit in den Finkenhof übersiedelte, war Verehrung; sie behandelte das Mädchen, so herzlich es der Schwägerin auch entgegenkam, stets wie einen vornehmen Gast. Freilich, Hanni verbrachte auch jetzt den größten Teil des Tages im Pfarrhaus, wo sie lernte, was der alte Pfarrer und seine Schwester sie zu lehren wußten. Nur wenn Ferdl zu Besuch ins Dorf kam, erhielten Hannis Bücher und Hefte Ferienzeit, und da sah man die beiden fast nie ohne den Jörg und den Jörg fast nie ohne die beiden, so daß man sie im Dorf die ‚verliebten Geschwister‘ nannte. Auch die Mariann betrachtete dieses Zusammenhalten mit lächelndem Gesicht, sie selbst und ihre Kinder kamen dabei nicht zu kurz, und der Ferdl war nun einmal die Freude ihres Mannes, die Hanni sein Stolz.

Aus dem Ferdl war aber auch ein Bursch geworden, an dem man seine Freude haben konnte: schmuck und stramm, und ebenso wohlgeraten im Charakter wie in seinem Aussehen. Und gar, als er zum erstenmal in der knappen, kleidsamen Soldatenuniform erschien, als er heimkehrte aus Frankreich, geschmückt mit dem Eisernen Kreuz, da rannte das ganze Dorf zusammen, um den Ferdl anzustaunen. Bei jedem seiner Besuche brachte er als Geschenk für den Bruder ein schönes Schnitzwerk mit, und diese Arbeiten, die in Hannis freundlichem Stübchen aufgestellt wurden, zeigten von Besuch zu Besuch, wie Ferdl aus einem Handwerker ein Künstler in seinem Fach zu werden begann. Häufig, wenn er daheim war, äußerte er der Schwester gegenüber, wie sehr es ihn freuen würde, seinen Jugendkameraden, den ‚Grafenluitpold', wieder einmal zu sehen. Immer schwieg die Schwester zu solchen Worten. Das war überhaupt so ihre Art geworden: von allem, was in ihrem Innern vorging, kam nur wenig über ihre Lippen. Ihre Denk- und Empfindungsweise ging weit über das Leben hinaus, von dem sie umgeben war. Im Haus des Bruders fand sie Liebe und Verehrung, aber wenig Verständnis. Am besten wußte sie noch mit Jörg zu reden, und auch dann nur, wenn sie von sich selbst miteinander sprachen oder von dem fernen Bruder; die anderen verstanden kaum ihre Sprache, um wieviel weniger den Sinn; das machte sie schweigsam und verschlossen; gesprächig wurde sie nur im Pfarrhof, wo sie in der letzten Zeit der kränkelnden Schwester ihres alten Lehrers die einst genossene Pflege mit gleichem Dienst vergelten konnte. Immer merklicher übte sie jene Wortkargheit auch gegen Ferdl, wenn er daheim war – und der hätte sie vielleicht doch in manchem verstanden, was sie vor ihm verschloß; er hatte in der Fremde viel erfahren und gesehen, hatte einen frischen, aufgeweckten Sinn für alles, besonders eine stark ausgeprägte Empfänglichkeit für die Schönheit der Natur und ihrer Geschöpfe. In seiner abgöttischen Verehrung für die Schwester fühlte er das Unrecht nicht heraus, das sie durch diese Verschlossenheit an ihm beging.

Er war zufrieden, wenn er ihr stundenlang von allem vorplaudern konnte, was ihm durch den Kopf wirbelte. Wenn er bei solchem Geplauder mit sich selbst zu Ende kam, fing er vom Luitpold an, der wohl inzwischen ein ‚feiner, nobler Kawlier' geworden sein müßte. Als Ferdl nach seiner Militärzeit das letztemal im Finkenhof zu Besuch gewesen war und vom Grafenjäger erfahren hatte, daß Luitpold, der im Mund der Schloßleute bereits ‚der junge Herr Graf' geworden, im kommenden Sommer die Eltern wieder in das Dorf begleiten würde, hatte es beim Ferdl mit dem Luitpold kein Ende mehr gegeben. Alles, was er von Gidi über ihn erfahren konnte, hinterbrachte er der Schwester: daß Luitpold seine Universitätszeit vollendet hatte; daß er während der letzten Jahre nicht hätte kommen können, weil er alljährlich die Ferienmonate dazu benützen mußte, um fremde Länder zu bereisen; und daß er nun einer von jenen großen Herren zu werden gedächte, die über das Wohl und Wehe der Staaten miteinander zu verhandeln haben. Da war es dem Ferdl bitter leid, daß er die Ankunft des Vielbesprochenen nicht abwarten konnte. Er hatte sich für Georgi wieder nach Berchtesgaden verdingt, wo sich die Meister um den tüchtigen Gesellen rauften.

Zwei Monate nach Ferdls Abreise trafen sie ein, die Gräfin, der Graf, von dem die Leute meinten, daß er während des letzten Winters recht ‚zusammengegangen‘ wäre, und Luitpold, den man kaum wiedererkennen wollte. Als sie am Finkenhof vorüberfuhren, lief alles an den Zaun, was Füße hatte. Nur Hanni war in ihrer Stube geblieben.

Am anderen Morgen schon kam Luitpold in den Finkenhof, brachte dem Bauer Grüße vom Vater und fragte nach dem ‚Ferdinand‘ und dem ‚Hannchen‘. Mit Stolz erzählte Jörg von seinem Ferdl; dann holte er die Hanni; er hatte heimlich gelächelt, als er nach dem ‚Hannchen‘ fragen hörte. Nun erschien sie unter der Tür, und da standen die beiden einander gegenüber und sahen sich an mit verwunderten Augen – das Mädchen den Jüngling mit der vornehmen, hochgewachsenen Gestalt, mit dem feinen, stolzen Kopf – und er das Mädchen mit dem Madonnengesicht und den tiefen Augen, in dem grauen Kleid, das sich in weicher Glätte um die sanften Formen des jungfräulichen Körpers schmiegte. Jörg in seinem Bruderstolze weidete sich an der ‚Überraschung‘ seines Gastes, der Mühe zu haben schien, für das ‚Fräulein Johanna‘ ein paar freundliche Worte zu finden. Nach kurzem Besuch entfernte sich Luitpold mit einer fast auffälligen Eile. Als er einige Tage später der Johanna im Dorf begegnete, ging er an ihr vorüber, ohne sie anzusprechen; dabei zog er den Hut so tief, als wäre sie seinesgleichen. Vielleicht hatte Johanna darin eine Äußerung seines Stolzes gesehen? Sie begann dem jungen Mann auszuweichen, und häufig, wenn sie ihn allein oder in Begleitung des Jägers die Straße einherkommen sah, trat sie unter einem Vorwand in das nächste Haus.

Luitpolds Mutter brachte die beiden wieder in nähere Berührung. Die Gräfin hörte eines Sonntags Johanna in der Kirche singen. Das Mädchen besaß eine Altstimme von ergreifender Innigkeit. Wenn diese Stimme während des Hochamts den weiten Kirchenraum erfüllte, sagten die Bauern, daß sich dabei zehnmal leichter und besser beten ließe, als wenn der alte Schulmeister das Gloria oder das Agnus Dei quiekte. Auch der Gräfin hatte Johannas Gesang gefallen; sie erkundigte sich beim Pfarrer nach dem Mädchen, erfuhr das Allerbeste, und die Folge war, daß Johanna auf das Schloß geladen wurde. Sie kam und mußte wiederkommen, so großes Gefallen fand die vornehme Dame an dem jungen, bezaubernden Geschöpf, an seinem bescheidenen Wesen und seinem reichen Wissen. Und als im Herbst die traurigen Tage kamen, in denen die zunehmende Schwäche des Grafen die Auflösung herbeiführte, ließ die trauernde Frau das Mädchen, dessen Anblick ihr ein Trost zu sein schien, kaum mehr aus ihrer Nähe.

Dieser Verkehr setzte sich im folgenden Frühjahr fort, als die Gräfin mit ihrem Sohn wieder in das Dorf zurückkehrte. Wie im vergangenen Sommer, so behandelte Luitpold auch jetzt die junge Freundin seiner Mutter mit großer Höflichkeit; dennoch wechselte er niemals andere Worte mit ihr als jene, die der Verkehr bei Tisch und das Zusammensein in den Zimmern seiner Mutter erforderte. Seine Liebe zur Jagd schien plötzlich gewachsen, und häufig war er vom Schlosse abwesend. Ganze Wochen durchstreifte er, die Büchse auf dem Rücken, unter Gidis Führung die Berge. Wenn er für einige Rasttage in das Schloß zurückkehrte, geschah es wohl, daß die Gräfin mit einem Lächeln, das sich nicht allzu fröhlich ansah, den Sohn ermahnte, über seinen Hirschen und Gemsen nicht ganz der Mutter zu vergessen. Diese Mahnungen schienen eher das Gegenteil von dem zu bewirken, was sie erzielen sollten. Das war um so mehr zu verwundern, als doch sonst an Luitpold die Liebe zur Mutter aus jedem seiner Blicke sprach. Enger und enger schloß sich die Gräfin in diesen einsamen Tagen an Johanna an, und als der Herbst mit Stürmen und wirbelnden Blättern in dem Bergtal Einzug hielt, war geschehen, wovon Jörg zu Gidi gesprochen: die Frau Gräfin hatte sich dem Bauer gegenüber so lang aufs Bitten verlegt, bis er die Schwester mit ihr nach München hatte ziehen lassen.

Jörg hatte ungern ja gesagt. Der Anblick seiner Hanni war ihm eine Freude, die er schwer entbehrte; aber er hatte bedacht, daß die Hanni, nach solch einem Sommer, im Dorf einen traurigen Winter haben würde, um so mehr, da in den letzten Septembertagen ihre alte, mütterliche Freundin aus dem Pfarrhof in den Kirchhof übergesiedelt war.

Jetzt freilich, in seiner Sorge, reute ihn jenes Ja. „Ich hätt's net zulassen sollen!" Und schließlich fuhr es in Unmut aus ihm heraus: „Ich hab ebbes ghört, selbigsmal, was mich hätt stutzig machen müssen. Dein junger Herr Graf hat kein bsonders guts Gsicht dazu gmacht, wie er erfahren hat, daß d' Hanni mit seiner Frau Mutter geht."

„Da möcht ich schon wissen, von wem du so ebbes ghört haben kannst?" fragte Gidi.

„Vom Eustach, vom alten Kammerdiener."

„So einer Ratschen hast ebbes glauben können?"

„Es muß doch was dran gwesen sein. Und da wird der noble Herr der Hanni 's Leben sauer gmacht haben im Grafenhaus. Dös hat man ja sehen können, im letzten Sommer, wie hochmütig als er sich stellt gegen d' Hanni."

„Hochmütig? Mein junger Herr Graf? Und gegen d' Hanni?" platzte Gidi heraus, um zögernd beizufügen: „Wie man's halt anschaut."

Da hörten die beiden durch das offene Fenster Doris flüsternde Stimme: „Schau, Veverl, was ich dir mitbracht hab!" Sooft der Dori mit dem Veverl redete, verwandelte sich etwas an ihm, und seine Stimme bekam was Sanftes und Kindhaftes.

brachte, hatte er sich den Bergdialekt nur leidlich angewöhnt; neben anderen Merkmalen seiner schwäbischen Heimatsprache hatte er die Hurtigkeit des Sprechens beibehalten, die dem Schwaben eigentümlich ist, aber zum oberbayerischen Dialekt paßt wie der langflügelige Rock zu den nackten Knien. Und da war seine Art, zu reden, wunderlich anzuhören.

Die Leute im Dorf, in das er vor drei Jahren versetzt worden war, zeigten sich ihm nicht sonderlich gewogen, obwohl er in Waltung seines Amtes keinen bösartigen Charakter entfaltete. Herr Wimmer hatte es nie verstanden, sich in Respekt zu setzen. In der einen Stunde zog er grundlos die Amtsmiene auf, und das verdroß die Leute; in der anderen Stunde benahm er sich gegen jeden mit jener vertraulichen Kameradschaft, die dem Bauer, wenn sie nicht von seinesgleichen kommt, immer Geringschätzung einflößt. Die Folge war, daß ihm mit ausdauernder Freundlichkeit nur jene entgegenkamen, die Ursache hatten, ihn um seiner Stellung willen zu fürchten. Eine heilige Scheu hatte die holde Weiblichkeit des Dorfes vor seinen dicken Fingern, die eine unverbesserliche Neigung bekundeten, sich mit runden Wangen und sonstigen Dingen, die rund sind, andauernd zu beschäftigen. Diese Neigung hatte Herr Simon Wimmer sogar zu jener Zeit nicht abgelegt, als er der ‚Finkenhofschwester‘ auf Freiersfüßen nachgestiegen war, wobei er seine aussichtslosen Heiratspläne durch die Behauptung begründete: „Büldung und Büldung ghören älleweil zueinander, und ein Angestellter wird ihr wägerle lieber sein als so an unfürmiger Baurelümmel.“

Seit jener Zeit war ihm der Spitzname ‚die angestellte Büldung‘ verblieben als einer der vielen, die im Dorfe von ihm gebraucht wurden. Unter ihnen waren es besonders drei, die sich einer Bevorzugung erfreuten. Mit einer doppelt an seine Heimat gemahnenden Diminutivform nannte man ihn den ‚Simmerle Wimmerle‘. Diesen Spitznamen hatte ihm ein Bursch aufgebracht, der ihn zu einem Mädel hatte sagen hören: ‚Schatzele, geh, sag Simmerle zu mir!‘ Andere nannten ihn die ‚verfluchte Geschichte‘. Das leitete sich von einer typischen Redensart her, die der Herr Kommandant in sorgenvollen Momenten mit reinstem Hochdeutsch zwischen den Mischmasch seiner beiden Dialekte einzuwerfen liebte: ‚Das ist eine verfluchte Geschichte!‘ Dazu schob er von oben her die grüne Mütze tief in die Stirn und kraute den struppig behaarten Hinterkopf. Die meisten aber nannten ihn den ‚Didididi‘. Sie trafen mit diesem Naturlaut ziemlich genau den hölzernen Klang des kurzen Gelächters, das Herrn Wimmer eigen war; es klang, wie wenn der Grünspecht hämmert an einer hohlen Fichte. Unter solchem Lachen trat Herr Simon Wimmer in die Stube. Jörg erhob sich mit der Frage, was dem Finkenhof die Ehre dieses ‚seltsamen Besuches‘ verschaffe. „Didididi!“ lachte Herr Wimmer und blinzelte, als hielte er den Bauer für den durchtriebensten Schelm auf Gottes Erde. „Was isch denn dös? E kloins Geheimnisle auf’m Finkehof? Ich hab e neus Gsichtle gsehe, e neus Gsichtle. Und was für e saubers Gsichtle! So was muß ich veraugenscheinige, ich in meiner Stellung als oberste Aufsichtsbehörde.“ Herr Wimmer hatte sich dem offenen Fenster genähert, legte die Mütze ab und schob den Kopf mit einiger Mühe durch die eng stehenden Eisenstäbe. „Älleweil noch e finsters Mäule, älleweil noch?“ lachte er in den Hof hinaus, ohne von Veverl eine Antwort zu erhalten.

„Du!“ flüsterte Gidi dem Bauer zu. „Bei dem brennt’s schon wieder.“

„Im Stroh zündt’s halt leicht.“

Der Jäger lachte. Als hätte Herr Wimmer diese Heiterkeit richtig gedeutet, so flink versuchte er seinen Kopf durch das Eisengitter zurückzuziehen, ein Versuch, der dem Herrn Kommandanten einen stöhnenden Klagelaut entpreßte; gleich zwei Widerhaken hielten ihn seine beiden Ohren vor den Eisenstäben gefangen, und erst, als er den Befreiungskampf mit überlegungsvoller Ruhe wiederholte, gelang es ihm, sein wohlgeratenes Haupt aus dieser unangenehmen Zwangslage zu erlösen. Während er sich dem Tisch näherte, mit den Händen die roten Ohren reibend, sagte Gidi: „Ja, schauen S’, so a gutgwogens

Obrigkeitsköpfl hat net a jeder. Bei uns sind die Fenstergitter grad aufs Bauernkopfmaß zugschnitten."

Herr Wimmer lachte mit, obwohl ihm die Verdrossenheit deutlich aus den Augen sprach. Dann kam er wieder auf das „neue, saubere Gsichtle" zu reden und setzte dem Finkbauer so lange mit Fragen zu, bis er alles erfahren hatte, was über Veverls Herkunft zu berichten war.

Erst vor wenigen Wochen hatte Jörg das Mädel in sein Haus gebracht. Vevis Vater war jener Bruder der Finkenbäuerin, der tief in den Bergen das kleine Haus besaß. Die Leute hatten mancherlei Gründe, wenn sie sagten, er wäre ein ‚gspaßiger Kamerad' gewesen. Er verkehrte nicht gern mit Menschen; das war schon als kleiner Junge so seine Art. Mit elf Jahren wurde er Hüterbub. Als er sechs Jahre später zum Senn avancierte, taugte ihm das ‚milchige Gschäft' nicht lang; da wurde er Holzknecht; aber niemals verdingte er sich an einen Rottmeister, er arbeitete nicht gern mit anderen Knechten, denn es kränkte ihn, daß sie darüber spotteten, wenn er vor dem Fällen eines Baumes den Bannsegen sprach, damit die ‚Alfin' durch die Axthiebe nicht verwundet würde, oder wenn er barmherzig an die vor dem wilden Jäger fliehenden Waldweiblein dachte und in den frischen Baumstock die zwei schief liegenden Kreuze schnitt, damit die armen Verfolgten sicher darauf rasten könnten. Drum nahm er nur Arbeit für sich allein und mühte sich tagsüber in seinem Schweiße. Wenn mit Einbruch des Abends seine Axthiebe im stillen Bergwald verhallt waren, freute er sich der Ruhe und saß bis in die sinkende Nacht vor seinem niederen, aus Rinden gefügten Obdach, in stummer Zwiesprache mit der Natur.

Nie sah man ihn in einem Wirtshaus, nie bei einer Lustbarkeit, in der Kirche nur an den höchsten Festtagen. Er wußte mit den Menschen nicht zu reden, dafür um so besser mit seinen Tieren, Pflanzen und Steinen. Alle Vogelstimmen vermochte er nachzuahmen. In der Nähe seiner Hütte nisteten zahlreiche Vögel, denn er rief sie mit ihren Stimmen und streute ihnen Brotkrumen und getrocknete Beeren. Das Wild scheute nicht vor ihm, und häufig geschah es, daß er ein verirrtes Kitz, nachdem er es mit dem Schmälruf der Geiß an sich gelockt, in die Nähe des Dickichts trug, das er als Standort des Muttertieres kannte. Die Bäume, Blumen und Pflanzen waren für ihn nicht leblose Produkte der Natur; ihre mannigfache, äußere Gestalt erschien ihm als die verschiedenartige Gewandung verschiedener Wesen, deren Leben in Wachstum und Blüte der Pflanze sich bekundete; selbst das starre Gestein erschien ihm als die Hülle ähnlichen Lebens. Er liebte die Natur, und drum war sie für ihn lebendig. Und alle Wesen, mit denen er die Natur bevölkert sah, setzte er in Beziehung zu dem Gott, an den er als guter Christ glaubte, um so fester, je weniger er es jemals versucht hatte, sich von Gott ein Bild zu machen. Er dachte seinen Gott nicht, er fühlte ihn, fühlte ihn als Inbegriff alles Guten und Gerechten. Gut – so hieß das Grundwort der Sprache, die das Herz dieses Menschen redete. Ein guter Gott und gute Geister, und sie beide wirkend zum Wohle guter Menschen! Das wenige Böse, dessen Vorhandensein er anerkennen mußte, erschien ihm nur als ein Wechsel, als ein Übergang vom Erträglichen zum Besseren. Weshalb ein solcher Wechsel und Übergang notwendig wäre, das kümmerte ihn nicht. Das mußte Gott wissen, der das gewiß nicht zulassen würde, wenn es nicht so sein müßte. Dieser Gedanke stand in ihm fest, er klügelte nicht daran, höchstens daß er ihn durch einen Vergleich für sein Verständnis zurechtlegte; er verglich das Böse im Leben mit dem Winter in der Natur, der als Übergang vom Herbst in den Frühling nötig war, obwohl alles Atmende und Keimende unter ihm zu leiden hatte. Natur und Natur, das war der Ausgang und das Ziel seines Fühlens und Denkens, der Verkehr mit der Natur seine einzige Freude.

Aber es kam für ihn eine Zeit, in der zu dieser Freude noch eine andere sich gesellte. Er zählte damals sechsunddreißig Jahre und arbeitete als Holzknecht in den Bergen. Dort stand in einem engen, hochgelegenen Tal, das vom Dorfe sieben Wegstunden entfernt war, ein kleines Haus, das ein alter Köhler mit seiner jungen Tochter bewohnte. Marianns Bruder hatte das freundlich blickende Mädel häufig gesehen, wenn es beim Beerensammeln in die Nähe seines Arbeitsplatzes gekommen war, aber nie hatte er das stille Ding angesprochen, wenngleich es ihm wohl gefallen hatte beim ersten Blick. Da kam sie eines Tages zu ihm: ihr Vater läge krank, und sie wüßte sich nicht mehr zu raten. Er ging mit ihr, wortlos, und sah es gleich, daß dem Alten nimmer zu helfen war. Einen Tag und zwei Nächte saßen die beiden am Lager des Sterbenden; als es mit ihm zu Ende war, zimmerte der Holzknecht einen groben Sarg, legte den Toten hinein und trug ihn auf den Schultern nach dem eine Wegstunde höher gelegenen Wallfahrtskirchlein Mariaklausen. Als er wieder zurückkehrte, begann er für das Mädel zu sorgen. Die beiden redeten miteinander, als hätte es nie eine Zeit gegeben, in der sie sich nicht gekannt. Er nahm sie, und sie gab sich ihm, und so blieben sie beieinander. Nach einem Jahr gebar ihm das Weib ein Mädchen, das der alte Kaplan von Mariaklausen auf den Namen Eva taufte. Das Kind war der Abgott des Vaters, und seine Fürsorge für das kleine Geschöpf, in dem die Eigenschaften des Vaters und der Mutter vereinigt schienen, verdoppelte sich noch, als er im sechsten Jahr seines Glückes sein junges Weib verlor. Sie starb an dem Biß einer Kupfernatter. Am Morgen war sie gebissen worden. Als am Abend der Mann aus dem Bergwald nach Hause kam und das Unheil unter seinem Dache fand, jammerte er nicht, sondern tat, was er zu tun verstand; er saugte die Wunde aus, wusch sie mit dem Absud gestoßener Eschenrinde und band ein Häufchen Sägspäne von Eschenholz darüber, die er mit dem Saft der Pimpernellwurzel befeuchtet hatte. Alle Hilfe kam zu spät. Wieder hatte der Holzknecht einen Sarg zu zimmern.

Von nun an mußte der Vater seinem Kind die Mutter ersetzen; das ging in den ersten Wochen schwer, aber die Liebe lehrte es ihn. An schönen Sommertagen nahm er das Kind mit sich in den Wald, wo es unter der Rindenhütte seine stillen Spiele trieb, während draußen der Vater arbeitete; zur Mittagsstunde schob er ihm auf dem Holzlöffelchen die Kost in das kirschrote Mäulchen; dann nahm er sein Veverl auf die Knie, lehrte es die Tiere und Vögel kennen, nannte ihm die Namen der Pflanzen und Steine und plauderte zu ihm von dem geheimnisvollen Leben, das nach seinem Glauben in allen Kindern des Waldes webte. Pünktlich nach einer Stunde nahm er die Arbeit wieder auf; wenn sie des Abends nach Hause kehrten, setzten sie sich auf die Holzbank unter den rauschenden Fichten, und dann wiederholte sich das gleiche, freundliche Spiel. An regnerischen Tagen konnte der Vater sein Mädel getrost zu Hause lassen; das Veverl war mit fünf Jahren schon bei aller äußerlichen Schüchternheit ein beherztes Mädel. Wovor auch hätt es sich fürchten sollen? Menschen kamen nur selten in die Einöd. Im übrigen hatte der Vater sein Kind beizeiten gelehrt, die Natur und ihr Leben nicht zu fürchten, sondern zu lieben. Der Winter vereinigte die beiden in der warmen Stube; da arbeitete der Vater zu Hause, und während er vor seiner Werkbank saß und aus den weißen, astlosen, geschmeidigen Lärchenbrettchen die verschiedenartigsten Schächtelchen und Schachteln fügte, übertrug er bei stundenlangem Geplauder in das Herz des Kindes sein ganzes Träumen, Sinnen und Fühlen. Täglich zur Mittagsstunde traten sie vor die Tür, wo der tiefe Schnee den Grund und die Bäume deckte und der zu Eis erstarrte Bergbach im kurzwährenden Sonnenscheine funkelte. Dann streute das Kind den frierenden Vögeln Nahrung, während der Vater über eine vom Schnee entblößte Stelle ein Bündel Bergheu schüttete, zur Äsung für das Wild, das vom Morgen an in Rudeln das kleine Haus umstand, der Stunde harrend, zu der die niedere Tür sich öffnete.

So schwand den beiden Tag um Tag; das Ausbleiben des Wildes war für sie das erste Anzeichen des nahenden Lenzes; bald kamen mildere Tage, die den Schnee die wachsende Kraft der Sonne verspüren ließen; dann hub ein Stürmen und Tosen an rings um das kleine Haus, der schwüle Föhnwind brauste durch den steilen Forst, daß die Bäume ächzten und die Erde schütterte, und auf den felsigen Höhen grollten die dumpfen Donner der stürzenden Lawinen. Die Stürme vertobten, klare Bläue wölbte sich über Berg und Tal, bei Veilchenduft und Vogelgezwitscher lächelte der milde Frühling, und wieder zogen Vater und Kind hinaus in den grünenden Bergwald. Drei Winter schwanden ihnen so, und Veverl war acht Jahre alt geworden, als ihres Vaters Schwester, die Mariann, das ‚große Glück‘ machte. Da drängte nun der Finkenbauer den Schwager, mit seinem Kind zu ihm ins Dorf zu ziehen; der konnte sich ein Leben fern von seinem Wald nicht denken; er blieb, wo er war und was er war. Nicht einmal zu einem kurzen Besuch im Finkenhof konnte er sich entschließen; wenn Mariann den Bruder sehen wollte, mußte sie die sieben Stunden bergwärts fahren.

Acht neue Jahre vergingen; aus dem stillen Waldkind war das blühende, träumerische, rehäugige Mädel geworden, auf den Scheitel des Vaters aber war ein Schnee gefallen, den keine Frühlingssonne schwinden machte. Wieder hatte der Winter seinen weißen Teppich über Höhen und Tiefen gedeckt; da war es am Weihnachtsmorgen; Veverl stand unter der Tür und lockte die Vögel, die im Froste pispernd ihre Federn sträubten; der Vater hatte gemeint, auch das Wild sollte den Tag vermerken, der den göttlichen Helfer für Not und Elend geboren hatte, und so stand er am Waldsaum, klingend hallten die Schläge seiner Axt, er fällte einen Fichtenstamm, damit das Wild die saftigen Zweigspitzen äsen könnte. Krachend stürzte der Baum und streifte im Stürzen eine Buche, wodurch ein schwerer Ast gebrochen und seitwärts geschleudert wurde. Mit gellendem Aufschrei flog das Mädel auf den Vater zu, der, von dem Ast auf die Stirn getroffen, lautlos niedersank auf den Grund, dessen weißer Schnee von dem strömenden Blut sich rötete. Jammernd warf sich das Kind über den Vater, rüttelte mit den kleinen Händen seinen blutenden Kopf und rief ihn schluchzend mit allen Namen der Zärtlichkeit. Als sein Auge starr blieb und stumm sein Mund, zeigte sich in Eva die Tochter dieses Vaters; mit Gewalt überwand sie ihre Tränen, der hundertmal gehörten Lehre denkend, daß der Seele eines Toten die um ihn geweinten Tränen brennendes Weh bereiten. Dennoch brach sie noch einmal in lautes Schluchzen aus: als ihr bei dem Versuch, den Entseelten in das

Haus zu bringen, die Kräfte versagten. Da eilte sie in die Stube, nahm das kleine Kruzifix aus dem Herrgottswinkel, kehrte zum Vater zurück, faltete ihm die Hände über der Brust und legte das Kreuz zwischen seine erstarrenden Finger. Dann machte sie sich auf den Weg nach Mariaklausen. Acht Stunden brauchte sie, bis sie das nur eine Wegstunde höher gelegene Kirchlein mit dem Kaplanhause in Sicht bekam; häufig, wenn sie bis über die Brust in den tiefen Schnee versunken war, hatte die Versuchung sie angewandelt, die Hände zu falten, die Augen zu schließen und so zu harren, bis der frierende Tod ihre Seele der Seele des Vaters vereinigen würde; aber der Gedanke, daß dann der Vater unbeerdigt liegen müßte, schutzlos den hungernden Füchsen überlassen, spornte immer wieder ihre schwindenden Kräfte; den letzten steilen Hang vermochte sie nicht mehr zu erklimmen; doch war sie von den Leuten im Kaplanhause schon gewahrt worden, und die beiden Widumsknechte kamen ihr zu Hilfe.

Als Veverl vor dem alten Kaplan in der mönchisch kahlen Stube stand, versagten ihr fast vor Entkräftung die Worte. Die bejahrte Wirtschafterin nahm ihr das vom Schnee durchnäßte Gewand ab, wickelte sie in warme Decken und brachte sie zu Bett; inzwischen stiegen die beiden Widumsknechte zum Waldhaus hinunter; spät in der Nacht erst kehrten sie mit dem starren Schläfer zurück, und sie wußten nicht genug zu reden von der wundersamen Gesellschaft, in der sie den Toten gefunden. Rings um ihn hätten die Bäume gewimmelt von Vögeln; Hirsche und Rehe hätten ihn im Kreis umstanden; auf seiner linken Schulter wäre ein weißer Vogel von Taubengröße gesessen, wie sie ihrer Lebtag noch keinen gesehen, und der hätte mit menschlicher Stimme zu dem Wild geredet; als sie sich genähert, hätte sich der Vogel pfeilgerad in die Luft erhoben, das Wild aber hätte sich nicht vertreiben lassen, und während sie den Toten bergwärts trugen durch die Nacht, hätten sie bald hinter sich, bald seitwärts im Walde trippelnde Schritte gehört, so daß es ihnen ganz unheimlich geworden wäre und sie sich ein um das andere Mal bekreuzt hätten. Veverl konnte den beiden Knechten nicht erklären, daß jener seltsame Vogel ihr ‚Hansi‘ gewesen, eine weiße Dohle, die der Vater gezähmt und abgerichtet hatte, nachdem er sie im vergangenen Frühling unter dem Nest gefunden, aus dem die alten Vögel das in der Farbe mißratene Junge gestoßen hatten – denn als die beiden Knechte den Toten in das Kaplanhaus brachten, lag Veverl in glühendem Fieber. Der Kaplan und seine Wirtschafterin pflegten sie. Als die Kranke nach langen Fiebertagen zum Bewußtsein erwachte, erzählte sie, daß sie durch Tage und Nächte den Vater auf ihrem Bett habe sitzen sehen, mit verklärten, lächelnden Zügen und in weißem, schimmerndem Gewand, daß er ihr liebevollen Trost zugesprochen und süße, wohltuende Arzneien gereicht hätte.

Ihr erster Ausgang führte sie hinüber in den Friedhof; neugefallener Schnee verhüllte das junge Grab. Auch jetzt verblieb sie im Kaplanhaus; unter ihrem eigenen Dache hätte sie so allein für sich ein trauriges Wohnen gehabt, und der Verkehr mit dem Dorfe war durch den hohen Schnee seit Monaten völlig unterbrochen. Zu Anfang des März erst konnte man der Finkenbäuerin die Nachricht von dem Tod ihres Bruders senden; wenige Tage später erschien der Bauer in Mariaklausen, um sein Schwagerkind mit sich ins Tal zu führen. Wenig war es, was Veverl aus dem väterlichen Haus, von dem sie unter Tränen schied, mit sich nehmen konnte; von ihrem ‚Hansi‘, der ihr im wörtlichsten Sinn des Wortes eine sprechende Erinnerung an den Vater gewesen wäre, war schon bei ihrem ersten nach der Genesung vollführten Besuch im Waldhause nichts mehr zu sehen und zu hören gewesen, obwohl sie den Namen des Vogels hundertmal hinausgerufen hatte in den Wald.

Gegen Abend langten sie im Dorfe an; als Veverl die ‚fürchtig vielen‘ Häuser sah, wußte sie sich vor Staunen kaum zu fassen; es erging ihr, wie es dem Dörfler ergeht, der zum erstenmal die Großstadt sieht. Aber auf dem Finkenhof hatte sie ein leichtes Sicheingewöhnen; sie wußte sich alle Leute durch ihr stilles Wesen rasch zu Freunden zu machen; und überdies waren da noch drei Leutchen, die das Veverl anbeteten: die beiden Kinder und Dori. Freilich, das kleine Waldhaus tief in den Bergen da hinten, mit allem, was darin und darum war, das konnte ihr der prächtige Finkenhof nicht ersetzen. Und ihr Vater fehlte.

Wenn der Finkenbauer von diesen Dingen auch nicht mit besonderer Ausführlichkeit erzählte, so bekam Herr Simon Wimmer doch so viel zu hören, daß er immer wieder Veranlassung fand, den Bauer mit den staunenden Worten zu unterbrechen: „Ja, was isch denn dös! Ja, was isch denn dös!" Gidi erhob sich und verließ die Stube unter dem Vorwand, nach dem Wetter auszuschauen. Draußen im Flur zeigte er keine Eile, einen Blick auf den Himmel zu werfen; immer spähte er nach der offenen Küchentür; als er sich nähern wollte, wurde sie ihm von unsichtbarer Hand vor der Nase ins Schloß geworfen. Gidis Gesicht verfinsterte sich, hellte sich aber gleich wieder auf, als er hinter der Tür das Kichern der beiden Kinder und Doris flüsternde Stimme vernahm. Er horchte, und was er da zu hören bekam, das machte ihn lächeln; dieses Lächeln verstärkte sich noch, als er die Stube wieder betrat und den Herrn Kommandanten mit zwinkerndem Blick betrachtete. Nun folgte eine Viertelstunde, in der Herr Simon Wimmer viel von Gidi zu leiden hatte. Vorerst begann der Jäger von mancherlei Mädeln des Dorfes zu sprechen, deren Namen allein schon genügten, um den Herrn Kommandanten in mißbehagliche Unruh zu versetzen. Dann kam Gidi auf das ,Fräulein Hanni' zu reden und wußte nicht genug davon zu sagen, wie sehr ,der Zukünftige von der Finkenhofschwester zu neiden' wäre. Herr Simon Wimmer schien auf einem unbequemen Stuhl zu sitzen; dabei verhielt er sich schweigsam und spickte nur manchmal die Worte des Jägers mit einem gezwungen klingenden ,Didididi!' Doch seine Unruh wich einer ungeteilten Aufmerksamkeit, als er den Jäger sagen hörte: „Wann ich mich tragen tät mit Heiratsgedanken, ich tät mich mit alle zwei Händ anhalten am Finkenhof. Wann ich mir auch zehnmal sagen müßt, daß d' Hanni für mich net gwachsen is! Sein Weiberl aus'm Finkenhof aussi holen, dös heißt, a Numero ziehen! Es müßt ja net grad d' Hanni sein! s' Veverl is bald im besten Alter, und gelt, Finkenbauer, da wirst dich net spotten lassen, wann der Kammerwagen von deim Schwagerkind aussi fahrt aus'm Finkenhof."

„Dös versteht sich! Didididi!" fiel Herr Wimmer mit Feuer ein und pries die ‚großmütige Nobligkeit' des Finkenbauern, der diese Lobrede mit Geduld über sich ergehen ließ. Man konnte es dem Bauer ansehen, daß er an andere Dinge dachte; er gewahrte kaum, daß ihm Gidi lustig zublinzelte und verstohlen mit dem Daumen nach dem vor Eifer glühenden Gesicht des Kommandanten deutete. Jörg atmete erleichtert auf, als Herr Simon Wimmer sich endlich zum Abschied erhob. „Wart, ich heiz ihm noch a bißl ein auf'm Heimweg!" wisperte Gidi dem Bauer zu; dann nahm er seine Büchse und den Rucksack von der Ofenbank.

„Geh, laß!" erwiderte Jörg. „Der is imstand und redt der Vevi was für, an was dös Madl noch net denken soll."

Vom Hausflur klang die Stimme des Kommandanten herein: „Ja, was isch denn jetzt dös? Wo isch denn mein Gwehrle, mein Gwehrle? Da hab ich's hergestellt ghabt, da her ins Eckele, und jetzt isch dös Gwehrle nimmer da!" Jörg und Gidi unterstützten Herrn Wimmer bei der Suche nach seiner ärarialischen Mordwaffe. Aus einem in der Küche stehenden Kehrichtfäßl wurde sie endlich zum Vorschein gebracht. Veverl war es, die auf die richtige Fährte half, denn sie erinnerte sich, daß sich die beiden Kinder in der Küche was zu schaffen gemacht hatten; ihre Vermutung, daß Dori die Kinder zu diesem Schabernack verleitet haben dürfte, verschwieg sie. Veverls Dazwischenkunft schien Herrn Wimmers Groll über den seiner Amtswürde gespielten Streich zu besänftigen. In plump galanten, mit zahlreichen Didididis beträufelten Redewendungen bedankte er sich bei dem Mädel, das verwundert zu ihm aufblickte. Schon krümmten sich seine Weißwurstfinger dieser blühenden Wange entgegen, als Gidi die erhobene Hand des Herrn Kommandanten haschte, um den am Zeigefinger steckenden Granatring besser betrachten zu können; er zog sogar an diesem Zeigefinger die ‚oberste Aufsichtsbehörde' hinter sich in den Hof hinaus, um für die Betrachtung des Ringes besseres Licht zu gewinnen. Kaum hatten sie die Schwelle überschritten, als an der Hausecke die zwei Kinder erschienen, jedes geschoben von einem langen, rasch wieder verschwindenden Arm; mit kreischenden Stimmchen begannen sie nach einer Melodie, die mit dem Anfang des Radetzkymarsches eine entfernte Ähnlichkeit hatte, zu singen:

> „Dös isch der schwäbisch Simmerle,
> Isch zubenamset Wimmerle,
> Hat auf der Nas e Schimmerle
> Und drauf e kloins Wim-mer-le!"

Kichernd huschten die Kinder um die Hausecke, hinter der noch flüchtig etwas sichtbar wurde, das einer Ohrmuschel von abnormer Größe ähnelte. Gidi lachte. Auch Herr Wimmer, obwohl sein Gesicht von dunkler Zornröte überputert war, stimmte mit seinem Didididi in dieses Lachen ein; er hielt sogar den Finkenbauer zurück, der die zwei kleinen Schelme zur Rechenschaft ziehen wollte. „Lasse Sie's doch, Herr Fink, lasse Sie's doch!" sagte er. „Sie sehen, ich lach' ja selber drüber! Didididi! So em Paar liebe Schneckerle verzeiht man gern e kloins Späßle."

Jörg, der selbst nur mit Mühe das Lachen verbiß, gab dieser Fürbitte gern Gehör; während er seine beiden Gäste zum Zauntor geleitete, verteidigte er sogar die Kinder und schob die ganze Schuld auf den leicht zu erratenden Anstifter, auf diesen verflixten Dori. „Aber was hast denn?" wandte er sich plötzlich an den Jäger. „Kegelst dir ja schier den Hals aus!" Und leise fügte er bei: „Die Enzi siehst heut nimmer, da mußt schon warten bis morgen."

„Macht nix!" erwiderte Gidi. „'s Hinwarten hat noch kein' Jager net verdrossen, wann's a richtiger war. An alter Jagerspruch sagt: An guten Hirsch mußt derwarten, net derlaufen!"

Jetzt setzte Herr Wimmer zu seiner Abschiedsrede ein, deren Ende wohl kaum ‚zum derwarten' gewesen wäre, hätte nicht Gidi sich ins Mittel gelegt und den Herrn Kommandanten durchs Tor geschoben. Neben dem festen Schritt des Jägers würmelte Herr

Simmerle Wimmerle mit seinen verliebten Beinen über die Straße.

Langsam wanderte Jörg dem Hause zu. „Dori!" rief er mit einer Stimme, deren Klang dem Burschen wenig Gutes verhieß. Dennoch kam er auf den Ruf wie ein Wiesel um die Hausecke geschossen. „Du! Jetzt will ich dir was sagen! Meinetwegen treib du deine Unfürm für dich selber, solang als d' magst! Aber daß du mir meine Kinder zu Dummheiten anhaltst, dös verbitt ich mir. Und daß dir's merkst –"

Dori knickte zusammen wie ein Taschenmesser und sah mit einem so verdutzten Armesündergesicht an Jörg hinauf, daß dieser die schon erhobene Hand wieder sinken ließ und von dem Burschen sich abwenden mußte, um nicht in Lachen auszubrechen. Mit zerknirschtem Gesicht schlich Dori davon. Als er die Hausecke erreicht hatte, war die Reue verflogen, und vergnüglich nickte er vor sich hin: „Jetzt is doch auch amal a Tag vergangen, ohne daß ich a Tachtel kriegt hab."

Jörg war zur Haustür gegangen. Da sah er einen Mann in blauer Jacke und Mütze auf das Haus zukommen; es war ein Postbote, nicht der gewöhnliche, der täglich die Briefe und Zeitungen in das Dorf brachte.

„Bin ich da recht? Beim Bauer Georg Fink?"

„Ja, ganz recht!" erwiderte Jörg, schon die Hand nach dem Briefe streckend, von dem der Bote den Namen des Bauern abgelesen hatte.

„Da hab ich an Expreßbrief, kostet a Mark achtzig Pfennig für direkte Zustellung."

„Is a bißl viel!" murmelte Jörg zerstreut. Er griff in die Tasche und zählte dem Boten das Geld hin. Dann ging er in die Stube. Immer sah er die Adresse an, als hätte er nicht den Mut, den Brief zu öffnen. Auf den ersten Blick hatte er die kraus durcheinanderfahrende Schrift seiner Mariann erkannt. Eine Mark achtzig! Was mußte ihm da die Mariann zu schreiben haben! Endlich schüttelte er in Unwillen über sich selbst den Kopf. Der Gidi, dachte er, wird das Richtige getroffen haben. Trotz ihrer rühmenswerten Pünktlichkeit hat sich die Mariann in der Stadt aufhalten lassen; und da war nichts natürlicher, als daß sie durch einen flinken Brief ihren Jörg aller Sorgen enthob. So dachte er noch, als er den Brief schon geöffnet hatte. Doch als er auf dem Blatt die Tränenspuren gewahrte, unter denen die Schriftzüge verschwammen, wußte er, daß er noch Schlimmeres erfahren würde, als er selbst gefürchtet hatte. Seine Mariann? Und Tränen? Die Hände zitterten ihm, als er das Blatt näher an die Augen hob. Da verfärbte sich sein Gesicht, und tastend suchte seine Hand nach einer Stütze. Schwer sank er auf die Holzbank hin und stammelte: „Jesus, wie kann denn so was gschehen!" Wieder hob er den Brief. Keuchend ging sein Atem.

Lange schon hatte er zu Ende gelesen, und noch immer starrten seine Augen auf das Blatt. Dann plötzlich schlug er die Hände an die Schläfe, und in lautem Aufstöhnen, das den ganzen Körper des Mannes erschütterte, brach es von seinen Lippen: „Hanni! Hanni! Mein armer Ferdl!" Die Fäuste sanken ihm über den Tisch, und schluchzend barg er das Gesicht in den Armen. Lange lag er so, sein Schluchzen verstummte, doch immer wieder rann ihm ein Schauer über den Leib. Er schien nicht zu hören, daß die Tür sich öffnete und Veverl die Stube betrat. Sie mochte glauben, daß der Bauer schliefe; ruhig trat sie auf ihn zu und legte ihm die Hand auf die Schulter: „Jörgenvetter?"

„Was willst?" fuhr der Bauer auf mit heiserem Laut.

Erschrocken blickte Veverl in dieses verstörte, vom Schmerz verwandelte Gesicht und auf die zuckenden Hände, die in scheuer Hast ein zerknülltes Blatt zu verstecken suchten.

„Was willst?"

Das Veverl brachte es kaum heraus: „Den Tisch hab ich dekken wollen, 's Abendessen ist fertig."

„So? so?" stammelte Jörg. „Ja, schau nur, daß die Kinder ihr Sach richtig kriegen. Auf mich brauchst net warten mit'm Essen. Ich muß heut noch an Weg machen." Taumelnd, wie ein Betrunkener, ging er auf einen Wandschrank zu und versperrte den Brief. Dann griff er nach dem Hut.

Tonlos fragte das Veverl: „Is der Jörgenvetter krank?"

Der Bauer schüttelte den Kopf und verließ die Stube. Als er die Schwelle der Haustür überschritt, streifte eine niederhängende Ranke seine Wange; er hob die Augen. ‚Willkommen!' las er da oben zwischen Grün und Blumen. In Jähzorn streckte er den Arm und riß die Inschrift mit den Blumen vom Gebälk, trug sie in die Küche und warf sie ins Herdfeuer. Unbeweglich sah er zu, wie die Flamme das Fichtenreis und die Blumen ergriff und die Inschrift unter Ruß erlöschen machte. Als er der Schwelle wieder zuschritt, sprangen ihm die Kinder entgegen. Wortlos hob er sie zu sich empor, preßte sie an seine Brust und ließ sie wieder niedergleiten zur Erde. Er sah nicht, daß Veverl unter die Tür trat, hörte nicht, wie die Kinder das Mädel mit den Worten bestürmten: „Veverl, was hat denn der Vater?" In Hast verließ er das Haus und eilte der Straße zu.

Das Kinn auf der Brust, die Hände der hängenden Arme zu Fäusten geballt, wanderte er durch das abendstille Dorf. Die Leute, die ihm begegneten, grüßten freundlich; er sah ihre Grüße nicht und ließ sie ohne Dank. „He, Finkenbauer", rief ihm einer nach, „warum bist denn gar so stolz heut? Hast an guten Handel gmacht?" Jörg hörte die lachenden Worte nicht. Als er vor der Schwelle des Pfarrhofes die Glocke zog, hob er zum erstenmal die Augen.

Mit dumpfem Hall fiel hinter ihm die Tür ins Schloß.

Längst war die Sonne hinuntergegangen, und tiefe Dämmerung webte über den rauchenden Dächern, als Jörg aus dem stillen Hause wieder auf die Straße trat. Ihm folgte der alte Pfarrer im langen Talar, auf dem Scheitel das kleine, schwarze Käppchen, das von einem Kranz schneeweißer Haare umzogen war. Die milden Züge des greisen Priesters sprachen von tiefer, schmerzlicher Bewegung. Er legte dem Bauer die Hand auf die Schulter: „Geh jetzt nach Hause, Jörg, und suche Ruh und Ergebung zu finden. Du weißt, Einer ist über uns, dessen Wille geht vor unseren Wünschen und unserer Liebe."

„Ich spür's, ich spür's!"

„Wie dein Herz an den beiden hing, das weiß ich! Und ich selbst dank es meinem Gott, daß meine selige Schwester diesen Tag nicht hat erleben müssen. Wir, Jörg, wir beide, wir müssen uns als Männer zeigen! Weißt du, leben heißt leiden. Aber wir sind Christen! Gelt, Jörg? Gute Christen? Und siehst du, da müssen wir es auch in blutigen Tränen dem Heiland nachtun und müssen sagen: ‚Herr, dein Wille geschehe!‘ Sieh, mein armer Jörg, ohne seinen Willen fällt kein Haar von unserem Haupt, kein Sperling von unseren Dächern. Er erforscht die Nieren der Menschen und sieht alles Kommende, und so erkennt er das Beste und wirkt es durch seinen Willen."

„'s Beste, Hochwürden, 's Beste? Ich bin nur ein einfältiger Mensch. Aber viel kunnt ich mir denken, was besser wär."

„Ja! Ein einfältiger Mensch! Und da willst du deine Einfalt über die ewige Weisheit stellen? Geh, Jörg, geh heim und sieh deine lachenden Kinder an und dein stattliches Haus! Und danke dem Herrn für alles, was er dir gegeben und dir gelassen hat. Geh, Jörg! Was für morgen noch zu besorgen ist, das will ich schon auf mich nehmen. Und morgen – morgen soll das geschehen, als wäre alles gut und richtig. Was du dem alten Freund vertraut hast, das braucht der Pfarrer nicht zu wissen."

„Hochwürden!" stammelte Jörg mit heißem Dank. „Ich hätt nie den Mut gefunden, um soviel z' bitten! Und lügen hätt ich net können. Aber jetzt, Hochwürden –" Die Worte versagten ihm, als er die welke Hand des Priesters küßte.

„Jörg!" wehrte der Pfarrer, seine Rechte aus den Händen des Bauern lösend. „Geh nach Hause! Es ist spät geworden, und ich habe noch manches zu besorgen. Gute Nacht, Jörg!"

„Gut Nacht!" Noch einmal umfaßte Jörg die Hand des Pfarrers mit festem Druck. Dann ging er die Straße hinunter.

Lange sah der Greis ihm nach; dann neigte er den weißen Kopf und flüsterte vor sich hin: „Herr, wie machst du es den Menschen manchmal schwer, an deine Güte zu glauben!" Während er dem gegenüberliegenden Schulhaus zuging, blickte er unablässig die Straße hinunter, dem leidbeladenen Manne nach, der langsam hinschritt durch das stille Dorf.

Noch hatte Jörg seinen Hof nicht erreicht, als das Abendgeläut mit sanftem Klang vom Kirchturm hinausscholl über das nebeldampfende Frühlingstal. Jörg nahm den Hut herunter und faltete bei zögerndem Weiterschreiten die Hände. Das Geläut verstummte. Jörg hob wie in ängstlichem Lauschen den Kopf. Jetzt schauerte er zusammen, als wäre ihm der Ton der Glocke, die nun zu läuten anhub, durch Mark und Bein gegangen. Es war der dünne wimmernde Ton des Zügenglöckls.

An den Häusern öffneten sich die Fenster, aus den Türen traten die Leute und sammelten sich auf der Straße zu kleinen Gruppen mit durcheinander schwirrenden Fragen.

Wer konnte gestorben sein, da doch niemand im Dorf schwerkrank darniederlag? Hat es ein Unglück gegeben? Wen mag es getroffen haben? Oder war noch Schlimmeres geschehen? Verbrechen und Mord?

Niemand wußte eine Antwort. Der sie hätte geben können, ging wortlos seiner Wege, heimwärts, dem Finkenhof zu.

4

Ein großer Raum mit weiß getünchten, niederen Wänden; rechts von der Tür der braun lackierte Geschirrschrank, links der eiserne Ofen, eine rings um die Wände sich ziehende Holzbank, in der Fensterecke das Kruzifix und darunter der lange Lärchentisch – das war die ,Ehhaltenstub' im Gesindehaus des Finkenhofes. Eine trüb brennende Öllampe warf ihr mattes Licht über den Tisch, um den die Dienstboten bei der dampfenden Schüssel saßen. Emmerenz führte den Vorsitz. Neben ihr saßen Valtl und die alte Waben; dann machte Dori sich breit; ihm gegenüber saß die Stallmagd, die beim Essen fleißiger die Zähne zu rühren liebte als die Hände bei der Arbeit; der Schmied, die Hausmagd und der Holzknecht ergänzten die Runde. Niemand sprach; alle Augen hingen an der Schüssel; man hörte nur das Klappern der Löffel und das Geräusch der Zähne.

„Was is denn jetzt dös für an ewige Trampelei mit die Füß unterm Tisch da!" fuhr Emmerenz plötzlich auf und schoß einen wütenden Blick auf Valtl.

Der Knecht duckte das lächelnde Gesicht über den Teller; die alte Waben aber pfiff zwischen ihren Zahnlücken hervor: „Zieh halt deine Füß ein, wann s' der ander streckt. Er wird doch net krämpfig werden müssen wegen deiner Moräulidät! Heut muß dir ebbes net taugt haben, weil gar so heiklich bist."

„No freilich", stichelte Valtl, „a grüns Katzl is ihr über 'n Weg glaufen."

Die Stallmagd kuderte laut, um zu beweisen, daß sie die Anspielung auf den Jäger gut verstanden hätte. Alle, die am Tisch saßen, guckten sie verwundert an, als wüßten sie über diese bei der Stallmagd seltene Beweglichkeit des Geistes nicht genug zu staunen. Emmerenz, der die Stirn wie Feuer brannte, richtete den zornfunkelnden Blick auf Valtl: „Du, gelt, nimm dich in acht! Dös Katzl hat springende Füß. Wann der Fuchs zur Nachtzeit heimlich aufs Mausen geht, dös vertragt's fein gar net! Kunnt ihm leicht amal auffifahrn auf'n Buckel."

„Sorg dich net!" erwiderte Valtl. „So a Füchsl versteht sich aufs Abschütteln."

„Mbäh!" Mit diesem blökenden Laut war Dori von der Bank aufgesprungen, daß der Tisch ins Wanken geriet und die alte Waben vor Schreck den Löffel fallen ließ. Einen kurzen Moment schwebte seine gezückte Gabel über allen Köpfen, dann fuhr sie hinunter in die Schüssel wie der Habicht in das Nest der Wildtaube, und bevor es die anderen sich versahen, hatte Dori mit staunenswertem Geschick den letzten Knödel aus der Suppe herausgestochen und hinter den Zähnen verschwinden lassen. Allgemeines Gelächter. Auch Emmerenz konnte nicht ernst bleiben, obwohl sie, ihrer Stellung als Fürmagd Rechnung tragend, auf den pamfenden Burschen losschalt: „Hättst den Knödel net in der Ordnung nehmen und essen können wie a manierlicher Mensch! Mußt denn allweil in d' Höh fahren wie a Heuschnickl, der damisch worden is!"

„Ah na, weißt", erwiderte Dori, die Worte aus dem übervollen Mund herausquetschend, „mir geht's wie demselbigen Katzl, ich hab springende Füß!"

„Was! Mitreden willst auch noch!" zürnte Emmerenz. „No siehst es", fügte sie in vorwurfsvoller Besorgnis bei, als Dori, vom Lachen der andern angesteckt, mit seinem Knödel ins Würgen kam, „da hast es jetzt, du Ruech, du wilder!"

Die alte Waben und die Hausmagd bearbeiteten mit ihren Fäusten den Rücken des Burschen, bis er nach einem hörbaren Schluck erleichtert aufatmete: „Jetzt is er drunt!"

Emmerenz erhob sich vom Tisch und begann das Geschirr zusammenzuräumen, während sich die anderen gemächlich aus den Bänken hervorschoben. „Du", flüsterte Dori dem Holzknecht zu, „heut beim Heimfahren hab ich mir a neus Betsprüchl ausdenkt. Da paß auf!"

Emmerenz trug das Geschirr zum Schrank; als sie zurückkehrte und Dori, der als der jüngste Dienstbote nach jeder Mahlzeit das Dankgebet zu sprechen hatte, noch immer keine Miene machte, dieser Pflicht nachzukommen, mahnte sie ihn: „Was is denn, Dori? Fang 's Beten an!"

Der Bursch schien auf die Aufforderung gewartet zu haben. Hurtig stellte er sich vor dem Tisch in Positur, schlug mit weit ausfahrendem Daumen das Kreuz, faltete die Hände und begann:

> „Jetzt hab ich gessen,
> Bin noch net satt,
> Hätt gern noch was gessen,
> Hab nix mehr ghabt.
>
> Der Magen is weit gedehnt,
> Der Schnabel ans Fressen gwöhnt,
> Drum hungert's mich allezeit,
> Jetzt und in Ewigkeit! A —"

‚Amen', wollte er sagen; aber Enzis flink erhobene Hand sauste dem Dori übers Ohr. Das klatschte!

„Sakra nochamal!" stöhnte der Bub unter dem Gelächter der anderen und verzog den Mund, als möchte er sich überzeugen, ob ihm der Kinnbacken noch richtig im Gelenk säße.

„Hat's ausgeben? Dös is recht!" sagte Emmerenz befriedigt; dann faltete sie die Hände und sprach, die Augen zum Kreuz erhebend, mit ruhiger Stimme das übliche Tischgebet. Verdrießlich brummelte Dori vor sich hin; er mochte sich des glücklich verlaufenen Auftrittes mit dem Finkenbauer erinnern und daneben die Erfahrung halten, daß ein ‚tachtelfreier' Tag nicht vor dem Abendessen zu loben wäre. Aus diesem Brüten weckte ihn die Stimme der Emmerenz. „Du Lalle, du unchristlicher!" brummte sie ihn an, als sie an ihm vorüberging.

„No ja", grollte Dori, „deswegen muß man net gleich dreinschlagen wie der Metzger auf 'n Hackstock."

„Tu dich trösten, Dori", kicherte eine von den Mägden, „d' Emmerenz hat's heut schon so in die Finger. Gelt, Valtl?"

Der Knecht hatte alle Ursache, diese Frage zu überhören. Um die Aufmerksamkeit von sich abzulenken, wandte er sich mit stichelnden Worten gegen Dori. Der wußte die Spottreden des Knechtes in einer Weise zu erwidern, durch die er die Lacher auf seine Seite brachte; und als ihm schließlich doch der Witz ausging, wehrte er sich mit gesunder Grobheit seiner Haut.

„Da schau!" spottete Valtl. „Wann den Lackel so grob daherreden hörst, möcht sich keiner net denken, wie schmalzig als er an andersmal säuseln kann!"

„Auf dö Stund müßt ich mich bsinnen, wo ich dir a liebs Wörtl hätt geben mögen!"

„Ja, aber gelt, bei der Veverl, da taugt's dir besser, die zukkerne Süßen?"

„Du!" fuhr Dori auf, während ihm brennende Röte in die Backenknochen fuhr. „Zu mir kannst reden, wie d' willst! Mich kannst heißen, was d' magst! Aber 's Veverl bringst mir net in d' Red!"

„Natürlich, von dir laß ich mir fürschreiben, was ich reden soll, du damischer Gispel du, du verliebter!"

„Valtl, ich sag dir's –"

„No also, sag mir's halt, wo der Veigerlbuschen hinkommen is, den im Kammerwinkel aus der Joppen zogen hast? Ich mein allweil, ich hab ihn an der Veverl ihrem Mieder gsehen?"

„Net wahr is! Net wahr is! Net wahr is!" schrie Dori, die Fäuste ballend. „D' Veverl nehmet schon gar keine Blümeln von mir!"

„Glauben möcht man's schier, daß ihr 's Grausen ankommt, wann 's dich anschaut, du langohrete Mißgeburt!" fiel Valtl mit Lachen ein; und zu den anderen sich wendend, sagte er: „Gnommen hat s' den Buschen aber doch. Ich hab zugschaut aus 'm Stallfenster. Angschmacht hat er 's Madl, wie wann der Mistgockel mit der Schwalben schnabelt."

Fahle Blässe war dem Dori über das Gesicht geronnen. Mit vorgerecktem Kopf, die langen Arme schwingend, näherte er sich dem Knecht und schnellte sich plötzlich mit katzenartigem Sprung gegen Valtls Brust, der durch die Wucht dieses Stoßes zu Boden gerissen wurde, von Doris Händen gewürgt und gedrosselt. Da verging den anderen das Lachen. Kreischend sprangen sie herbei, um die beiden zu trennen. Emmerenz drängte sich mitten in den staubenden Knäuel, packte den Dori beim Kragen und riß ihn in die Höhe. Fluchend richtete Valtl sich von den Dielen auf und hob schon die Fäuste, um über Dori herzufallen; da öffnete sich die Tür.

Jörg stand auf der Schwelle. Und Emmerenz, als sie das blasse Gesicht und diese verstörten Augen sah, ließ erschrocken den Dori fahren und stotterte: „Um Gotts willen! Bauer! Wie schaust denn aus! Was hast denn?"

Jörg trat tiefer in die Stube. Seine Sprache war rauh, seine Zunge schwer: „Leut! 's Unglück is einkehrt in meim Haus! Mei' Schwester – d' Hanni is verstorben!"

„Jesus Maria!" schrien sie alle durcheinander. Nur Valtl blieb stumm. Die alte Waben hob die Schürze vor die Augen und tuschelte: „Schau, jetzt kommt's auf, wem 's Zügenglöckl golten hat."

„Is denn dös zu glauben?" stammelte Emmerenz. „Kann denn so ebbes gschehen, so über Nacht? Heut am Abend noch hab ich mich gfreut auf dös liebe Gsichtl. Sag nur, Bauer, an was is s' denn gstorben?"

„Sie is verunglückt. Im Wasser." Tonlos hatte Jörg diese Worte hervorgestoßen. Alle drängten sich um ihn, in der Erwartung, Näheres über das Unglück von ihm zu hören. Jörg schwieg. Als er sich gewaltsam aus seinem verstörten Brüten aufraffte, irrten seine Augen scheu über die Gesichter, während er hastig sagte: „Morgen in der Fruh, zwischen fünfe und sechse, kommt die Bäurin zruck aus der Stadt. Da muß der Sarg in der Station abgholt werden. Valtl! Du machst den großen Planwagen zum Fahren fertig und deckst ihn mit die schwarzen Tücher zu, die der Herr Pfarrer heut noch schickt. Um drei in der Fruh, da fahrst!"

„Was? Ich soll fahren?" brummte Valtl. „Als Totenfuhrmann hab ich mich net eindingt auf'm Finkenhof."

Zornröte übergoß das Gesicht des Bauern: „Du!" fuhr er mit bebender Stimme auf. „Du kannst sitzen an mein Tisch und schlafen unter mein Dach? Und so ebbes kannst mir sagen? In so einer Stund?" Schon wollte er mit geballter Faust auf den Knecht zutreten, als Dori sich ihm in den Weg stellte: „Tu dich net kränken, Bauer! Net wegen dem!" Dabei kugelten dem Buben die Tränen über die Backen. „Mich laß fahren! Ich bitt dich schön! Mir gilt's für an Ehr, Bauer!"

„Ja, Dori, fahr du!" erwiderte Jörg, ganz ruhig geworden. Die Hand über Doris Rotkopf streichelnd, fügte er bei: „Bist a guter Bursch!"

„Und fahren will ich, Bauer – merken müssen's d' Roß, was ich heimführ. Kein Stein soll den Wagen stößen, so will ich fahren!"

Jörg nickte, und immer schwerer wurde seine Hand, die auf Doris Scheitel ruhte. Dann sagte er: „So, und jetzt fangts zum beten an, wie's Brauch is in eim christlichen Trauerhaus!"

Die Knechte und Mägde ließen sich auf die Knie nieder und stützten die Ellbogen auf die Holzbank, die sich an der Wand entlangzog. Emmerenz sprach mit lauter Stimme das Vaterunser und die Absätze der Totenlitanei, und wenn die Knechte und Mägde antwortend einfielen, hörte man die inbrünstige Stimme des Dori: „Herr, gib ihr die ewige Ruh!"

Regungslos stand Jörg eine Weile inmitten der Stube, die Hände unter dem Kinn verklammert. Als die Litanei zu Ende war und der Rosenkranz begann, schlug er ein Kreuz und ging zur Tür. Aufatmend trat er ins Freie. Da sah er den Valtl auf der Hausbank sitzen, die qualmende Pfeife zwischen den Zähnen. Weder dem Bauer noch den anderen war es aufgefallen, daß der Knecht sich bei Beginn des Gebetes aus der Stube geschlichen hatte. „Valtl!" fuhr es dem Bauer mit drohendem Laut heraus. Er zwang sich zur Ruhe. „Hörst net, daß d' Leut schon beten?"

„Ich bin fürs Arbeiten zahlt und net fürs Beten. Wann aber der Bauer anders glaubt, kann er's ja sagen."

„Was ich glaub, wirst morgen hören von mir! Jetzt gehst in d' Stub eini!"

„Einischaffen kann mich der Bauer." Valtl schob die Pfeife in die Tasche und erhob sich von der Bank. „Aber den möcht ich sehen, der mir mit Gwalt 's Maul aufreißt, wann ich's net rühren mag."

„Halt!" Der Bauer vertrat dem Knecht den Weg zur Tür. „Jetzt laß ich dich gar nimmer eini in d' Stub. Schlafen kannst heut noch in der Kammer droben. Morgen in aller Fruh gehst aus 'm Hof. Den Lohn bis Jakobi zahl ich dir aus. Nacher sind wir gschiedene Leut."

„Is mir auch net zwider!" lachte Valtl. „A Knecht, wie ich einer bin, braucht sich um an neuen Dienst net sorgen. Der Leitenbauer nimmt mich auf der Stell."

„Ja! Dös is der richtige Herr für dich. Der Schlingenleger!"

„Gelt, Bauer, nimm dich in acht! Es kunnt dir net lieb sein, wann ich hinging zum Leitner und saget ihm, was du ihn gheißen hast."

„So geh! Er soll mich verklagen! Nacher will ich ihm beweisen, was ich gsehen hab mit eigene Augen." Jörg wandte dem Knecht den Rücken und ging zum Wohnhaus hinüber, dessen ebenerdige Fenster erleuchtet waren. In der Stube war der Tisch gedeckt; Jörg sah es nicht; kaum vermochte er einen Sessel zu erreichen, so zitterten ihm die Knie; lautlos sank er hin und schlug die Hände vor das Gesicht.

Die Tür zum Nebenraum stand offen; es war das Schlafzimmer des Bauern und der Bäuerin; dann kam die Kinderstube.

Durch die beiden Türen klang ein leiser, schwermütiger Gesang. Veverl sang einen Nachtsegen, der die schlummernden Kinder vor bösem Zauber bewahren sollte. Eine Weile lauschte Jörg; dann sprang er auf; es drängte ihn, seine Kinder zu sehen. Als er die kleine Stube betrat, erhob sich Veverl, den Gesang unterbrechend. „Sing, Veverl, sing!" flüsterte Jörg; und während das Mädel die seltsame Weise von neuem begann, trat er vor das Bett des blonden Lieserls und strich die zitternde Hand über das Ärmchen des schlummernden Kindes; dann zog er sich einen Stuhl vor das Lager seines Buben; während er mit brennendem Blick an dem frischen Gesicht des Knaben hing, horchte er auf den Gesang des Mädels; der linde, innige Klang dieser Stimme tat ihm wohl. Als Veverl den Gesang beendet hatte, wollte sie sich lautlos entfernen; Jörg winkte ihr, das Licht mit fortzunehmen. Sie tat es, und nun saß er im Finstern mit seinen Tränen.

Nach einer Weile guckte das Veverl wieder zur Tür herein und flüsterte: „Jörgenvetter, geh, komm zum Essen, es wird alles kalt."

Jörg trat in die Stube und setzte sich an den Tisch; doch er sagte: „Trag nur alles wieder aussi. Ich kann nix essen!"

In Sorge betrachtete Veverl den Bauer. „Jörgenvetter, schau, sollst mir doch sagen, was dir fehlt! Mein Vater hat mir viel verraten, was gut is für gache Leiden."

Jörg schüttelte den Kopf. Brütend starrte er wieder vor sich hin.

Veverl begann den Tisch zu räumen; plötzlich ließ sie die Hände ruhen und hob lauschend den Kopf. „Jörgenvetter", stammelte sie, „drüben im Ehhaltenhaus, da beten s'. Um Gotts willen, was is denn gschehen?"

Nun sagte er es ihr, fast mit den gleichen, zögernden Worten, mit denen er seinen Dienstboten das Unglück verkündet hatte.

Veverl erblaßte, und die Tränen stürzten ihr aus den Augen; sie brachte kein Wort heraus.

Ein einziges Mal nur hatte sie die ‚Hannibas‘ gesehen; das war im vergangenen Herbst gewesen; da war die Finkenbäuerin mit der Hanni für einen Tag im Waldhaus zugekehrt. Aber für Hanni hatte es keines ganzen Tages bedurft, da hätte eine Stunde genügt, um Veverls Herz zu gewinnen.

Wie hatte Veverl sich in den letzten Tagen auf Hannis Heimkehr gefreut! Und jetzt!

Nun verstand sie auch, warum sie den um das ‚Willkommen‘ gewundenen Kranz in der Herdflamme hatte verkohlen sehen.

Stille Minuten verrannen. Immer noch stand Veverl regungslos vor dem Tisch, an dem der Bauer stumm in seinen Schmerz versunken war. Mit zitternden Händen räumte sie das Geschirr zusammen, um es in die Küche zu tragen. Als sie wieder in der Stube erschien, brachte sie ein schmales Brettchen und einen roten Wachsstock. Aus dem dünn gezogenen Wachse schnitt sie kleine Kerzen von verschiedener Größe, die sie der Reihe nach auf das Brettchen klebte, so daß die kürzeste den Anfang, die längste den Schluß bildete. Dabei sprach sie keine Silbe; doch immer bewegten sich ihre Lippen, und in ihren nassen Augen glomm ein schwärmerisch heiliger Ernst.

Jörg ließ sie gewähren, obwohl er den Sinn und Zweck ihres Gebarens nicht verstand. Er mochte sich wohl denken, daß sie wieder einmal einen jener seltsamen Bräuche übe, die der Vater im Waldhaus sie gelehrt hatte. Und was die Kerzen bedeuteten, meinte er aus ihrer Zahl erraten zu können – zwanzig – die Zahl von Hannis Jahren.

Veverl hob das Brettchen auf die schmale Brüstung des kleinen Hausaltars, der im Herrgottswinkel unter dem Kruzifix angebracht war, und während sie mit dem brennenden Wachsstock die Kerzen entzündete, sprach sie leise vor sich hin:

> „Licht is Gottes Gab,
> Leben is Gottes Gnad —
> Wie du 's Licht uns geben,
> Wie du gschaffen das Leben,
> Verlöschen Licht und Leben auch,
> Herr Gott, vor deinem Hauch.
> Aber du thronst in Allgütigkeit!
> Und richten tust nach Grechtigkeit!
> Herr Gott über Himmel und Höll,
> Sei gnädig der armen Seel!"

Bei dem letzten Worte hatte sie die letzte Kerze entzündet. Mit sachtem Hauche löschte sie den Wachsstock, dann kniete sie nieder, in stillem Gebet die Hände faltend; keinen Blick ihrer schwärmerischen Augen wandte sie von den zuckenden Flämmchen. Es währte kaum eine Minute, da war das erste Kerzlein niedergebrannt, und als das bläuliche Licht in dem zerschmolzenen Wachse knisternd erlosch, sprach Veverl mit bewegter Stimme:

> „Wie 's Licht, lauter und klar,
> So lauter von Sünden
> Wird der liebe Herrgott finden,
> Arme Seel, dein erstes Jahr."

Wieder versank sie in stilles Gebet, und wieder sprach sie, als das zweite Licht erlosch:

> „Wie 's Licht, lauter und klar,
> So lauter von Sünden
> Wird der liebe Herrgott finden,
> Arme Seel, dein zweites Jahr."

So brannte Kerze um Kerze nieder, und jedesmal beim Erlöschen eines Flämmchens wiederholte Veverl diesen Spruch mit steigender Zahl des Jahres. Je weniger der Kerzen wurden, desto heißer begannen ihr die Wangen zu glühen, der feuchte Glanz ihrer Augen wurde zum Leuchten, hastiger bewegten sich bei den stummen Gebeten ihre Lippen, ein leises Zittern kam ihr über die gefalteten Hände, und wenn sie ihr Sprüchlein sagte, war es nicht Trauer mehr, da war es fromme Freude, was aus dem Klang ihrer Stimme sprach.

Als die drittletzte Kerze erloschen war, schmiegte sie, keinen Blick von den zwei noch zuckenden Flämmchen wendend, die Wange an die Schulter des Bauern, der lange schon neben ihr auf den Dielen kniete, und flüsterte:

„Jörgenvetter, wie brav und fromm muß d' Hannibas gwesen sein!"

Der Bauer schwieg und starrte zu dem zitternden Lichtschein hinauf, während qualvolle Unruhe sich in seinen Zügen malte.

Anfangs hatte er gleichgültig, dann mit Staunen das Gebaren des Mädchens verfolgt. Die rührende Innigkeit, die aus Veverls Worten sprach, das Mystische des ganzen Vorganges, der Anblick der brennenden Kerzen, deren rötliche Flammen grelle Lichter und zuckende Schatten über das geschnitzte Kreuzbild warfen, das unter diesem Widerspiel von Licht und Schatten zu leben und sich zu bewegen schien – das alles hatte in seinem von Schmerz durchzitterten Gemüt eine Stimmung erweckt, die ihn an die Seite des Mädchens gezogen und niedergezwungen hatte auf die Knie.

Nun wieder erlosch ein Flämmchen, und Freude klang aus Veverls Worten:

> „Wie 's Licht, lauter und klar,
> So lauter von Sünden
> Wird der liebe Herrgott finden,
> Arme Seel, dein neunzehntes Jahr."

Sie hatte das letzte Wort noch nicht gesprochen, als sich aus der Höhe des Herrgottswinkels ein leises Rascheln vernehmen ließ. Einer der geweihten Palmzweige, die den frommen Schmuck des Kruzifixes bildeten, hatte sich in der schwelenden Wärme losgelöst, glitt zwischen der Wand und dem Kreuzholz herunter

und schlug mit der Spitze auf das Brettchen, die letzte noch brennende Kerze verlor ihren Halt, kollerte über die Brüstung des
Altars, erlosch im Fallen und rollte qualmend über die Dielen.

Erblassend sprang das Mädel auf und stammelte, zitternd am
ganzen Leib: „Heiliger Himmel! Jörgenvetter! D' Hannibas is
net gstorben nach Gottes Rat und Willen! Da ist ebbes Unguts
gschehen. Oder a Mensch is schuld an ihrem Tod!"

Jörg erhob sich mühsam. „Wie kannst du denn so ebbes sagen –"

„Sonst wär 's letzte Kerzl niederbrennt grad wie die andern!"

„Ah, was, Dummheiten! Die Hitz von die vielen Lichter hat's
verschuldet. Da hat sich halt d' Wieden glockert."

„Um Gotts willen, Jörgenvetter, so mußt net reden!" flehte
Veverl, mit Schreck und Angst in den Augen. „Dös Wachs is
gweiht am Ostertag! Und 's Kerzengricht lügt net. Da wacht
unser Herrgott drüber. Mein Vater hat's gsagt!"

Der Bauer gab keine Antwort.

Weinend bückte sich das Mädel, hob die halbverbrannte Kerze
vom Boden auf und legte sie mit zitternder Hand auf den Tisch.

Jörg, in scheuem Zögern, griff nach dem roten Wachs und
drehte es hin und her zwischen seinen Fingern; dann warf er es
in den Herrgottswinkel. Auf die Holzbank niedersinkend,
preßte er das Gesicht in die Hände.

Veverl legte ihm die Hand auf die Schulter. „Jörgenvetter,
geh, mußt net weinen", bat sie, während ihr selbst die Tränen
über die Wangen liefen, „so was verspürt die arme Seel, dös tut
ihr weh."

Jörg hob den Kopf. „Geh schlafen! Es ist schon spat. Morgen
müssen wir fruhzeitig wieder auf sein."

„Wie kunnt ich denn schlafen? Laß mich bleiben."

„Na, liebs Madl! Leg dich schlafen! Und wann du mir gut
bist, sagst über d' Hanni zu keim Menschen so a Wort wie grad
zu mir! Versprich mir's, Veverl!"

„Ja, Jörgenvetter, ich versprich's!"

Veverl zündete den Wachsstock an, tauchte die Finger in das zinnerne Kesselchen neben der Tür, besprengte Stirn und Brust mit Weihwasser und verließ die Stube.

Lautlos stieg sie die Treppe hinauf und betrat ihre Kammer. Der kleine Glasschrein mit dem wächsernen Jesuskind, der von Goldleisten umrahmte Spiegel, die Schachteln und Schächtelchen und manch anderer Kram, womit die bunt bemalte Kommode bestellt war, verriet, daß ein Mädel die Kammer bewohnte, obwohl sie im übrigen durchaus nicht das Aussehen einer Mädchenstube zeigte. An der Wand hing eine Büchse mit einem Bergsack, und darüber eine Zither, ein Raupenhelm und ein kurzer Säbel. Soldatenphotographien in geschnitzten Rähmchen schmückten die weißen Wände.

Als Veverl in der Kammer war, öffnete sie das Fenster, das gegen den Garten ging. Dämmeriger Mondschein lag auf dem Gehänge. Über die steilen Wiesen huschte etwas hin, das sich ansah wie ein vor dem Nachtwind treibender Nebelstreif. Veverl wußte das besser: Das war die Hulfrau, die zu nächtiger Zeit im grauen Nebelkleid über die Wiesen schwebt, aus ihrem Wunderkrügl den Tau ausgießend über die durstigen Gräser.

Veverl begann sich zu entkleiden. Schon wollte sie sich zur Ruhe legen, als sie erschrocken vor sich hin flüsterste: „Wie ich nur so was hab vergessen können!" Sie griff nach dem brennenden Wachsstock. Barfuß, in dem kurzen, dünnen Röckl, eilte sie aus der Kammer und hinunter in die Küche. Als sie wieder zurückkehrte, brachte sie eine Schale Milch und weißes Brot. Sie schritt an ihrer Kammer vorüber und öffnete eine Tür.

Leis trat sie in Hannis Stube. Matt erleuchtete das flackernde Wachslicht die mit Schnitzereien geschmückten Wände, den Schreibtisch mit seinem Bücherregal, das weiß verhangene Bett und das Klavier.

Veverl stellte, was sie gebracht hatte, auf den Tisch und öffnete die beiden Fenster. Als sie zum Tisch zurückkehren wollte, war es ihr, als hätte aus der Luft heraus eine lispelnde Stimme ihren Namen gerufen. Lauschend stand sie, unter tiefen Atemzügen, und blickte hinaus in das dunkle Gezweig der Kastanie, die vor dem Fenster stand. Sie hörte nichts mehr; und die kühle Nachtluft strich mit sachtem Hauch in die Stube. „Alle guten Geister loben Gott den Herrn!" flüsterte Veverl, die Stirn bekreuzend. Ihre Augen leuchteten, während sie leise sprach:

> „Arme Seel, tu dich speisen,
> Arme Seel, tu dich tränken,
> Dein Weg is lang,
> Dein Weg is bang,
> Unser Herrgott soll dich führen in Gnad
> Und dir sein ewiges Leben schenken."

Sie stellte die Schale mit der Milch und das weiße Brot auf das Gesims des Fensters, warf noch einen Blick hinaus in das schwarze Gezweig und verließ die Stube.

Als sie die Tür hinter sich abschloß, hörte sie raschen Hufschlag. Sie sprang an das Flurfenster und sah die dunkle Gestalt eines Reiters auf der Straße vorüberfliegen. Wer war dieser Reiter? Vielleicht der Billwizschneider? Aber nein, der waizt nur um die Zeit der Kornreife, reitet auch nicht auf einem Pferd, sondern auf einem schwarzen Bock, und es kann ihn nur jener erblicken, der einen grün überwachsenen Maulwurfshügel verkehrt auf dem Kopfe trägt.

Wer war dieser Reiter? Vielleicht der wilde Jäger? Aber nein, der treibt nur in den Freinächten seine gespenstige Hatz, und niemals allein, immer begleitet von seinem lärmenden Gejaid.

Wer war dieser Reiter? Lange noch, als Veverl schon in den Kissen lag, hielt diese Frage ihre Augen wach.

Als sie schlief, träumte sie, die arme Seele der Hannibas säße vor ihrem Bett, das Milchschüsselchen im Schoß, das weiße Brot in den durchsichtigen Händen; sie hatte traurige Augen und hatte sieben blutige Wundmale auf der Brust; als sie gegessen und getrunken, erhob sie sich und beugte sich über das Lager, um das Veverl zu küssen; ein eisiger Hauch entströmte ihren bleichen Totenlippen.

Veverl erwachte. Immer noch spürte sie jenen kalten Hauch auf ihren glühenden Wangen. Es war die Nachtluft, die durch das offene, vom Mondschein hell erleuchtete Fenster strich.

Schon wollte sie wieder die Augen schließen, als dicht unter ihrem Fenster der Hofhund heftig anschlug Veverl meinte zu hören, wie eine leise Stimme den Namen des Hundes rief, und da wurde das laute Gebell zu freudigem Gewinsel. Sie wollte aufstehen, um aus dem Fenster zu schauen; plötzlich vernahm sie ein Geraschel, das über die Mauer heraufkam, und jetzt – das Mädel erstarrte vor Schreck – erschien im mondhellen Fenster eine Soldatenmütze, ein Kopf mit leichenblassem Gesicht. Schultern und Arme rückten nach, wie kleine Lichter blitzten die Knöpfe des Soldatenrockes, und lautlos zwängte sich der Mann durch das enge Fenster.

Veverl rang in ihrer Angst nach Atem und Worten, ihre Glieder versagten, und ein Gefühl hatte sie, als wäre ihr das Blut zu Eis geronnen. Als die Gestalt sich vom Fenster löste, sprang das Mädel unter gellendem Schrei aus dem Bett und streckte die nackten Arme wehrend vor sich hin.

Erschrocken fuhr der Bursch zusammen und stammelte: „Wer is denn da? Um Gottes willen, Madl, ich bitt dich, sei stad, sei stad!" Er machte einen raschen Sprung in das Dunkel der Kammer und haschte die Arme des Mädels, das unter schrillenden Hilferufen zur Tür flüchten wollte.

Veverls Schreie erstickten unter der Hand, die sich auf ihre Lippen preßte, und ihre ringenden Kräfte erlahmten unter dem Druck des Armes, mit dem der Bursch ihren zitternden Körper an seine Brust geschlungen hielt. Die Sinne drohten ihr zu vergehen, aber neu erwachten ihr die Kräfte, als sie die Schritte vernahm, die draußen über die Treppe heraufjagten. Es gelang ihr, das Gesicht zu befreien, und gellend schrie sie: „Jörgenvetter! Hilf! Hilf!"

An der Tür rasselte die Klinke, der Riegel brach, das Eisen klirrte auf die Dielen, und Jörg erschien auf der Schwelle im Schein des Kerzenlichtes, das draußen auf der Treppe stand.

Da gaben die Arme des Burschen das Mädel frei, das taumelnd in eine Ecke flüchtete, zitternd vor dem Kampf auf Leben und Tod, der zwischen den beiden nun beginnen mußte. Und sie wußte sich kaum zu fassen und meinte zu träumen, als sie gewahrte, was geschah.

„Jörg! Jörg!" stammelte der Bursche und sprang dem Bauer entgegen. Und Jörg umklammerte ihn mit beiden Armen: „Ferdl! Bub! Mein armer Bub!" Sie hielten sich stumm umschlungen.

Endlich richtete Jörg sich auf, mit der Faust die Augen trocknend. „Jesus Maria! Ferdl, komm!" Er zog den Bruder mit sich hinaus über die Schwelle, und hinter den beiden fiel die Tür zu.

„Jörg! Wer is denn in meiner Kammer?"

„'s Veverl, von der ich dir gschrieben hab, 's Bruderkind von der Mariann. Aber Ferdl, um Gottes willen, wie schaust du aus!"

„Wie ich halt ausschauen muß! An Tag und zwei Nächt auf solche Weg, daß mich kein Mensch net sehen hat können, gradaus über alle Berg! Jörg, Jörg, du weißt noch net alles, du weißt net –"

Die Stimme erlosch im Geräusch der Schritte, die über die Treppe hinunterstiegen.

Eine Tür noch hörte Veverl gehen, dann vernahm sie nichts mehr, nur noch das hämmernde Pochen ihres geängstigten Herzens.

Noch immer kauerte sie im Hemd auf den Dielen, zitternd und schaudernd. Wirre Gedanken kreuzten sich in ihrem Kopf. Kein Räuber, kein Einbrecher war das gewesen, sondern der Bruder, der Stolz und die Freude des Jörgenvetter, der Ferdl, den sie in ihrem Leben noch nie gesehen, von dem sie aber seit ihrer Ankunft im Finkenhof täglich hatte sprechen hören, und immer in einer Weise, daß die Mariann oft in scherzender Eifersucht gesagt hatte: „Ja, der Ferdl! Wann der kommt, ist's aus mit'm Jörg, da gelten wir alle mitanander nix mehr!"

Weshalb nun war er nicht am Tag gekommen, auf offener Straße? Warum in der Nacht, durch das Fenster, wie ein Dieb?

Oder wie ein Flüchtling? Was hatte er zu fürchten, daß er Wege gehen mußte, auf denen ihn kein Mensch erspähen sollte? Was konnte der Ferdl verbrochen haben, für den doch, wenn auf ihn im Finkenhof die Rede kam, das beste Wort nicht genug schien? Oder war dieses Unverständliche nur ein Ausfluß der Verstörtheit, die der Tod der geliebten Schwester über ihn gebracht haben mußte? Denn mit diesem jähen Tod, da war nicht alles in Ordnung. Das hatte das ‚Kerzenlicht' verraten. Und vielleicht wußte der Ferdl um alles, was da nicht in Ordnung war?

Bei diesem Gedanken suchte Veverl sich auf die Züge des Burschen zu besinnen. Sie hatte nur eine verschwommene Erinnerung an das blasse Gesicht, dem die Stoppeln des dunklen Bartes ein verwildertes Aussehen gaben und das ihr in aller Angst, die sie ausgestanden, wie ein entsetzenerregendes Schreckbild erschienen war. In Wahrheit hatte der Ferdl doch gewiß ein gutes, freundliches Gesicht? Das konnte sie sich gar nicht anders denken. Wie töricht war ihre Angst gewesen! Er war wohl ebensosehr vor ihr erschrocken wie sie vor ihm. Er hatte nicht wissen können, wen er in der Kammer finden würde. In seiner Kammer! Und als er sie gehascht hatte, um sie in seinen Armen, an seiner Brust gefangenzuhalten – –

Bei diesem Gedanken, den sie nicht zu Ende dachte, durchzuckte ein wunderlicher Schreck ihre kindliche Seele. Jetzt erst kam sie zum Bewußtsein der verschärften Schwierigkeit, in die sie da geriet. So, wie sie aus dem Bett gesprungen, hatte sie vor den Augen des jungen Mannes –

Sie schauerte zusammen und fühlte, daß ihr bei allem Frösteln das brennende Blut in die Wangen schoß. Erschrocken wich sie in die dunkle Ecke zurück, um dem hellen Mondlicht auszuweichen, das ihr über die Dielen nachgeschlichen war. Sie hätte sich am liebsten vor sich selbst verstecken mögen. Zitternd schlug sie die Hände vor das Gesicht und brach in Schluchzen aus. Es währte lange, bis ihre Tränen versiegten. Dann stand sie auf und begann sich anzukleiden; sie wußte kaum, daß sie es tat, noch warum sie es tat. Als sie angekleidet war, stand sie unbeweglich inmitten der Kammer. Aus der Stube herauf hörte sie die Stimmen der beiden Brüder. Sie wollte nicht lauschen, wollte die Tür schließen. Der Riegel war abgesprengt, und die Tür blieb nicht in den Fugen.

Veverl setzte sich auf den Rand ihres Bettes.

Drunten im Hof war immer das Heulen und Bellen des Hundes, der an der Haustür scharrte. Nun hörte Veverl, wie Jörg in den Flur trat, um das ungeduldige Tier einzulassen, das mit freudigem Gewinsel in die Stube sprang. Sie hörte, wie der Vetter das Haus verließ, und ein Geräusch verriet ihr, daß er vor den Stubenfenstern die Läden schloß. Eine stumme Weile verstrich, dann wieder ließen sich die Schritte des Bauern vernehmen, zwischen Stube und Küche.

Jetzt schrak sie zusammen. Nein, das waren nicht die Schritte des anderen, es war der Schritt des Bauern, der über die Treppe heraufkam.

Jörg trat ein, ohne Licht. Veverl fühlte, wie die Hand zitterte, die sich schwer auf ihre Schulter legte. „Arms Dingl, bist arg erschrocken?" fragte er. Hätte Veverl den Jörgenvetter nicht genau gekannt, sie hätte glauben müssen, ein Fremder stünde vor ihr. So verändert und tonlos klang seine Stimme. „Aber gelt, Veverl, bei deiner Lieb zu deim seligen Vater, verrat keim Mensch was von dem, was d' erlebt hast heut in der Nacht. Du därfst den Ferdl net gsehen haben, mit keim Aug net! Gelt, du verstehst mich? Und mußt dir nix Args net denken. Unglück is alles."

Der Kummer, der aus dieser zerbrochenen Stimme sprach, tat ihr in tiefster Seele weh. Sie konnte keine Antwort geben und nickte nur.

Jörg riß einen der Schränke auf, die in der Kammer standen, belud seinen Arm mit Kleidungsstücken und eilte davon.

Veverl saß auf dem Bett. Es lag über ihr wie eine Lähmung. Ob es Minuten, ob es Stunden waren, die ihr so verstrichen, sie wußte es nicht; und da hörte sie plötzlich Tritte auf dem Kiesweg knirschen, der unter ihrem Fenster vorüberführte. Erschrokken sprang sie auf das Fenster zu, um die Scheiben zu schließen, und hörte im Garten eine flüsternde Stimme: „Er isch drin, er isch drin!"

Ein einziges Mal nur hatte sie diese Stimme gehört; dennoch wußte sie gleich, wer das war, und hatte dabei auf ihrer Wange ein warnendes Nachgefühl der kneifenden Weißwurstfinger. „Jesus!" stammelte sie und huschte aus der Kammer, hinunter über die Treppe. Atemlos, pochenden Herzens, blieb sie vor der Stubentür stehen, weil sie die Stimme hörte, die da drinnen redete:

„Und er grad! Er! Dem ich so gut war! Für den ich mein Leben hätt geben können! Aber im ersten Zorn, da hat's mich packt, daß ich nimmer gwußt hab, was ich tu! Und erst, wie er dagelegen is vor mir, und 's Blut is an ihm niedergronnen –"

Mit schaudernden Sinnen taumelte Veverl in die Stube.

Jörg stürzte ihr entgegen, als wollte er sie wieder zurückdrängen über die Schwelle, aber das verstörte Aussehen des Mädels mußte ihn vermuten lassen, daß etwas Unerwartetes geschehen wäre. „Madl? Um Gotts willen, was is denn?"

Veverl wagte die Augen nicht zu erheben; zitternd stand sie und sagte dem Jörgenvetter, was sie gehört hatte.

„Ferdl!" keuchte der Bauer. „Fort! Da is der Rucksack, alles is drin, Geld, Gwand und Essen! Verhalt dich an keim Platz net, morgen am Abend mußt du über der Grenz sein! Furt! In die hintere Stuben und durch d' Milchkammer aussi!"

Veverl brachte die Augen nicht von den Dielen los. Sie hörte nur, wie Ferdl hinter dem Tisch hervorsprang, wie er nahm, was der Bauer ihm reichte, und sich dem Bruder an den Hals warf.

„Fort Bub! Fort!" Das war das einzige Wort, das Jörg noch über die Lippen brachte, während er den Bruder hinausriß über die Schwelle. Mit Gewinsel sprang der Hund den beiden nach in den finstern Flur.

Die Schritte verstummten; dann war es still im Haus.

Veverl, der die Knie versagten, wollte sich neben dem Fenster auf die Wandbank niederlassen. Aufkreischend fuhr sie zurück. Unter schweren Faustschlägen dröhnte der Fensterladen, die Stimme fast übertönend, die draußen im Hof den Namen des Bauern rief.

Angstvoll starrte das Mädel um sich her. Da sah es den Jörgenvetter unter der Tür erscheinen. Seine Augen brannten, und fahle Blässe bedeckte sein Gesicht. Er schien es nicht zu hören, als am Fensterladen die hallenden Schläge sich wiederholten. Den Kopf über die Schulter zurückgeneigt, lauschte er in die Tiefe des Hauses. Jetzt hob ein Atemzug seine Brust.

Zum drittenmal dröhnte der Fensterladen unter heftigen Schlägen.

Jörg richtete sich auf und trat in die Mitte der Stube. „Was gibt's da draußen? Wer will was von mir? Jetzt in der Nacht?"

Vor dem Fenster wurde ein kurzes Wispern hörbar, dann ließ eine fremde, scharf klingende Stimme sich vernehmen: „Georg Fink! Im Namen des Gesetzes! Öffnen Sie die Türe!"

Jörg nahm die Lampe vom Tisch. Ihre gläserne Glocke klirrte, so heftig zitterte seine Hand, als er die Stube verließ.

In der Finsternis tastete Veverl nach der Bank. Es brachen ihr die Knie. Draußen rasselte der Riegel, die Tür knarrte, und Veverl hörte den Jörgenvetter sagen: „Die Tür is offen! Aber eh wer an Fuß zu mir ins Haus setzt, möcht ich wissen, was dös alles zu bedeuten hat? Was will a Schandarm in der Nacht bei mir im Haus?"

„Nix für ungut, Finkebauer, nix für ungut!" klang die sprudelnde Stimme des Kommandanten, „'s ischt wägerle für mich selber das Allerärgste, was mir hätt passiere könne! Aber gegen die eidesgeschworene Berufspflicht kann die Freundschaft älleweil net aufkomme. Das ist eine verfluchte Geschichte! Da, sehe Sie selber, da ischt dieser Herr reitende Schandarm, der mir den allerstrengsten Befehl überbracht hat – und dessetwegen – es wäre am beschte, wenn sich der Finkebauer net sträube möcht. Die Haussuchung wird in aller Still und Ordentlichkeit vorgenomme werde. Ich bin überzeugt, daß net das geringste z'finde sein wird. Der Finkebauer ischt überall und älleweil bekannt als e rechtlicher Mann!"

„Wir dürfen keine Zeit verlieren", wurde Herr Wimmer von jener fremden, scharf und ungeduldig klingenden Stimme unterbrochen. „Georg Fink, ich fordere Sie auf, mir anzugeben, was Ihnen über den gegenwärtigen Aufenthalt des Unteroffiziers Ferdinand Fink bekannt ist, der sich vor zwei Tagen widerrechtlich von seinem Regiment entfernt hat und im Verdacht steht –"

Die Stimme verstummte. Heiser kläffendes Gebell scholl von der Gartenseite des Hauses. Jetzt erlosch das Gebell mit einem kurzen Heulen. Dann kamen hastige Schritte um die Hausecke.

„Herr Kommandant, ich muß melden, drin is er gwesen, drin im Haus, und durch'n Garten hat er fort wollen. Ich hab ihn gleich erkannt, an der Uniform, an der ich die Knöpf hab blitzen sehen. Aber wie ich ihm nach will, fallt dös Hundsvieh über mich her. Und natürlich, bis ich mir Luft geschafft hab –"

Ein dumpfer Schlag, dem ein schmetterndes Klirren folgte, übertönte die Stimmen und die davoneilenden Schritte der Gendarmen.

Jammernd stürzte Veverl in den Flur und sah den Jörgenvetter neben der zerschellten Lampe wie leblos hingestreckt auf den Steinen liegen. Während sie sich an seiner Seite niederwarf, füllte sich schon die Tür mit den schreienden Mägden und Knechten. Emmerenz erschien mit einem Licht. Allen anderen voraus drängte sich Dori: „Veverl! Um aller Heiligen willen! Veverl! Dir wird doch nix gschehen sein?"

„Hilf, Dori, hilf, hilf!" schluchzte das Mädel. „Da schau, der Jörgenvetter!"

Draußen vor der Tür ließ sich Valtls Stimme vernehmen: „Sauber! Schandari und Haussuchung! Und a Spitzbub unter'm Dach. Da kann sich der Finkenbauer sein' Kampel scheren lassen. Goldfink? Ja, schön, ‚beim Mistfink' sollt man's heißen auf dem Haus."

Emmerenz war in die Küche geronnen, um Wasser zu holen. Ehe sie zurückkehrte, schlug Jörg die Augen auf. Wie ein

Irrsinniger blickte er um sich; Dori und Veverl stützten ihn, als er sich aufrichtete; wortlos winkte er den Knechten und Mägden zu, daß sie sich entfernen möchten, duldete aber, daß ihn der Dori in die Stube führte. Als Veverl den beiden folgte, sah sie die Tür des Nebenzimmers offen; auf der Schwelle stand Pepperl im Hemd und rieb sich mit den kleinen Fäusten die verschlafenen Augen. Sie brachte den Knaben in seine Kammer zurück; eine Weile redete das schlaftrunkene Bürschl vom ‚Haßl‘, der gebellt hätte, und von einem ‚fürchtigen Kracher‘, dann drückte er gähnend das Köpfl in die Kissen und schloß die Augen.

Schon wollte Veverl die Kammer verlassen, da rief ein schüchternes Stimmchen ihren Namen. Veverl ging zum Bett des kleinen Liesei und sah das Kind mit offenen Augen liegen. „Schatzerl, warum schlafst denn net?" stammelte Veverl und kniete vor dem Bett auf den Boden hin.

Das Kind schlug die Ärmchen um Veverls Hals. „Du, Veverl, jetzt hat mir grad vom Edelweißkönig träumt. Ich hätt sein Königsblüml gfunden, hat mir träumt. Und nacher is er kommen, ja, und grad so blaue Augen hat er ghabt und braune Haar, als wie der Ferdl hat. Und so viel gut und freundlich is er gwesen, gar net zum Fürchten. Aber Veverl, was hast denn? Weswegen weinst denn jetzt?"

Die herzliche Frage blieb ohne Antwort. Veverl drückte das Gesicht in die Kissen, um das Schluchzen zu ersticken, unter dem ihr Körper zuckte. Da fing auch das Kind zu weinen an, und so hörten die beiden nicht, wie draußen in der Stube die Tür ging und Dori mit erloschener Stimme berichtete:

„Kei' Menschenseel is zum derschauen! Hint im Garten liegt der Haßl im Gras. Den haben s' mit'n Bankanett derstochen."

## 5

Still und finster lag noch die Nacht über dem Dorfe; nur einzelne Bergspitzen hoben sich mit mattem Schimmer aus dem Dunkel; auf jenen Höhen ruhte noch der Blick des Mondes, dessen Scheibe dem Tal schon hinter dem waldigen Grat der Höllenleite entschwunden war.

Mit sachtem Rauschen zog ein kühler Wind herunter über die finsteren Gehänge, spielte um die Erker und Türmchen des Schlosses, machte die Wetterfahnen knarren und singen, plauderte durch die kärglich belaubten Bäume des talwärts ziehenden Parkes und fuhr mit fauchenden Stößen durch die offene Tür des Jägerhauses, daß in der Küche die Herdflamme aufloderte und die über dem Feuer hängende Pfanne mit glimmenden Kohlenstäubchen übersprühte.

Auf einer Ecke des Herdes saß Gidi, in der Hand den eisernen Scharrlöffel. Leise pfiff er einen Ländler vor sich hin und guckte nachdenklich auf seine baumelnden Füße. Plötzlich hob er den Kopf. „Ah was! Geduld haben! Mit der Zeit macht sich schon alles." Hurtig stocherte er den brodelnden Schmarren durcheinander. Die Speise war gar. Gidi stellte die dampfende Pfanne vor sich hin auf ein rußiges Brett, holte einen Löffel und begann zu essen, langsam und bedächtig. Manchmal, wenn er einen zu heißen Bissen erwischte, schnackelte er mit der Zunge und öffnete hauchend den Mund. Als er sein Frühstück zur Hälfte verzehrt hatte, bröckelte er ein tüchtiges Stück Brot in den Rest und stellte die Pfanne dem braunen Schweißhund hin, der auf einen Pfiff des Jägers gesprungen kam. Während der Hund sein Schlappern und Schlingen begann, trat Gidi in die Stube. Da stand ein flackerndes Kerzenlicht auf dem eisernen Ofen. Der Tisch, die Bänke und Stühle, das mit braunem Leder überzogene Sofa, der Schrank und die Kommode waren aus rötlichem Lärchenholz gefertigt. Die Wände starrten von Gemskrucken und Hirschgeweihen, die ihre zitternden Schatten über die weiße Mauer warfen. Das größte der Hirschgeweihe hing quer über dem Tischwinkel und trug zwischen den Stangen ein Kruzifix. Die ganze Wandseite zwischen Tür und Ofen nahm ein breites Zapfenbrett ein, an welchem Gidis Jagdgeräte hingen: die drei Gewehre, der Hirschfänger, die beiden Rucksäcke, das Fernrohr, die Schneereifen und Steigeisen.

Gidi verließ die Stube, um in der anstoßenden Kammer das Bett zu machen und mit dem weißen Tuch zu überdecken, das gefaltet auf einem Sessel lag. Außer einem Schranke bildeten Stuhl und Bett die ganze Einrichtung der Kammer. Gidis Waschtisch war der Brunnen, der draußen vor dem Hause plätscherte. An der Wand war die darstellende Kunst durch eine kolorierte Lithographie vertreten: ‚Des Jägers Leichenzug‘; vier Hirsche tragen auf ihren Geweihen den offenen Sarg, darin der tote Jäger in grasgrüner Uniform auf Eichenlaub gebettet liegt; ein Hase in weißem Röckl trägt das Kreuz voran; zwei Kaninchen folgen als Kerzenträger, vier Maulwürfe mit winzigen Spaten sind die Totengräber; als Pfarrer in schleppendem Talar fungiert der Dachs, dem die kugelrunden Tränen der Rührung über die dachswürdig fetten Wangen tröpfeln; hinter dem Sarge, als erster Leidtragender, trollt des Jägers Hund, die Nase traurig gesenkt; ihm folgt, auf der Erde und in den Lüften, alles gefiederte und behaarte Getier des Waldes mit Zeichen und Mienen des tiefsten Schmerzes; nur der Fuchs, der Marder und das Wiesel bilden in diesem Trauergefolge eine Pharisäergruppe und schielen scheinheilig zu dem Fähnlein empor, das, von einem Rehkitz getragen, die Inschrift ersehen läßt:

> ‚Den ihr da liegen secht,
> Das war kein Schindersknecht,
> Das war ein guter Jäger,
> Darumb ein guter Heger,
> O daß ein solcher wiederkommen möcht!‘

Ein kunstvoll geschnitzter Rahmen umzog das Bild, dem in einer Ecke des weißen Papierrandes die Worte aufgeschrieben waren: ‚Ferdinand Fink z. f. E. s/l Egidius Eberl.‘

„Jetzt heißt's aber tummeln!" murmelte Gidi, als die Turmuhr mit brennendem Schlag die zweite Morgenstunde verkündete.

Er sprang in die Stube zurück, nahm Fernrohr, Rucksack und Büchse und griff nach dem Hut. „Du wirst dich aber schneiden, mein Lieber!" sprach er den Hund an, der ihn mit freudigem Gewinsel umsprang. „Heut heißt's daheimbleiben, ich kann dich net brauchen!" Der Hund schien diese Worte verstanden zu haben; demütig zog er die Rute ein. Gidi öffnete eine Tür, die der Stube gegenüber in ein leeres Zimmer führte, und breitete hier in einer Ecke einen alten Wettermantel über die Diele. „So, da legst dich schön nieder und tust mir ordentlich haushalten, verstehst mich! Pfüet dich Gott! Und dein Bebeewinkerl da hinten, dös kennst! Der Teifi soll dir d' Haar bergauf bürsten, wann dein manierliches Gedächtnis auslaßt. Also!" Dem Hund war es an den Augen anzusehen, daß er gut verstanden hatte. Vorsichtig bestieg er den Mantel, drehte sich schnüffelnd ein paarmal im Kreis und legte sich nieder, seufzend über jene schlechte Angewöhnung der Menschen, die sie als Ordnungssinn und Reinlichkeitsliebe zu bezeichnen pflegen.

Gidi sperrte die Haustür ab und trat hinaus in die stille Nacht. Er warf einen Blick auf den sternhellen Himmel, hob die Hand, um den Wind zu prüfen, und nickte befriedigt vor sich hin. Rasch ging er die Parkmauer entlang, an die das Jägerhäuschen angebaut war, trat auf die Straße und wanderte durch das schlummernde Dorf. Still und dunkel lagen die Häuser. Nur am Wohnhaus des Finkenhofes sah Gidi hellen Lichtschein durch die herzförmigen Ausschnitte der Fensterläden dringen. Was mochte die da drinnen so früh aus den Federn getrieben haben? Gidi wußte noch nicht, wem am verwichenen Abend die Totenglocke geläutet hatte.

Lang hing sein Blick an dem dunklen Gesindehaus und besonders lang an einem kleinen, eng vergitterten Fenster des oberen Stockes. „Ah ja!" seufzte er vor sich hin und wanderte dem über die steilen Wiesen dem Brünndlkopf zuführenden Steig entgegen. Flinken Ganges suchte er die vor dem Finkenhof versäumten

Minuten einzuholen. Als er das Gehölz erreichte, wurde sein Schritt bedächtig und lautlos. Er lüftete die Joppe und öffnete an der Brust das Hemd; ruhig ging sein Atem, während er den finsteren Weg emporstieg, auf dem nur ab und zu eine blanke Felsplatte das Dunkel mit mattem Weiß durchschimmerte.

Es hat einen seltsamen Reiz, solch ein Zu-Berge-Steigen in stiller Nacht. Geheimnisvolles Rauschen zieht durch Busch und Baum. In spärlichen Lücken der Äste blinken die Sterne. Bald näher und heller, bald ferner und schwächer hört man das Murmeln der talwärts rinnenden Bäche. Ein faulender Baumstrunk leuchtet im nassen, nachtschwarzen Moos. Es raschelt das dürre Laub, und vor dem Jäger flüchtet das aufgescheuchte Wild waldeinwärts. Neben dem Pfad ein leises Klappern. Das war wie ein Schritt. Aber kein Menschenfuß ist da gegangen, ein Stein hat wieder einmal einen Schritt getan auf seiner weiten Reise von der Felsenhöhe zum Tal. Aus finsterem Gezweige glühen zwei große runde Augen, und lautlos streicht die Eule durch das schwarze Gehölz. Höher und höher kommt man und gewinnt schon über steile Hänge einen Ausblick in das Tal, in dem die irdischen Lichter wie winzige Sterne flimmern, wenn der ziehende Nebel sie nicht verhüllt.

Eine Stunde war Gidi so gestiegen. Über ihm begannen die Sterne zu erblassen. Dämmerung erwachte unter den Bäumen, und von Osten blickte der Himmel schon mit hellem Frühglanz durch das Gezweig, in dem sich bereits vereinzelte Vogelstimmen schüchtern vernehmen ließen. Immer lauschte der Jäger bergwärts. Endlich hörte er, was er zu hören hoffte: jenes wunderlich klingende Klipp-klipp, das kein Jäger mit ruhigem Herzschlag vernimmt.

Eine Strecke pirschte Gidi noch unter den Bäumen, dann begann er den Hahn anzuspringen. Regungslos wie eine Säule stand er, solange der Auerhahn schwieg und das Klippen währte, das schon näher klang und anzuhören war wie helle, immer rascher aufeinanderfolgende Zungenschläge; leitete das Klippen mit dem ‚Hauptschlag‘ über in das ‚Schleifen‘ – in diesen seltsamen, aus Wispern, Blasen und Pfeifen gemischten Liebesgesang, währenddessen der sonst so wachsame Auerhahn taub ist für alles, was in seiner Nähe vorgeht – dann suchte Gidi sich mit drei flinken Sprüngen dem Baum zu nähern, auf dem er den Hahn vermutete. Und lautlos stand er wieder, ehe das Schleifen noch völlig zu Ende war.

Als der Jäger dem Stand des Hahnes sich so weit genähert hatte, daß er den Falzgesang genau vernehmen konnte, dachte er: Dös is der alte Hahn net! Da laß ich mich köpfen, wann dös net a junger Hahn is, der heut oder gestern erst zugstanden is. Eine Weile spähte er durch das Gezweig der Bäume. Da fiel sein Blick auf etwas Weißes, das, so unscheinbar es sich ansah, das Blut des Jägers in Aufruhr brachte. Jetzt fing der Hahn sein Schleifen an, und mit langen Sprüngen schoß Gidi auf die weiße Flocke zu, um sie von der Erde zu haschen. Es war ein zerfetzter, halbverbrannter Papierpfropf. Hier war ein Schuß gefallen. Auf den alten Hahn. Das mußte an jenem Morgen gewesen sein, an dem der Finkenbauer seinen Knecht vom Brünndlkopf hatte herunterkommen sehen. „Wart, dir leg ich 's Handwerk, du Haderlump!" stieß Gidi zwischen den Zähnen hervor. Da fuhr er lauschend auf; es war ihm, als hätte ein Reis geknackt, wie unter einem Tritt. Der Hahn ließ sein Falzlied verstummen und stob mit klatschendem Schwingenschlage davon. Hastig wandte Gidi sich der Richtung zu, aus der jenes Geräusch gekommen war, und sah aus dem Fichtendickicht den Lauf einer Flinte gegen seine Brust gerichtet. „Wer da?" rief ihn eine Stimme an. Gidi hatte mit raschem Sprung hinter einem Baumstamm Deckung gesucht, und schon lag ihm die Büchse im Anschlag an der Wange: „Gwehr nieder, oder es schnallt!" Im Gebüsch senkte sich die Flinte, und Gidi hörte eine wohlbekannte Stimme: „Dös isch er net! Dös isch der Grafejäger!"

„Je, da schau!" murmelte Gidi und ließ die Büchse sinken.

Zwei Gestalten lösten sich im Zwielicht des Morgens aus dem Dickicht: Herr Simon Wimmer in Begleitung eines Gendarmen.

„Was is denn jetzt dös für an Art?" lachte Gidi. „Meints leicht, ich bin a Scheiben für eure ärarialischen Schießprügel? Was habts denn zum suchen da?"

„Nix für ungut, Herr Eberl", stammelte der Kommandant unter Pusten und Schnauben, „bei derer Dunkelheit isch e Verkennung älleweil e mögliche Sach. Sie dürfe mer's glauben, es isch für uns selber fürchtig. Die Bergsteigerei bei der Nacht hab ich dick! Und da habe mer jetzt schon ghofft, es hätt en End. Das ist eine verfluchte Geschichte! Eine verfluuuchte Geschichte!" Seine Stimme erstickte unter dem großen Taschentuch, mit dem er an Hals und Wangen den rinnenden Schweiß zu trocknen suchte.

Ein Gutes hätte diese Begegnung doch, ließ sich der Begleiter des Kommandanten vernehmen; sicherlich könnte der Jäger darüber Aufschluß geben, ob der Steig schon gangbar wäre, der zum Grenzpaß führe und von dort zurück gegen den Hochgraben der Höllbachklamm.

„Gangbar is er schon, der Steig. Aber dös wird a paar ghörige Tröpfln Schweiß kosten! Droben heißt's ordentlich stapfen im Schnee. Passen S' auf, Herr Wimmer, da werden S' wimmern! Was wollts denn da droben beim Grenzpaß? Habts an Schwärzer auf der Muck?"

„O Gottele, Gottele", jammerte der Kommandant, „lieber möcht ich streifen auf e ganze Schmugglerbande als auf den, der zum suchen isch. Hab mich gestern noch so endsmäßig drüber gfreut, daß ich mich so gut steh mit'm Finkebauer. Und jetzt – das ist eine verfluchte Geschichte! Der Mann wird jetzt sein' ganze Haß auf mich unschuldigs Würmle verkehre und wird net denke, daß gege die Berufspflicht ein und ällemal nix z'machen isch."

„Ho, ho, ho!" unterbrach Gidi Herrn Wimmers wehklagenden Redefluß. „Was kunnt denn der Finkebauer mit Schandarmenweg zum schaffen haben?"

„Sie, so müssen S' fein auch net reden!" fuhr der Begleiter des Kommandanten beleidigt auf. „Der Schandarm geht hinterm Unrecht her. Ich weiß net, ob ich auf Schandarmenweg net lieber geh als auf Jagerschlich."

„Strapezieren S' Ihnen net so! Ich hab mir nix Übels denkt. Und im übrigen Pfüet Gott, wann's Ihnen gar so pressiert!" Das brummte Gidi dem Gedarmen nach, der ohne Gruß davongegangen war.

„Lassen S' ihn! Ischt halt e Hitzköpfle!" seufzte Herr Wimmer unter seinem rührsamen Taschentuch. „Aber glaube Se mir, der Finkebauer hat jetzt mehr mit uns z'schaffen, als ihm selber und uns älle lieb ischt. Wir streife da auf sein' Bruder, auf den Fink-Ferdinand, der vom Regiment desertiert ischt und auch sonst noch in em fürchtige Verdacht –" Freund Simon verstummte. Er schien sich der Tatsache zu erinnern, daß es Amtsgeheimnisse gibt.

„Der Ferdl? Desertiert?" fuhr Gidi erschrocken auf. „Dös is net wahr, dös glaub ich net!"

„Und doch ischt die Sach net anderscht, leider Gottes!" jammerte Herr Wimmer und wollte schon einen ausführlichen Bericht beginnen, als ihn ein schriller Pfiff seines Begleiters zur Eile mahnte.

Gidi blieb allein und blickte ratlos dem in die Dämmerung hineinwürmelnden Kommandanten nach. Der Ferdl desertiert? Das Wort war ihm in die Glieder gefahren. Der Ferdl? Der nie ein Unrecht tat und niemals Unrecht duldete, nie einen Streit begann und Streit bei anderen stets mit dem rechten Wort zu schlichten wußte? Der das beste Gut des Menschen in einem ehrlichen Namen sah? Der den blauen Rock des Königs immer mit Stolz getragen hatte und für seine Tapferkeit auf dem Schlachtfeld mit dem Eisernen Kreuz belohnt wurde? Und dieser Ferdl sollte gehandelt haben wie ein Ehrloser und Feigling? Und jenes andere Wort des Kommandanten? Welcher Verdacht konnte auf dem Ferdl lasten? Ein Verdacht kann falsch sein und ungerecht, muß es sein gegenüber einem Menschen, wie der Ferdl einer war! Aber ein Mensch ist immer nur ein Mensch. Es können Stunden kommen, in denen man seiner selbst vergißt. War eine solche Stunde über den Ferdl gekommen?

„Na! Na! Ich kann mir nix Schlechtes vom Ferdl denken!"

Rings um den Jäger erwachte der Tag. Rosiges Licht übergoß den Himmel und flutete durch den Bergwald. Die schneebedeckte Zinne, hinter der die Sonne heraufauchte, sah sich an, als trüge sie eine Riesenkrone von glühendem Erz. Ein goldenes Leuchten und Flimmern, ein Flattern, Pispern und Zwitschern im Wald. Auf der nahen Rodung klang aus dem Heidelbeerkraut das Locken der Auerhennen, und mit leisem Krächzen schoß eine verspätete Schnepfe über die Wipfel hin.

Da klang von der Felsenhöhe ein dumpfes Brummen herunter. Gidi fuhr auf. Da droben mußte eine Schneelawine gegangen sein. Wer hatte sie gelöst? Eine flüchtende Gemse? Oder ein Mensch?

Heiß schoß dem Jäger das Blut in die Stirn. Daß ihm erst jetzt dieser Gedanke kam! Wenn Ferdl einer Hilfe bedurfte? Mußte er sie nicht zuerst beim Freunde suchen? Gidi rannte über den Hang, daß unter seinen Schuhen die Steine flogen. Auf und nieder, aus dem Bergwald hinaus über die Lichtung der Brünndlalm und der Höllbachklamm entgegen, aus der ihm von ferne schon das Brausen und Tosen des Wildwassers entgegendröhnte. Jetzt erreichte er die Schlucht. Ein Baumstamm war als Steg über die finstere Tiefe geworfen. Gidi eilte darüber weg, als wäre der Baum eine breite Straße, und erreichte die aus Blöcken gefügte Jagdhütte. Sie stand auf einem grasigen Hügel, überschattet von moosbehangenen Fichten.

Der Jäger zerrte einen Schlüssel aus der Tasche, schloß die aus dicken Bohlen gezimmerte Tür auf und trat durch den Küchenraum in die Stube. Er legte Büchse und Rucksack ab, öffnete die zwei kleinen, mit Eisenstäben vergitterten Fenster und stieß die Läden auf. Sonnenlicht erhellte den mit Brettern verschalten Raum, dessen Einrichtung aus Tisch und Bänken, einem Wandschrank und Geschirrahmen, einem eisernen Ofen und einem Bett mit wollenen Decken bestand. Er rührte die Klinke der versperrten Tür, die zu der anstoßenden ‚Grafenstube‘ führte. Und wieder hinaus ins Freie. Den forschenden Blick zur Erde gerichtet, umkreiste er die Hütte. „Dagewesen is er! Keine zwei Stund kann's her sein!" Vor den Fenstern war das Gras zertreten, und an einer feuchten Bodenstelle zeigte sich der Abdruck eines Männerfußes, einer ungenagelten Sohle.

Kopfschüttelnd kehrte Gidi zur Tür zurück und setzte sich auf die Schwelle. Mit funkelnden Augen spähte er hinauf zu den felsigen, schneebedeckten Höhen. Dann nahm er das Fernrohr und suchte mit ihm die steilen Hänge und den Grat der Höllenleite ab. Seufzend ließ er das Glas sinken und spähte wieder mit flinken Augen. Plötzlich zuckte es über sein Gesicht. „Was is denn da droben? Dös kann doch kein Gams net sein!" Hastig richtete er das Fernrohr nach dem schwarzen beweglichen Punkt, den er hoch zwischen klotzigen Felsen und dem steilen, schneebedeckten Hange wahrgenommen hatte. „Jesus Maria, der Ferdl! Und grad in d' Händ muß er ihnen laufen, wann er aussisteigt übern Grat." Er sprang in die Stube, riß die Büchse an sich, stürmte wieder ins Freie und schmetterte hinter sich die Tür ins Schloß. Über den Berghang hinauf, als hätte er ebenen Grund unter sich. Noch ehe der Wald zu Ende ging, begann der Schnee, der sich in dicken Klumpen an Gidis Schuhe heftete. Jetzt erreichte er eine offene, von Felsentrümmern übersäte Fläche und spähte zur Höhe. Deutlich konnte er die Gestalt des Freundes unterscheiden, den nur noch eine kurze Strecke vom Grat der Höllenleite trennte.

„Na also, ich hab mir's ja denkt!" stammelte Gidi. Der gleiche Blick, der ihm den Freund zeigte, hatte ihn auch die scharf vom Himmel abgehobene Gestalt gewahren lassen, die vom jenseitigen Berghang über den Grat auftauchte. Er riß einen Fetzen Bast von einer Birke, nahm ihn zwischen die Lippen, und nun schrillte ein Laut in die Lüfte, der wie der Schrei eines Habichts war. Dreimal wiederholte er dieses Warnungszeichen. Das mußte Ferdl hören und mußte sich der Zeiten erinnern, in denen sich die Freunde mit diesem Ruf im Bergwald gesucht und gefunden hatten.

Gidi sah, wie Ferdl im Anstieg plötzlich innehielt und in rasender Flucht sich talwärts wandte. Der Warnungspfiff des Jägers konnte noch nicht bis in jene Höhe gedrungen sein. Ferdl selbst mußte die Gefahr gewahrt haben, die über ihm drohte. Und auch der Verfolger mußte von der Grathöhe den Flüchtling erblickt haben, denn er stürmte über den steilen Hang herunter. Gidi meinte in dem Verfolger den Begleiter des Kommandanten zu erkennen. Der war allein. Hatten die mühsamen Pfade jenseits des Grates den Kommandanten hinter seinem Begleiter zurückbleiben lassen? Oder war er nicht hinaufgestiegen, sondern andere Wege gegangen?

Gidi nahm sich die Zeit nicht, diese Frage zu beantworten. Er zwängte sich zwischen Felsblöcken hindurch, wand sich über klotziges Gestein und eilte dem Rande der Höllbachklamm entgegen. Immer dem Abgrund folgend, mühte er sich keuchend der Höhe zu. Das Rauschen und Brausen der Gewässer, die in dunkler Tiefe ihre schäumenden Wirbel schlugen, erstickte das Geräusch seiner Tritte. Es gehörten der schwindelfreie Blick und der sichere Fuß des Jägers dazu, um solchem Weg mit solcher Eile zu folgen. Da war nirgends ein Übergang von der offenen Höhe zur Tiefe, überall jäh abstürzendes Gestein; bald erweiterte sich die Schlucht zu riesigen Kesseln, in deren Abgrund die milchweiße Brandung kochte, bald wand und krümmte sie sich im Bogen, und da brüllte der Bach unter dem Zwang seiner engen Fesseln, sich aufbäumend an verwaschenen Felsen; bald wieder verschwand das Wasser mit dumpfem Brummen unter vorspringendem Felsgefüge, unter schief in bodenlose Tiefe sich senkenden Wänden. Überall entquoll eine dunstige Kälte dem Abgrund, und dünne Nebel schwebten herauf, um in der Sonne zu zerfließen.

Höher und höher eilte Gidi, in Sorge, ob er noch rechtzeitig jene Stelle erreichen würde, an der die Schlucht ihre Ränder so nah aneinander zieht, daß sie mit einem herzhaften Sprung zu übersetzen war. Ferdl mußte auf seiner Flucht in die Nähe dieser Stelle gelangen. Weiter drüben sperrten abstürzende Felsen seinen Weg, und die offene Almlichtung durfte er nicht betreten. Gidi hoffte, daß es ihm gelingen würde, den Freund im richtigen Augenblick an jene Stelle zu rufen. Und hatte er ihn erst an der

Hand, dann wußte er ihn auf Wege zu führen, auf denen kein Dritter ihnen folgen würde. Nur eine offene, von Geröll überdeckte Felsfläche und einen niederen, von Latschen, Birken und kümmernden Fichten bewachsenen Hang hatte Gidi noch zu überwinden.

Nun erreichte er die Felshöhe, und da erstarrte ihm der Fuß. Auf dem jenseitigen Rande der Schlucht sah er den Kommandanten hinter einem Steinblock kauern, so rund zusammengehuschelt, daß er einer grün montierten Riesenkartoffel ähnlich war. Lauschend hielt Herr Wimmer den Kopf nach vorne geschoben und spähte über die Kante des deckenden Steines. Aus dem bergwärts ziehenden Latschendickicht hallte lautes Rappeln, Rollen und Brechen. „Halt!" ließ eine heiser schreiende Stimme sich vernehmen. Jenes Klappern und Brechen verstummte nicht, es verstärkte sich, kam näher und näher. Im Latschendickicht sah man die Wipfel und Äste zittern, schwanken und schlagen. „Halt!" wiederholte sich jener heisere Ruf. Nun teilten sich die Zweige, und Ferdl wankte auf das offene Gestein, keuchend wie ein gehetztes Wild. Einen Augenblick unterbrach er, um Atem zu schöpfen, seinen Lauf und drückte die eine Faust, mit der er die blaue Mütze krampfhaft umschlossen hielt, auf die kämpfende Brust, die andere auf die rechte Hüfte, von der das Beinkleid niedergerissen war und den blutüberronnenen Schenkel entblößte. Wieder wollte er talabwärts fliehen. Da würmelte der Kommandant aus seinem Versteck hervor und sperrte den Weg. „Ergeben S' Ihnen in Güt, Ferdinand Fink! Es isch kein Ausweg mehr!"

Wortlos taumelte Ferdl zurück, spähte mit brennenden Augen um sich, sah drüben den Jäger stehen und stürzte unter gurgelndem Aufschrei dem Rande der Höllbachschlucht entgegen.

Hinter ihm brach in diesem Augenblick der Verfolger aus dem Dickicht und riß mit einem dritten „Halt!" das Gewehr an die Wange.

„Net schieße, net schieße!" kreischte der Kommandant, der aus Naturanlage kein Freund von tragischen Verwicklungen war und vielleicht auch ein bißchen an seine bedrohten Heiratspläne dachte. Angstvoll zappelte er auf den Gendarmen zu, und während er ihm das Gewehr in die Höhe schlug, daß der Schuß sich krachend in die Luft entlud, fuhr drüben über der Schlucht der Jäger aus seiner Erstarrung auf, mit dem Warnungsschrei: „Um Gotts willen, Ferdl, dös is ja verruckt, da springt ja kein Hirsch net ummi!"

Die Warnung kam zu spät. Schon schnellte Ferdl sich mit hohem Satz hinaus über den Rand der Schlucht. Die Verzweiflung mußte ihm die Kräfte zu solchem Sprung gegeben haben. Glücklich erreichte er auch mit den Füßen das andere Ufer, doch unter der Wucht des Sprunges brachen ihm die Knie. Jammernd warf Gidi sich mit gestreckten Armen dem Freund entgegen, konnte ihn nimmer erreichen, nimmer fassen, sah ihn taumeln, sah ihn die Arme kreisend in die Luft schlagen und rückwärts niederstürzen über den Felsenrand, unter dem gellenden Aufschrei: „Jesus Maria! Grüß mein' Jörgenbruder!"

Ein dumpfer Schlag, das Rasseln und Poltern der nachstürzenden Steine, und aus der Tiefe war nur noch das Brausen und Rauschen des Wassers zu hören, während in der Höhe der schneebedeckten Felsen mit grollendem Hall das Echo des Schusses verrollte.

„Jesus!" stammelte Gidi. „Unser Herrgott sei gnädig deiner armen Seel!" Er hob die zitternde Hand und bekreuzte das erblaßte Gesicht.

6

Um die zehnte Morgenstunde kam Gidi zum Finkenhof, im erhitzten Gesicht die Zeichen der Erschöpfung. Für den Weg von der Höllenbachklamm bis ins Tal, auf dem ein anderer mit gesundem Schritt seine wohlgemessenen drei Stunden geht, hatte er kaum die Hälfte dieser Zeit gebraucht.

Als er den Zaun des Finkenhofes erreichte, meinte er zu träumen, konnte nicht begreifen, was er gewahrte. Er hörte das Geflüster vieler Leute, die den Hofraum erfüllten und gekleidet waren wie für ein Begräbnis.

Er trat in den Hof und faßte den nächsten beim Arm. „Was is denn? Was soll denn dös heißen?"

„Weißt es denn du noch net? D' Hanni is gstorben, verunglückt im Wasser, drin in der Münchnerstadt. A Stündl kann's her sein, da haben s' auf'm Wagen den Sarg von der Station bracht. Völlig erbarmt hätt's dich, wann die Bäurin gsehen hättst, wie sie sich hingworfen hat am Bauern sein' Hals. Der is dagstanden, kaasweiß im Gsicht! Und jetzt, no ja, gleich muß der Pfarr mit'm Kreuz kommen."

Gidi schob sich verstört durch das Gedräng der Leute zur Haustür. Zuckender Kerzenschein erfüllte den Flur, in dem der offene Sarg auf einem schwarz verhängten Schragen stand. Ein Schauer überkam den Jäger. Die Tote war in ein dünnes weißes Gewand gekleidet, das die schlanken und sanften Formen des schönen Körpers umschmiegte. Mit weichen Wellen übergoß das offene braune Haar die Schultern und verschleierte die weißen Hände, die, über der Brust gefaltet, ein kleines Kreuz von Ebenholz umschlossen hielten. Wachsbleich hob sich aus den dunklen Flechten das schmale, zarte Gesicht; es war im Leben nicht schöner gewesen als jetzt im Tode. Gleich sichelförmigen Schatten waren die Wimpern der weißen Lider, durch deren Blässe die dunklen Augensterne hindurchschimmerten. Ein schmerzlicher Zug war um den schönen Mund gelegt, der dennoch zu lächeln schien; es war, als läge noch ein unausgesprochenes, liebevolles Wort auf diesen Lippen.

Zu Häupten der Bahre stand die Finkenbäuerin, angstvoll, immer betend; ihr zu Füßen kniete Veverl, das Liesei an ihrer Seite; unter der offenen Stubentür kauerte der Bub, mit verdutzten Blicken bald die Bahre, bald die Mutter und bald den Vater streifend, der drüben am Geländer der Treppe lehnte, mit krampfhaft ineinander geflochtenen Händen. Als Gidi die

Schwelle betreten hatte, war Jörg zusammengefahren, hatte die Augen mit bangem Blick zur Tür geworfen und war wieder in sein brütendes Niederstarren versunken.

Eine Weile stand der Jäger in stillem Gebete, dann bückte er sich nach dem Weihwasserkessel, sprengte die Tropfen über die Bahre und verließ den Flur. Auf der Schwelle begegnete ihm Emmerenz; sie war schwarz gekleidet und hatte verweinte Augen; Gidi faßte sie beim Arm und zog sie mit sich fort zum Gesindehaus. „Enzi", flüsterte er, „kann ich mein Gewehr einstellen bei dir? Und ich muß dir ebbes sagen."

Da erscholl vom Kirchturm her das Geläut der Glocken, und an einer Wendung der Straße erschien der Pfarrer im weißen Chorrock; ihm folgten der Mesner mit dem Rauchfaß und die Ministranten mit Fahne, Kreuz und Laternen.

Während im Flur die Aussegnung vollzogen wurde, erschienen Emmerenz und Gidi unter der Tür des Gesindehauses.

„Du mußt es ihm sagen, Gidi", stammelte die Magd. „Jetzt gleich! Da muß ebbes gschehen!"

„Ich kann's ihm jetzt net sagen. Soviel erbarmt er mich. Und es hat kein' Sinn. Aus'm Höllbachgraben holt man kein' nimmer aussi. Da kann ich mir net amal a Wunder denken. Wann er sich net derfallen hat an die Felsen, hat ihn 's Wasser derstickt. Der Höllbachgraben hat nur a paar Platzeln, wo man zukann, und da is kein Denken, daß man grad da ebbes finden sollt von ihm. Wann's jetzt net geht wie vor zwei Jahren mit demselbigen Holzknecht, den 's im Tal herunt bei der Höllbachmühl ans Wehr hingschwemmt hat, nacher kriegt man vom Ferdl aller Lebtag nix mehr z' sehen. Es hat kein' Sinn, glaub mir's, Enzi, es is gscheiter, ich sag's ihm erst nach der Totenmeß, wenn sich d'Leut verlaufen haben."

„Wie d' meinst!"

„Soviel Elend! Und all auf an einzigsmal! Aber laß dir's gsagt sein, Enzi, der Hanni ihr seltsames Sterben, dem Ferdl sei' traurige Gschicht und noch ebbes, was mir im Kopf umgeht, dös hängt mitanander zamm! Da is ebbes gschehn, was kein Mensch net denkt." Lauschend fuhr Gidi auf; dumpfe Schläge hallten aus dem Flur des Wohnhauses. „Jetzt nageln s' den Sarg schon zu."

Die beiden schüttelten sich die Hände; der Ernst der Stunde hatte sie ihres Haders vergessen lassen.

Nun ordnete sich der Zug. Vor dem Sarge ging der Priester, dessen schmerzerfüllten Zügen es anzusehen war, mit wie schwerem Herzen er seines geistlichen Amtes waltete. Hinter dem Sarge ging Jörg, der keinen Blick von der Erde hob; neben ihm die weinende Mariann. Den beiden folgte Veverl, deren bleiches Gesicht den Leuten zu denken und zu reden gab; das Mädel schien in einer Nacht um Jahre gereift; an jeder Hand führte Veverl eines der Kinder. Dann kamen die Dienstboten des Finkenhofes. Daß Valtl nicht unter ihnen war, hatte seinen Grund. Aber auch Dori fehlte; seit der Sarg vom Wagen gehoben wurde, hatte man den Burschen nicht mehr im Hof gesehen. In langer Reihe folgten die übrigen Leute, zuerst die Männer, zu denen Gidi sich gesellt hatte, und hinter ihnen die Frauen und Mädchen.

Der Zug erreichte den die Kirche umziehenden Friedhof und das offene Grab.

Mit schwacher, häufig versagender Stimme sprach der alte Pfarrer die kirchlichen Segnungen. Dann schloß er das Buch, und lange sah er mit nassen Augen auf den Sarg, bevor er zu reden begann. Es waren nicht viele Worte, die er sprach. Die Leute machten sonderbare Gesichter zu diesen Worten und waren der Meinung, daß die Rede für eine Verewigte aus dem reichen Finkenhof zu kurz und nicht andächtig genug ausgefallen wäre:

„Ich brauche der Toten kein Wort des Lobes nachzusprechen in das Grab. Ihr alle habt sie gekannt und habt sie geehrt um ihres seltenen Herzens, um ihres sanften und reinen Wesens willen. Wir mit unserem Menschenverstande möchten sagen: Sie hätte verdient, mit jenen zu leben, die sie liebte, um Glück zu spenden und Glück zu genießen. Doch über uns ist der Herr, und unerforschlich sind die Wege, die er wandelt." Verstummend richtete er den Blick auf Jörg, als wollte er zu ihm in tröstenden Worten sprechen; aufseufzend hob er den weißen Kopf und ließ die feuchten

Augen über die Gesichter der anderen gleiten. „Euch allen ist sie gestorben. Denkt nur der lieben freundlichen Worte, die sie zu euch gesprochen, denkt der milden und reichen Gaben, die sie euren Kranken und Bedürftigen gespendet, und denkt der vielen Stunden, in denen sie da drinnen zwischen den geheiligten Mauern mit dem lieblich frommen Klang ihrer Stimme eure Herzen zur Andacht erhob. Auch mir ist sie gestorben. Was sie mir gewesen ist, mir und meiner seligen Schwester, die da drüben unter der stillen Erde ruht? Wie soll ich es euch sagen! Wenn das Herz uns bange war von Sorge, wenn die Bürde des Alters lastend auf unsere schwachen Schultern drückte, war es Johanna –" Unter Tränen erstickte seine Stimme. „Und nun! Mir will ein Lied nicht aus dem Sinn, das ich gerne von ihr hörte, wenn sie es sang in abendlicher Dämmerstunde:

> Es ist ein Frost gefallen
> Wohl über den grünen Wald,
> Es ist ein Sturm gegangen
> Wohl über die blumige Hald.
>
> Ein Blümlein ist gebrochen,
> Ein Pflänzlein halb erfror.
> Kaum Einer mag es wissen,
> Was da die Welt verlor!"

Der Priester schwieg und hob seine zitternde Hand vor seine Augen. Als er sie wieder sinken ließ, um die letzten Worte zu sprechen, klang seine Stimme so müd und leise, daß kaum die Zunächststehenden sie verstanden: „Es ist ein Sturm gegangen, ein Blümlein ist gebrochen! Johanna, schlafe den stillen Schlaf, bis der Frühling der Ewigkeit dich wieder auferweckt zu engelschönem Blühen im Garten Gottes, der über dein Leben richten wird, nicht über die Stunde deines Todes. Er wird dir gnädig sein, und in Frieden wahre die Erde dein Gebein bis zum Tage der Auferstehung! Amen!"

Ohne Tränen hatte Jörg diese Worte mit angehört; doch während die Stricke rasselten und der Sarg hinunterglitt in die Grube, zerbrach ihm die Kraft. Als er die kleine Schaufel ergreifen sollte, um als nächster Anverwandter die erste Scholle auf den Sarg zu werfen, mußte ihm die Mariann die Hand führen; dann zog sie ihn mit sich fort in die Sakristei.

Nun traten alle der Reihe nach, so wie sie der Bahre gefolgt waren, vor das Grab, und jede Hand warf eine Schaufel Erde über den Sarg. Flüsternd verloren sich die Leute in die Kirche, um der Totenmesse beizuwohnen. Von der Kirche ging man im Zuge dem Bräuhaus zu, wo das Totenmahl gehalten wurde. Unter der Tür des Wirtshauses faßte Jörg die Hand seines Weibes. „Gelt, Mariann, du bleibst bei die Leut! Mich laß heimgehn!"

„Um Gotts willen, Jörg", stammelte die Bäuerin, „ich bitt dich, schau, nimm dich doch a bißl zamm. Was möchten d'Leut reden, wenn du net beim Mahl bist!"

„Ich muß heim. Ich halt's nimmer aus. Ich muß ebbes erfahren!" Ehe Mariann noch antworten konnte, rang er seine Hand aus der ihren und ging durch den Bräugarten den Wiesen zu.

Er erreichte seinen stillen Hof und trat in die Stube, die von schwerem Weihrauchduft erfüllt war. In der Schlafkammer öffnete er eines der Fenster, die nach dem Garten führten, lauschte hinaus und spähte der Höhe zu. Dann kehrte er wieder in die Stube zurück und sank auf eine Bank. Nur wenige Minuten saß er so. Zitternd sprang er auf; draußen kamen rasche Tritte zum Haus, die Tür öffnete sich, und Dori erschien auf der Schwelle. Sein Gesicht war blaß, der Atem rasselte.

Jörg war auf ihn zugestürzt und zog ihn am Arm in die Stube. „Red, Dori! So red, ich bitt dich, red!"

„Ja, Bauer!" keuchte der Bub, der kaum Atem und Worte fand. „Der Fremde, dös hab ich gleich erfahren, der is in der Nacht noch fortgeritten. Und die andern zwei sind heimkommen vor a paar Minuten. Der Kommandant und der ander! Vom Höllberg her über d' Wiesen. Ganz allein!"

Ein tiefer Atemzug hob die Brust des Bauern. „Unserm Herrgott sei Lob und Dank! Er is über der Grenz!" Da fiel sein Blick auf die offene Tür und auf den Grafenjäger. „Um aller Heiligen willen! Gidi! Du bringst nix Guts!"

„Na, Finkenbauer! Unserm Herrgott muß ich's klagen! Nimm dich zamm! Der Ferdl –"

„Mein Ferdl is über der Grenz", stammelte Jörg, „lang über der Grenz!"

„Ja, Bauer, über der Grenz, die zwisch'm Leben liegt und zwischen der Ewigkeit. Im Höllbachgraben liegt er drunt. Ich hab's mit anschauen müssen. Und ‚Jesus Maria, grüß mein' Jörgenbruder!' dös war sei' letzte Red."

Weiß quollen dem Bauer die Augen aus den Höhlen, und das Entsetzen verzerrte sein fahles Gesicht. So stand er eine Weile regungslos; dann tastete er sich zur Bank und sank darauf nieder mit den stöhnenden Worten: „Meine Füß –"

Dem Dori begannen die Zähne zu klappern, und er brachte die Hand zum Gesichte, um ein Kreuz zu schlagen.

Der Jäger ging auf den Bauer zu und rüttelte ihn an der Schulter: „Jörg!"

Da kam ein Schüttelfrost über den Finkenbauer; er betastete seinen Kopf, seine Brust, und lallte mit schwerer Zunge: „Ja, ja, ich spür mich noch! Und er! Er und d' Hanni beieinander, und ich bin übrig! Wo bleibt denn unser Lieb, die nimmer voneinander laßt? Unser Lieb! Unser Lieb!" Mit den Armen warf er sich über den Tisch. Dann sprang er auf. „Jesus! Und kein Mensch daheim! Wo sind denn d' Leut?"

Er wollte zur Tür; Gidi hielt ihn fest. „Sorg dich net, Jörg, wir brauchen keine Leut! Du und der Dori und ich, wir drei sind genug! Und droben im Höllbergschlag, da schaffen sieben oder acht Holzknecht; die haben alles, was wir brauchen, Strick und Hacken und Beiler, alles!"

Sie schlugen den nächsten Weg durch den Garten ein, Jörg immer voran um ein Dutzend Schritte.

„Du, da schau", flüsterte Dori dem Jäger zu, als sie an einem frisch aufgeworfenen Erdhügel vorüberkamen, „da hab ich unsern Haßl eingraben, den armen Tropf! Den hat der andere Schandarm derstochen, heut in der Nacht."

Dann sprachen sie kein Wort mehr, bis sie das Gehölz erreichten; da fragte der Bub: „An welchem Platzl is denn 's Unglück gschehen?"

„Droben bei der hohen Platten."

„Pfüet dich Gott, Ferdl! Da is aus!" stammelte Dori; er schlug ein Kreuz und begann ein Gebet für die arme Seele.

Auf dem Höllbergschlage fanden sie die Holzknechte; der eine und andere dieser Männer hatte wohl ein Wort über die Nutzlosigkeit aller Rettungsversuche auf der Zunge; doch als sie dem Finkenbauer ins Gesicht sahen, schwiegen sie und eilten willig mit ihm der Höhe zu.

Sie kamen zur hohen Platte. Einer der Holzknechte wurde an langem Seil in die Schlucht hinuntergelassen; man mußte ihn wieder heraufziehen, bevor er zur Wassertiefe hatte gelangen können. Der Weg in die Tiefe war durch zwei schief übereinandergreifende Felsgefüge versperrt. „A Lucken is schon da, daß einer durchkunnt. Da wird's ihn auch durchgrissen haben, den armen Teufel!" berichtete der Mann, wobei er aus Mitleid für den Finkenbauer verschwieg, daß er auf einer steil abfallenden Platte reichliche Blutspuren gefunden. „'s Kurasch is gwiß net z'wenig bei mir. Aber wann sich einer da drunten durchlasset, dem wär 's Hinsein zuprotokolliert. Anhalten kannst dich nirgends, so hail is alles da drunt. Da hängst mit'm ganzen Gwicht am Seil. Und dös durft a Seil von Eisen sein: wann's zweimal ums Eck ummi muß – die kantigen Steiner schneiden wie a Messer –, da kostet's grad a Ruckel, nacher liegst drunt und hast ausgschnauft! Und gholfen is auch nix. Aber wann ich raten möcht: Probieren wir's a bißl weiter unten, wo die Klamm den Kessel macht. Leicht, daß man von unt auf zukunnt?"

Alle, auch Jörg, wußten, daß der Mann sein möglichstes getan hatte, und alle sahen ein, daß sein Rat der beste war.

Schweigend eilten sie am Rande der Schlucht jenem Kessel zu. Dort trafen sie mit Leuten zusammen, die aus dem Dorfe kamen, in dem sich die Nachricht von dem Unglück auf die vom Kommandanten beim Bürgermeister erstattete Anzeige hin rasch verbreitet hatte. Von den Finkenhofleuten kam als erste die Emmerenz; wortlos reichte sie dem Bauer die Hand, streifte die Ärmel auf und stellte sich zu den Holzknechten an das Seil; während sie da hielt und zog, daß ihr vor Anstrengung die Schläfenadern schwollen, schien sie gar nicht zu beachten, daß es Gidis Hände waren, die neben den ihrigen das Seil umkrampften.

Es kam die Finkenbäuerin, die sich an den Hals ihres Mannes klammerte – und Veverl kam, bleich, zitternd und atemlos.

Da waren nun hundert Arme zur Hilfe bereit; doch außer Jörg war unter allen nicht einer, der unter dieser ‚Hilfe' etwas anderes verstand als den Versuch, die Leiche des Zerschmetterten zu bergen.

Als es zu dämmern begann, schickte Jörg die Weibsleute nach Hause. Emmerenz führte die Bäuerin, die kaum auf den Füßen zu stehen vermochte. Veverl schien die Anordnung des Bauern überhört zu haben; in sich zusammengekauert saß sie auf einem Stein; und als der Bauer mahnte: „Veverl, geh heim, die Mariann is schon fort!" – bettelte sie: „Jörgenvetter, laß mich bleiben!" Und so blieb sie.

Die sinkende Dunkelheit unterbrach die traurige Arbeit nicht; sie wurde beim Loderschein der Kienfackeln fortgesetzt; auf allen Vorsprüngen der Schluchtwände wurde dürres Holz gesammelt und entzündet. Die hoch aufschlagenden Flammen füllten den tiefen Abgrund mit roter Helle.

Der Versuch, die Absturzstelle unter der hohen Platte von jenem Kessel aus zu erreichen, war mißglückt. Mit wilder Brandung sperrte das aus der Mündung des Höhlenganges stürzende Wasser den Weg. Man schob an langen Stangen brennende Fackeln in die Höhlung; so weit der Fackelschein reichte, gewahrte man nur die kahlen, platt gewaschenen Wände und zwischen ihnen die schwarz und rasend einherschießende Flut. Man warf von der hohen Platte lohende Scheite in den Abgrund, und immer nach wenigen Sekunden schon kamen die erloschenen Stümpfe im Wirbel des Kessels zum Vorschein. Da schien es keine denkbare Möglichkeit, daß der Körper des Abgestürzten im Höhlengange festgehalten wurde; das Wasser mußte ihn längst den tiefer liegenden Kesseln zugeschwemmt haben.

Man eilte von Gefäll zu Gefäll, von Kessel zu Kessel; überall, wo ein Niedersteig oder eine Einseilung möglich war, wurde das Wasser mit Stangen und Haken durchwühlt, jede Wandecke und Felsrinne mit unermüdlichen Augen durchforscht. An Stellen, an denen keiner der Holzknechte mehr den Weg in die Tiefe wagte, ließ immer noch Dori sich an das Seil knüpfen und in den Abgrund senken. Wohl stand er immer bleich und zitternd am Rande der Schlucht, wenn er sein Stoßgebet sprach. Bevor er den harten Weg begann, warf er einen Blick auf das Veverl und schwang sich mit einem mutigen Lächeln hinaus über den Fels. Wenn er wieder emportauchte aus der Tiefe und statt aller Worte nur den Kopf schüttelte, mußte man den Finkenbauer mit Gewalt zurückhalten, damit der schwere, erschöpfte Mann nicht selbst von neuem begänne, was Dori vergebens unternommen hatte.

Die Nacht entschwand, der Morgen kam mit Glühen und Leuchten, und noch immer war keine Spur des Verunglückten gefunden.

Gegen Mittag erreichte man den Kessel des letzten Gefälles, mit dem der Höllbach den Bergwald verläßt, um hundert Schritte tiefer im Tal mit seiner gezähmten Flut das fleißig klappernde Werk der Höllbachmühle zu treiben.

Vergebens wurde auch dieser letzte Kessel bis auf den Grund durchwühlt.

Alle hatten gewußt, daß es so kommen würde. Jörg allein hatte es nicht glauben wollen. Und er kannte den Höllbach doch ebenso genau wie die anderen. Vier Menschen hatte das unheimliche Wasser während der letzten zwanzig Jahre verschlungen; nach jedem hatte man gesucht wie jetzt nach dem Ferdl, nach jedem gleich vergebens. Nur einen von den vieren, einen Holzknecht, hatte die Strömung lange Wochen nach dem Unglückstag an das Wehr der Höllbachmühle geschwemmt, zur Unkenntlichkeit verstümmelt und zerrissen.

Als die Leute bei der Höllbachmühle auseinander gingen, drückte Jörg einem jeden die Hand; die Holzknechte bestellte er auf den Abend in den Finkenhof; zu Gidi sagte er mit müder Stimme: „Wir reden noch, Gidi!"

Nun war er allein mit Veverl und Dori; wortlos winkte er den beiden zu, daß sie nach Hause gehen möchten; sie wollten widersprechen; der Blick, der sie aus seinen Augen traf, verschloß ihnen die Lippen; zögernd gingen sie über die Wiese der Straße zu; immer wieder blieben sie stehen und schauten zurück; sie sahen, wie Jörg sich beim Mühlwerk auf das Ufer niederließ, die Arme auf die Knie stützte und regungslos hineinstarrte in die strömende Flut.

Als sie mit dieser Nachricht nach Hause kamen, eilte die Mariann zur Mühle hinaus; erst spät am Abend kehrte sie mit dem Bauer zurück.

Reichlich beschenkte Jörg die Holzknechte. Dann ging er in das Gesindehaus, wo er die ganze Stube von Menschen erfüllt fand. Alle Nachbarsleute hatten sich eingefunden, um den ‚Dreißger' für die Hanni und den Ferdl mitzubeten. Es wurde der Sitte gemäß Brot, Bier und Branntwein gereicht. Schweigend aßen und tranken die Leute. Dann begannen sie die Totenlitanei für die Hanni. Jörg kniete bei der Tür vor einem Stuhl. Wortlos bewegten sich seine Lippen, wenn die anderen auf die Absätze der Litanei das ‚Herr, gib ihr die ewige Ruh!' erwiderten. Als sie für den Ferdl zu beten begannen, ging er zur Tür.

Drüben in der Wohnstube setzte er sich hinter den Ofen, nahm die zwei Kinder auf den Schoß und drückte sie an seine Brust. So saß er bis tief in die Nacht. Gegen Mitternacht erhob er sich, um die Kinder, die auf seinem Schoße eingeschlafen waren, zu Bett zu bringen. Dabei erwachte das Lieserl; als es den Vater ansah, wagte es kein Wort zu sagen. Bis zum Morgen lag das Kind mit offenen Augen in den Kissen und hörte bis zum Morgen in der

Schlafstube der Eltern den Vater und die Mutter leise miteinander reden.

Als Veverl in der Frühe die Kammer betrat, fragte das Liesei: „Gelt, Veverl, du hast gsagt, der Edelweißkönig is a guter Geist?"

„Ja, Liesei, ganz a guter!"

„Net wahr, Veverl! Sonst hätt er den Ferdl net eini fallen lassen in den tiefen Graben! Oder er hätt ihn wieder auffitragen in d' Höh, daß ihm gar nix gschehen wär und daß der Vater jetzt net so traurig sein müßt!"

Veverl preßte das Gesicht in die Hände, während das Kind mit scheuem Gelispel weiterschwatzte: „Gelt, und du hast ihn gar net kennt, den Ferdl? Den hättst fein gern haben müssen! Soviel gut is er allweil gwesen! Allweil hat er ghäuselt mit uns, und mir hat er schöne Docken geschnitzt und dem Pepperl Rösser und Knecht. Aber sag mir, Veverl, weswegen is denn der Ferdl net heimkommen zu uns? Weswegen hat er denn –"

Das Kind verstummte. Jörg war unter der Tür erschienen, zum Ausgang gekleidet, den Hut auf dem Kopf. Er winkte dem Liesei einen Gruß zu und streifte mit einem Blick das kleine Bett, in dem der Bub noch schlummerte, mit offenem Mäulchen schnarchend.

Jörg wandte sich in die Stube zurück und verließ das Haus. Alle, die ihm nachsahen, wußten, wohin er ging. Er schlug den Weg zur Höllbachmühle ein, zu dem Kessel, den der letzte Fall des Höllbachs bildete. Dort stand er lang und stierte in das Wasser, durch dessen kristallene Klarheit der kiesige Grund heraufschimmerte. Dann schritt er am Ufer des Baches dem Wehr entgegen, vor dem er sich auf einen Felsblock niederließ. Keinen Blick verwandte er vom Wasser, das mit Murmeln und Gurgeln das Wehr durchströmte, Schaum, Blätter und Reisig aufstauend vor den Stäben des hölzernen Gitters.

Gegen Mittag kam die Mariann mit dem Pfarrer. Herzlich und eindringlich redeten ihm die beiden zu, daß er nach Hause gehen möchte. Auf ihre Mahnungen hatte Jörg nur das eine Wort: „Laßts mich sitzen!"

Sie blieben bei ihm, bis die Sonne aus rot überglühten Wolken hinsank über den Grat der Berge.

Wortlos wanderte Jörg zwischen seinem Weib und dem Pfarrer dem Dorfe zu. Als sie den Finkenhof erreichten, sagte er: „Pfüe Gott derweil! Ich hab noch an Weg.“

Hinter den Häusern des Dorfes stieg er über die Wiesen zum Schloßberg hinauf. Als er die Parkmauer erreichte, stand er unschlüssig und starrte das Tor an. Es fiel ihm schwer, die steinerne Schwelle zu betreten. Ein Schauer rüttelte seine Schultern, als er das Tor durchschritt. Er ging an der Mauer entlang dem Jägerhäuschen zu. Aus der Stube hörte er Gidis Stimme; der Jäger sprach in erregten Worten.

Jörg betrat den Flur und sah die Stubentür offen; Gidi und die alte Wirtschafterin des Schlosses standen vor ihm. Das Weib suchte erschrocken einen Brief zu verbergen, den es in der Hand gehalten, und huschte, als Jörg die Stube betrat, an ihm vorüber.

„Du, Jörg? Im Schloß da?“ stammelte der Jäger. „Was willst?“

Jörg ging zum Tisch und sank auf die Holzbank. „Jetzt sag mir alles!“

Der Jäger schien nicht zu hören; er sah erschrocken den entblößten Kopf des Bauern an.

„Finkenbauer! Jesus Maria! Grau bist worden! Wie kann denn so ebbes gschehen! Über a Nacht?“

„So?“ murmelte Jörg und strich mit den Händen übers Haar. „Alles kann gschehen, wann unser Herrgott schlafen geht, statt daß er aufpaßt auf seine Geschöpfer.“ Mit traurigem Lächeln betrachtete er seine Hände, wie um zu sehen, ob nicht an ihnen das frische Grau seiner Haare abgefärbt hätte. „Red, Gidi!“

Der Jäger begann zu erzählen und schloß mit den Worten: „Wie's ihn niedergrissen hat übers Gsteinet, hat er d'Arm aufgschlagen und hat gradaus gschrien: ‚Jesus Maria, grüß mir mein' Jörgenbruder!‘ “

Mit keiner Silbe hatte Jörg die Erzählung des Jägers unterbrochen. Nun hob er das bleiche Gesicht. „Grüß mein' Jörgenbruder!“ Er nickte. „Ich bin sein letztes Denken gwesen. Der hat mich mögen. Und weil er Ehr im Leib ghabt hat und Lieb in der Seel, drum muß er drunt liegen, wo kein Sonnlicht nimmer abisteigt. Grechtigkeit? Ah ja! Grechtigkeit!" Mühsam erhob er sich und griff nach seinem Hut. „Grüß mein' Jörgenbruder? Ja, Ferdl! Den Gruß will ich dir danken! In meiner Sterbstund noch." Er reichte dem Jäger die Hand. „Mußt net herb sein, daß ich schon wieder geh. Aber weißt –", eine wilde Bitterkeit quoll aus dem Klang seiner Stimme, „mich leidt's net recht, wo ich steh! Dös is Grafengrund!"

„Wird net schlechter sein wie Bauernboden!"

„Hast recht! Der Boden is der gleiche! Bloß unter denen, die er tragt, is diemal einer anders wie der ander! Aber reden wir nix!" Wieder schüttelte Jörg dem Jäger die Hand. „Dir sag ich kein Vergelts Gott! Wo d' Lieb ebbes tut, da will s' kein' Dank dafür. Ich weiß, du hast ihn gern ghabt."

„Ja, Finkenbauer! Aber sagen muß ich's: Mei' Lieb hängt an eim andern auch, der jetzt im Sterben liegt, drin in der Münchnerstadt. Du weißt schon, wen ich mein'!"

„Nix weiß ich! Gar nix!"

„So mußt net reden! Du bist der erste gwesen im Ort, der's ghört hat – ghört von dem, der schuld is dran! Gar net sagen kann ich dir's, was rebellt hat in mir, jetzt grad, wie d' Schloßhauserin dagwesen is mit'm Brief vom alten Eustach. Mein lieber, junger Graf! Und die arme Frau Gräfin! Sag nur, Finkenbauer, wie hat dem Ferdl dös zustehn können, daß er so was tut!"

„Gidi!" stöhnte Jörg. „Der Ferdl is drüben, wo kein' mehr fragen kannst! Und über an Toten sollst net reden –"

„Alle sagen sie's drin im Grafenhaus: Es kann kein anderer gwesen sein als der Ferdl. Wie er eini is ins Haus, hat ihn keiner gsehen. Aber alle haben's gsehen, wie er davon is, kreideblaß, als wär der ledige Satan hinter ihm her! Und droben haben s' den jungen Grafen gfunden, unter der Tür, von Blut übergossen, mit eim Säbelhieb gradaus über d' Stirn. Der Ferdl hat ihn erschlagen, Finkenbauer! Dein Bruder!"

Aug in Aug standen sich die beiden gegenüber. Die Faust auf

die Tischplatte stützend, richtete Jörg sich auf. Eine steinerne Härte lag über seinem Gesicht, während er rauh die Worte herausstieß: „Und wann's so wär? Weißt du denn, ob ihm net recht gschehen is, deim Grafen?"

„Recht?" fuhr Gidi auf. „Was kunnt mein junger Graf dem Ferdl antun haben? Und was sich der Ferdl auch einbildt haben mag – mir, Finkenbauer, kannst es glauben: Was keiner gsehen hat, dös hab ich mit meine Jageraugen gmerkt. Stund um Stund im letzten Sommer war ich mit'm Grafen, wann's ihn allweil forttrieben hat aus'm Schloß, und wann's ihn wieder abizogen hat, kaum daß er droben war mit mir auf'm Berg. Mir kannst es glauben: Wann einer is, dem der Hanni ihr traurigs Sterben z'tiefst zum Herzen gangen is, so war's mein junger Graf. Mag's zugangen sein mit der Hanni, wie's will – da schau her, Finkenbauer, da leg ich mei' Hand auf'n Tisch, und weghacken laß ich mir s', wurzweg vom Arm, wann mein Graf ebbes Übels hat verüben können."

Mit funkelnden Augen sah der Bauer in das vor Erregung glühende Gesicht des Jägers; dann schüttelte er den Kopf und drückte den Hut über das ergraute Haar. „Gidi! Dei' Hand mußt net verschwören! Es wär mir leid drum, wann ich reden möcht!" Ohne Gruß ging der Bauer zur Tür.

Aufatmend trat er hinaus unter die rauschenden Bäume und sprang zum Tor, als wäre die Erde, die sein Fuß berührte, Feuer unter seinen Sohlen.

Tiefe Dämmerung lag schon über dem Dorf, als er den Finkenhof erreichte. Aus dem Gesindehaus klang das eintönige Murmeln der Betenden. Jörg beschleunigte den Schritt. Als er die Ehhaltenstube betrat, nickte er den Leuten, die sich nach ihm umblickten, grüßend zu und ließ sich neben seinem Weib auf die Knie nieder. So blieb er bis zum Schluß der Gebete, die für die beiden Toten gesprochen wurden. Während sich die Leute zum ‚Gsturitrunk' in die Bänke schoben, ging der Bauer davon. Draußen im Hofe holte ihn die Mariann ein, faßte seine Hand, und so betraten sie das Wohnhaus und die Stube, in der die

Lampe brannte. Eine Weile später kam Enzi und deckte den Tisch. Als Jörg und Mariann sich niederließen, erschien das Veverl unter der Kammertür.

„Schlafen s' schon?" fragte die Bäuerin.

Veverl nickte; mit leiser Stimme sprach sie das Tischgebet und rückte in den Herrgottswinkel. Manchmal während des Essens hob sie das blasse Gesicht und streifte mit scheuem Blick den Jörgenvetter, der an jedem Bissen würgte, bis er den Löffel fortwarf und das Gesicht in die aufgestützten Hände drückte.

Als der Tisch geräumt und das Dankgebet gesprochen war, entzündete Veverl ein Kerzenlicht und verließ mit leisem „Gut Nacht!" die Stube. Eine Weile machte sich die Bäuerin mit allerlei zu schaffen, dann trat sie vor den Bauer hin, der regungslos noch immer auf seinem Platze saß.

„Jörg? Ich leg mich schlafen."

Er nickte.

„Gelt, Jörg? Bleibst nimmer lang! Schau, mußt doch a bißl an dich selber denken. Und an deine Kinder."

Wieder nickte er. Schweigend blieb die Mariann vor ihm stehen, strich ihm langsam mit der Hand über das ergraute Haar, und zwei Zähren rollten ihr über die Wangen. Seufzend wandte sie sich ab und trat in die dunkle Kammer. Lange saß sie im Finstern auf dem Rand ihres Bettes, ehe sie sich zu entkleiden begann. Als sie in den Kissen lag, vernahm sie aus der Stube nur das träge Ticken der Wanduhr und von Viertelstunde zu Viertelstunde ihren rasselnden Schlag.

„Jörg!" rief sie mahnend, ohne eine Antwort zu erhalten.

Sie hörte noch, wie die Uhr die elfte Stunde schlug; dann fiel ihr in Erschöpfung der Schlummer auf die Augen.

Plötzlich fuhr sie auf; sie wußte, daß sie geschlafen hatte; aber das Geräusch, von dem sie geweckt worden war, klang ihr noch in den Ohren. Es war ein Klirren gewesen. Als hätte draußen im Hof jemand an eines der Stubenfenster gepocht.

Jetzt wiederholte sich das Klirren, und im gleichen Augenblick hörte Mariann, wie der Bauer aufsprang vom Tisch, mit

erstiektem Schrei: „Heiliger Herrgott – alle guten Geister –"
Da erloschen seine Worte in einem Laut, aus dem nicht Angst
und Schreck, sondern Jubel und Freude klangen.

Mariann hörte den jagenden Schritt ihres Mannes im Flur
verhallen, hörte, wie der Riegel der Haustür zurückgestoßen
wurde. Dann war es still da draußen. In Hast erhob sie sich,
warf einen Rock über und sprang in die Stube; die Tür stand
offen; Mariann eilte in den Flur und rief den Namen ihres
Mannes hinaus in die Nacht. Sie hörte ein Geräusch und gewahrte unter den nahen Bäumen eine Gestalt; deutlich unterschied sie bei dem aus dem Fenster fallenden Lichtschein das
Gesicht und die weißen Hemdärmel des Bauern. Sie wollte zu
ihm hin. Da deutete er heftig mit beiden Händen, daß sie
zurückgehen möchte, und verschwand um die dunkle Hausecke.

An der Wand sich hintastend, kehrte Mariann in die Stube
zurück und ließ sich vor dem Tisch auf die Holzbank nieder,
die zitternden Hände im Schoß.

Sie harrte und harrte. Eine Stunde verstrich. Dann hörte
sie draußen das Knirschen vorsichtiger Tritte. Mariann erkannte
den Schritt ihres Mannes. Nun trat er in den Flur, schob den
Riegel vor – und jetzt erschien er in der Stube.

Seine Brust arbeitete, heiße Röte brannte auf seinen Wangen,
und sein Mund irrte zwischen Lachen und Weinen.

Mariann sprang auf. „Um Christi willen, Jörg? Was is denn?"

Da kam er zum Tisch. „Mariann", brach es in halberstickten
Worten aus ihm heraus, „es gibt noch an Herrgott, Mariann!
Es gibt noch ein'!". Er stürzte vor dem Tisch auf die Knie,
klammerte die Hände ineinander und fing zu beten an, mit
einer Stimme, die in Freude zitterte.

## 7

„Was hat denn der Bauer heut?" So ging es am folgenden Morgen unter den Dienstboten des Finkenhofes mit flüsternder Frage von Mund zu Mund.

„Dös is gspaßig!" sagte der Schmied, der seit Valtes Abgang die Aufsicht über die Pferde führte, und zwar mit einer Strenge, die Dori bitter empfinden mußte. „Gspaßig! Wer ihn gestern noch gsehen hat, und wer ihn heut so bschaut, wie's ihn umtreibt im Hof, als hätt er Wieselblut in die Füß, der muß schon sagen: Dös is gspaßig, ja!"

„Werdts es schon sehen", quikste die alte Waben zwischen ihren Zahnlücken hervor, „und nacher könnts sagen, ich hab's gsagt! Gebts acht, dem Bauer sei' Kümmernis hat sich aus'm Herz ins Kopfgeblüt verschlagen. Da kocht sich nix Guts net aus! Werdts es schon sehen!"

„Kochen? Was wird sich denn kochen? Gwiß nix zum essen!" brummte die Stallmagd. „Von mir aus kann der Bauer sein, wie er mag! Solang ich net hungern muß und richtig mein' Lohn krieg, is mir alles andre einding."

„Natürlich, dir auf deiner gfräßigen Bank kann gar nix an!" fertigte Dori das Mädel wütend ab. „Dir is lang schon 's Herz in' Magen abigfallen wie a verreckter Spatz in d' Mistgruben!"

Emmerenz schwieg zu diesen Reden, verfolgte aber desto aufmerksamer und besorgter das seltsame Gebaren des Bauern.

Als wäre Jörg durch lange Zeit von seinem Hof fern gewesen und in der verwichenen Nacht erst zurückgekehrt, so ging er rastlos überall umher, betrachtete alles und fragte nach allem. Immer nur wenige Sekunden duldete es ihn auf der gleichen Stelle. Sein ganzes Wesen war Ungeduld und Unruhe. Hundertmal im Laufe des Vormittags sah man ihn die Uhr aus der Tasche ziehen, als schliche die Zeit in unerträglichem Schneckengang. Oft sah man ihn mitten im Hofe stehen, mit erhobenem Kopf, wie hinauslauschend in unbestimmte Ferne. Häufig auch gewahrte man, wie er plötzlich ohne jede Ursach zusammenfuhr und den scheuen Blick nach der Straße, über das Haus und gegen den Garten irren ließ. Dabei geschah es manchmal, daß sein Blick den forschenden Augen der Emmerenz begegnete. Dann fuhr es ihm heiß über das Gesicht.

Als Enzi kurz vor der Mittagsstunde die Straße betrat, um ein zu Schaden gekommenes Küchengerät zu einem in der Nähe der Kirche wohnenden Handwerker zu tragen, gewahrte sie, daß kurz vor ihr der Bauer den Hof verlassen hatte und ihr voraus den Weg einschlug, den sie zu gehen hatte.

Vor der Kirche lenkte er seitwärts gegen den Pfarrhof ab; da sah ihn Emmerenz plötzlich stehenbleiben, das weiße stille Haus betrachten und wieder umkehren, als hätte er die Absicht bereut, die ihn hergeführt.

Emmerenz grüßte, als er auf dem Rückweg an ihr vorüberkam; Jörg sah das Mädel nicht und überhörte den Gruß.

Lange stand sie und blickte dem Bauer nach. Als sie von ihrem Gang zurückkehrte, war Essenszeit. Bei Tisch mußte sie eine tüchtige Standrede halten, um die schwatzhaften Mäuler zum Schweigen zu bringen und ihren Untergebenen klarzulegen, daß es sich für ordentliche Dienstboten nicht schicke, gegenüber einem Unglücksfall, der die Herrschaft betroffen, in den ‚nixnutzigen Tratsch‘ des Dorfes einzustimmen. Dori freilich hätte einer solchen Mahnung nicht bedurft. Von seinen Lippen kam keine Silbe, die an die traurige Geschichte der vergangenen Tage rührte.

Während der Nachmittagsstunden war der Bauer im Hofraum nicht zu sehen; Emmerenz mußte ihn suchen, als sie in einer wirtschaftlichen Angelegenheit seinen Willen hören wollte. Sie kam von der Scheune her durch den Garten; dort sah sie das Veverl unter einem Baum sitzen, die Arme um die aufgezogenen Knie geschlungen, mit ziellosem Blick hinausträumend ins Weite. Neben dem Mädel kauerten die beiden Kinder auf der Erde; sie hatten auf Haßls Grab ein Steckenkreuz errichtet, das sie mit einem Kränzl von Himmelsschlüsseln schmückten.

„Pepperl, wo is denn dein Vater?" sprach Emmerenz den Buben an.

Seufzend richtete sich das Bürschl auf und wischte mit den Händen über die Hüften. „Der Vater? Drin is er, in der Stub. Ich weiß net, was er tut. Wir haben net drinbleiben dürfen, wir zwei und 's Veverl. Uns hat er aussigschickt." Dabei warf er schnüffelnd das Mäulchen auf und zog die Schultern in die Höhe. „Macht nix, im Garten is auch schön!"

„Habts halt drin an rechten Spitakl gmacht, gelt, Schlankerln?" lächelte Emmerenz und ging durch die Hintertür ins Haus. Als sie die Stube betrat, sah sie den Bauer und die Bäuerin vor dem Tische stehen; die beiden waren damit beschäftigt, allerlei Gewandstücke und Eßwaren in einen Rucksack zu packen. „Ich hab fragen wollen, Bauer –" Emmerenz kam mit ihrer Frage nicht zu Ende. Während die Bäuerin hastig ein Tuch über das Zeug warf, das auf dem Tische lag, fuhr Jörg, obwohl er über Enzis Eintritt mehr erschrocken als erzürnt schien, das Mädel mit heftigen Worten an: „Was willst? Was suchst denn in der Stuben? Dös taugt mir net, dös Umstreunen am hellen Tag. Mach weiter und schau, daß du zu deiner Arbeit kommst!" Emmerenz wußte in ihrer Verblüffung über diesen Empfang nichts Besseres zu beginnen, als hurtig den Rückzug anzutreten. Eine Weile stand sie im Flur, nachdenklich vor sich hinblickend; dann ging sie kopfschüttelnd der Hoftür zu. Draußen begegnete sie dem Kommandanten, der sich zögernd von der Straße heranwürmelte; er war ohne Gewehr und trug die Feiertagsmontur. Der Ausdruck ängstlicher Unbehilflichkeit, der auf seinen sauer lächelnden Hamsterbacken lag, war mitleiderweckend. Er tat einen schweren Schnaufer und konnte nicht reden. Nur seine ausgebuchteten Beine sprachen ein kummervolles „Oh!" Erst nach emsiger Arbeit mit dem Taschentuche fand er die menschliche Stimme. „Isch der Finkebauer dahoim?" fragte er die Magd, während sein verlegener Blick die Fenster musterte.

„Ja, daheim is er schon. Aber –" Emmerenz verschluckte den Nachsatz, der ihr auf der Zunge gelegen.

Herr Wimmer schob die Mütze in die Stirn und kraute den Hinterkopf. „Das ist eine verfluchte Geschichte!" Mit vollen Backen blasend, betrat er die Schwelle.

Schüchtern klopfte er an die Tür; er hörte in der Stube ein hastiges Flüstern, rasche Tritte und dann des Bauern laute Frage: „Wer is da?"

Herr Wimmer trat ein. „Nix für ungut, Finkebauer! Ich hab komme müsse. Ich hab müsse. Es hat mich nimmer glitte!" stammelte er, während ihm der Schweiß aus den Nasenflügeln brach. Weil er krampfhaft den steifen Blick in die Dielen bohrte, konnte er nicht gewahren, wie Jörg seine verstörten Züge zur Ruhe zwang. „O Gottele, gelten S', Finkebauer", stotterte Herr Wimmer in das weiß und blau gewürfelte Taschentuch, „arg schreckliche Sache hat's gebe, seit wir uns nimmer gsehe habe! Aber mein liebes Herrgöttle soll mir's bezeugen: Ich, Finkebauer, ich kann nix dafür, daß der mißliebige Handel so schauderhaft ausgangen ischt. Wägerle, wägerle, ich kann nix dafür!"

„Ich weiß schon, Herr Kommandant, Sie hätten's anders gmacht, wär's anders zum machen gwesen! Was von Ihnen aus gschehen is, hat gschehen müssen. Sie sind angstellt dafür und haben gschworen."

Herr Wimmer traute seinen Ohren kaum, als er diese Worte hörte. Über ihrem hochwillkommenen Sinn übersah er die lauernde Art, in der sie gesprochen waren. Als er nun gar die vor Staunen weit offenen Augen hob und den Bauer mit ausgestreckten Händen auf sich zukommen sah, wußte er vor Verblüffung kaum die Tasche für sein Schnupftuch zu finden. Früher als sein Verstand kam seine Zunge zur Besinnung. Er faßte Jörg bei den Händen, zog ihn zum Tisch und übersprudelte ihn mit Trostworten, mit Versicherungen seiner Teilnahme und Freundschaft. Er beklagte Ferdls Schicksal, und unter Barmherzigkeitsträen, auf die er durch häufiges Augenwischen aufmerksam zu machen suchte, sprach er von dem plötzlichen

Tode des ‚lieben, schönen Fräule Johanna‘. Dann wieder erzählte er von jenem traurigen Morgen. Er war allzusehr mit dem beschäftigt, was er in jenen ‚fürchtigen Stunden‘ gedacht, empfunden und gewürmelt hatte, um ein Auge für die zitternde Unruhe zu haben, mit der ihm Jörg gegenübersaß.

„Aber jetzt“, unterbrach der Bauer plötzlich den Erleichterungsfluß des Kommandanten, „jetzt, wo’s aus und gar is mit ihm? Was is nacher jetzt? Is jetzt a Ruh? Sind s’ jetzt z’frieden, die drin in der Stadt?“

„No freilich ischt jetzt e Ruh, no freilich ischt jetzt e Fried!“ beteuerte Herr Wimmer. „Was könnt man denn da noch wolle, wo nix mehr zum haben ischt! Wo der Tod sein Wörtle gsproche hat, steckt die Gerechtigkeit ihr Schwert in die Scheid. Da hab ich schon gsorgt dafür. Ich bin dem Finkebauer sein Freund. Da hätt der Finkebauer nur den Bericht lese solle, den ich aufgesetzt hab. Wenn Sie da glese hätte, wie ich die Sach mit der Fluchtunterstützung dargstellt hab, und alles andere, was da noch dringstanden ischt, nacher möchte Se mer alle zwei Händ drucke und möchte sage: Der Herr Kommandant ischt mein Freund, dem muß ich’s danke, wenn jetzt e Ruh ischt und e Fried. Ja, so ischt die Sach. Da beißt koi Mäusle mehr en Faden ab!“ Das Gesicht des Kommandanten glänzte vor freudiger Erregung, als Jörg nun wirklich tat, was ihm so nahegelegt worden war.

„Ich dank, Herr Wimmer, tausendmal! Dös vergiß ich Ihnen nimmer, nie in meim ganzen Leben!“ stammelte der Bauer, während er unablässig die Hände des Kommandanten drückte und schüttelte. „Und gelten S’, Herr Wimmer, gelten S’, wie’s jetzt auch sein mag und was auch kommt – wir zwei bleiben gute Freund mitanander!“

„Gewiß, Finkebauer, älleweil gute Freund!“ versicherte Herr Wimmer, der sich vor Selbstbewußtsein so stattlich dehnte, daß seine Beinchen der geraden Linie merklich näherkamen. Im Gefühl seines Wertes begann er gnädig mit Jörg zu reden, von unten her und doch von oben herab, und versprach ihm, alles zu tun, um das Gerede im Dorf zu beschwichtigen. Stolz erhobenen

Hauptes schlängelte er sich zur Tür hinaus, einen schimmerigen Siegerblick in den polierten Hoffnungsaugen.

Jörg atmete auf. „Den hab ich mir kauft!"

Inzwischen stand Herr Wimmer draußen im Hof, zog an seinem Uniformrock die Falten glatt, drückte die Säbelkoppel über den anspruchsvollen Nabel hinunter und spähte unter Räuspern nach den Fenstern des oberen Stockes. Enttäuschung drohte schon die Purpurschnecke über seinem kokett geringelten Schnauzbart anzublässeln. Da gewahrte er das Veverl und die beiden Kinder zwischen den Bäumen des Gartens. Ein hungriges Funkeln erwachte in seinen Glotzaugen. Unternehmungslustig wollte er seinem unverlierbaren Lebensglück entgegenwürmeln, als sich ihm Dori, der mit einem gefüllten Wassereimer auf dem Kopfe vom Brunnen kam, in den Weg stellte: „Wie geht's, wie steht's, Herr Wimmerle? Alleweil gut?"

Kirschrot färbte sich das Gesicht des Kommandanten, dessen Knöpflnase erstaunlicher Farbensteigerungen fähig war: „Wiwiwiwimmer heiß ich, Wimmer, Wimmer! Und für dich, daß dir's merkst, bin ich der Herr Kommandant, du Tröpfle, du eiskalts!" Er suchte den Buben zu fassen. Der machte flinke Füße und neigte unter kicherndem Dididi den Eimer nach rückwärts, so daß das verschüttete Wasser die Feiertagsmontur des Kommandanten über und über bespritzte.

Fluchend stellte Freund Simon die Verfolgung ein. „Wart, wenn ich erscht emal was z' rede hab im Finkehof, nacher ischt's aus mit deiner gute Zeit!" So knirschte er zwischen den Zähnen, während er mit dem Taschentuch die Wassertropfen von seiner grünen Maikäferhülle tupfte und sich hinausringelte auf die Straße.

Bald nach ihm verließ der Finkenbauer den Hof, den schwerbepackten Bergsack auf dem Rücken.

Als am Abend die Nachbarsleute zum ‚Dreißgerbeten' kamen und nach dem Bauern fragten, sagte ihnen Mariann, daß ein dringendes Geschäft den Jörg nach einem entfernten Dorf gerufen hätte.

Fast eine Woche blieb er aus. Spät an einem Abend kehrte er zurück und betrat das Haus durch den Garten. Der Zufall wollte, daß ihm die Emmerenz mit einem Licht im Flur begegnete. Als sie den Bauer betrachtete, meinte sie, er könnte eher von schwerer Arbeit zurückkehren als von einer Reise und von Geschäften; so sahen seine schrundigen Hände und seine übel mitgenommenen Kleider aus.

In der Wohnstube brannte in dieser Nacht die Lampe bis in den Morgen hinein.

Tage und Wochen vergingen. Das Leben auf dem Finkenhof schien wieder im alten Geleise zu rollen. Dennoch hatte es ein anderes Gesicht bekommen. Die Mariann, die sonst so resolut in ihrer Wirtschaft geschaltet hatte, war still geworden, in sich gekehrt; wer sie beobachtete, konnte gewahren, wie häufig ihre guten Augen mit dem Ausdruck tiefer Sorge auf dem ergrauten Kopf ihres Mannes ruhten. Jörg hatte sich in seinem Wesen wohl zum Besseren verwandelt; aber die schweigsame Zerstreutheit und eine Art ‚schreckhafter‘ Unruh waren ihm verblieben. Wenn die Ehhalten darüber ihr Gerede führten, pflegte Enzi zu sagen: „Laßts den Bauer in Fried! Der hat a Herz, und dös trauert sich so gschwind net aus."

Häufig war Jörg abwesend; entweder wanderte er mit dick angepacktem Rucksack die Straße hinaus oder fuhr im einspännigen Bernerwägelchen davon, das mit Kisten und Schachteln beladen war; meist blieb er nur eine Nacht vom Hofe fern, manchmal auch durch mehrere Tage.

Diese Wege und Fahrten hatten stets eine triftige Ursache, die den Dienstboten von der Bäuerin immer mit vertraulicher Genauigkeit klargelegt wurde. Bald war es ein Kauf- oder Tauschgeschäft mit Vieh und Pferden, bald ein Holzhandel, bald der nötig gewordene Ankauf von Sämereien, von Geräten für die Wirtschaft, bald dies, bald jenes. Diese Wege und Fahrten häuften sich aber so sehr, daß im Dorf ein Gemunkel entstand. Die Emmerenz sagte zu den Leuten: „Daheim, wo ihn alles an die traurigen Täg erinnert, kann der Bauer sein' Hamur nimmer finden. Drum sucht er ihn draußt umanand und bsorgt halt selber, was er sonst von andere hat bsorgen lassen." Bei Gelegenheit eines Kirchganges geriet sie einmal hart mit dem Valtl aneinander, der bei dem übel berüchtigten Leitenbauer in Dienst getreten war und die Leute gegen seinen ehemaligen Dienstherrn hetzte. Als sie dem Bauer das mitteilte, schwieg Jörg eine Weile und sagte dann: „Ich danke dir, Enzi! Aber den Valtl laß reden! Sein Reden tut mir net weh." Von nun an war er seltener vom Hofe abwesend und beteiligte sich fleißiger als in den letzten Wochen an der Arbeit in Haus und Feld. Daß er sich häufig in der dunklen Abenddämmerung durch den Garten davonschlich und bei grauendem Morgen wieder heimkehrte, das wußte nur die Mariann.

Viel begann Jörg sich in dieser Zeit mit seinen Kindern zu beschäftigen, die sich herzlich an den Vater anschlossen. Waren sie doch mit der Veverlbas seit Wochen nicht mehr zufrieden! Früher, wenn Veverl mit ihnen in der Stube oder im Garten beisammen saß, war sie ein Kind mit den Kindern gewesen, hatte ihre Spiele geteilt, hatte ihnen stundenlang vorgeplaudert von allem, was sie in Herz und Köpfl trug. Jetzt war sie schweigsam und verschlossen. Aus einem Kameraden der Kinder war sie zur stillen Wächterin geworden. Wenn die Kinder zu ihren Füßen spielten, saß sie mit im Schoß gefalteten Händen, hinausblickend in ziellose Ferne. Noch ernster und träumerischer als früher staunten die dunklen Rehaugen aus ihrem lieblichen Gesicht. Dabei streckte sich die Gestalt des Mädels von Tag zu Tag, und runder und voller sproßten ihre Formen.

Wenn auch nur Jörg diese Wandlung zu verstehen meinte, fiel sie doch allen im Finkenhof auf. Ein einziger hatte keine Augen dafür – der Dori. Veverl war ihm das Veverl, und so, wie sie war, war sie ihm alles. Dieser langohrige Bursch mit den spreizknochigen Stelzbeinen war der einzig Glückliche im ganzen Finkenhof. Sein Übermut hatte bald die Oberhand über die Trauer seines guten Herzens gewonnen. Er stand bei Jörg in goldener Gunst, und was für ihn die Hauptsache war: seit Valtls Abgang konnte

er ungestört seiner wunschlosen Verehrung für Veverl nach-
hängen. Er tat, was er ihr an den Augen absehen konnte. Von
keinem Wege kam er zurück, ohne ihr einen ‚Buschen‘ mit nach
Hause zu bringen. Für solche Zeichen seiner Verehrung dankte
ihm Veverl bald mit einem guten Wort, bald mit ihrem stillen
Lächeln. Wenn er vor ihr stand und dieses dankende Lächeln
hineintrank in seine zwinkernden Augen, zitterte das lange,
knochige Ungetüm vor Freude am ganzen Leib. Und wußte
Dori für Veverl nichts Liebes mehr zu ersinnen, so bereitete er
um ihretwillen den Kindern hundert kleine Freuden. Er fertigte
ihnen Puppengerät, Grillenhäuschen, Maikäferkutschen, fliegende
Drachen und bewegliche Schlangen, baute ihnen Wassermühlen
und schnitzte für sie aus knorrigen Wurzeln allerlei unförmliches
Getier, das an Leib und Gliedern viel harmonischer aussah als
er selbst.

So saß er einmal im Garten und bosselte für den kleinen Pepperl ein ‚Hottohü-Roß‘ aus einem Wurzelstück. An dem störrigen
Holze zerbrach die verschliffene Klinge seines ‚Feitels‘. Dori
wußte sich zu helfen. Vor einigen Wochen hatte er auf Anordnung des Bauern eine große Kiste von der Bahn geholt; beim
Abladen vom Wagen war der Deckel losgesprungen; ärgerlich
hatte Jörg über die schlechte Kiste und die nichtsnutzigen Nägel
gescholten und dann gesagt: „Dem Ferdl seine Schnitzersachen
sind's, seine Messer und Werkzeug. Ich hab's von Bertlsgaden
schicken lassen. Wann dös Zeug für mich auch kein' Nutzen hat,
man kann's deswegen doch net fremde Leut überlassen." Diese
Kiste, die in der Bodenkammer verwahrt worden war, suchte
Dori auf. Als er den Deckel öffnete, fand er die Kiste leer. Schon
wollte er sich wieder davonschleichen, als Jörg mit zornrotem
Gesichte vor ihm stand: „Du Nixnutz, du! Was strühlst denn du
da umanand?" Bei diesen Worten war dem Bauern auch die
Hand ausgerutscht nach einer Richtung, in der das Riesenohr des
Dori hinderlich im Wege war. Stotternd berichtete der Bub, was
ihn hergeführt hätte. Rasch legte sich der Zorn des Bauern. „Na-
türlich is die Kisten leer. Ich hab die Sachen aufghoben, drunt im

Kasten. Man kann s' doch net verrosten lassen, daheroben! Hättst halt a Wörtl gredt zu mir! Und da hast an Schmerzensdank, du Unfürm du!" Das Geschenk, das Jörg dem Burschen reichte, war sein eigenes, mit Schildpatt beschlagenes Taschenmesser, das neben drei blitzenden Klingen eine kleine Säge und einen Bohrer enthielt. „Mar und Josef! Bauer! So a Messer!" jubelte Dori. „Da is eine Tachtel schon z'wenig, da mußt mir schon noch a paar gwichtige dazuschlagen!" Jörg lächelte: „Geh weiter und schau, daß mein Bub sein' Holzgaul kriegt." Und richtig hatte Pepperl am andern Tag sein Hottohü-Roß, für dessen Schweif und Mähne Enzis Staubbesen die nötigen Haare lassen mußte. Das Mädel merkte den Schaden, forschte mit Scharfsinn den Täter aus und überzahlte hinter Doris Ohren den Wert des Messers. Bis in die Nacht hinein schalt sie über den ,unsinnigen Glachel'.

Sie war überhaupt in der letzten Zeit sehr übler Laune, die Emmerenz, und mußte am Gesindetisch manch spitziges Wörtl hören. Man fragte sie mit Vorliebe, weshalb sich denn der Grafenjäger nie mehr im Finkenhof sehen ließe. Die alte Waben sagte einmal: „Gelt, du Feine, jetzt hast ihn aussibissen mit deiner Beißzang, jetzt reut's dich, und jetzt tätst ihn am liebsten wieder einibeißen!" Spöttisch lachte Emmerenz und verließ ohne Widerrede die Stube. Tatsache war es aber doch, daß Gidi seit dem Begräbnistag der Hanni den Finkenhof nicht mehr betreten hatte. Um so fleißiger sprach Herr Simmerle Wimmerle vor, wenngleich ihm Doris unermüdliche Streiche diese Besuche sehr verbitterten. Der Bub hatte es bald gewittert, auf welch absichtsvollen Wegen die ,verfluchte Geschichte' würmelte, und sann unermüdlich darüber nach, welch einen neuen Schabernack er dem ,Didididi' spielen könnte. Redlich wurde Dori von Veverl unterstützt, um Herrn Wimmers hoffnungsvolle Laune mit abdämpfender Asche zu bestreuen. Ein einziges Mal nur war es ihm gelungen, das Mädel zu sprechen, und Veverl hatte nach dieser Unterredung, so kurz sie gewesen war, durch lange Stunden ein rotes Mal auf der Wange umhergetragen. Seitdem floh sie in die verborgensten Winkel des Hauses, wenn sie vom Hofe her das würdevolle Räuspern vernahm.

In der Hoffnung, Veverl zu treffen, stellte sich Herr Simon Wimmer sogar manchmal beim ‚Dreißgerbeten‘ ein; aber nur ein einziges Mal glückte es ihm, den Platz an Veverls Seite zu erobern; sooft er dann wiederkam, fand er die Emmerenz zur Linken, den Dori zur Rechten des Mädels. Vom letzten ‚Gsturitrunk‘, der am fünfundzwanzigsten Mai gehalten wurde, trug er ein seiner ‚Bildung‘ wenig entsprechendes Räuschl mit nach Hause. Die Leute wunderten sich damals, daß Jörg zugleich mit dem Rosenkranz für Hanni auch die Gebete für den Ferdl schließen ließ, für den doch nach Recht und Brauch zwei Tage länger hätte gebetet werden sollen. Das Benehmen des Finkenbauern in dieser Sache hatte überhaupt manches Verwunderliche. Während er den Rosenkranz für die Hanni stets mit lauter Stimme mitzubeten pflegte, verließ er immer die Stube, wenn die Gebete für den Ferdl begannen. Die Leute machten ihre Glossen. ‚Er zürnt seim Bruder noch im Tod und kann's ihm net vergessen, daß er ihm d' Schandarmerie einizügelt hat in' Hof!‘

Am Morgen nach dem letzten ‚Gsturitrunk‘ stieg Emmerenz bei grauendem Tag zu Berge. Die Zeit der Almfahrt war nah, und da wollte die Fürmagd Nachschau halten, wie ihre Brünndlalmhütte sich ‚gwintert‘ hätte und ob sie nicht durch die Lawinenstürze und Föhnstürme zu Schaden gekommen wäre.

Emmerenz kam von ihrer Bergfahrt früher zurück, als man erwartet hatte. Aufgeregt suchte sie den Bauer und fand ihn in der Stube. „Denk dir, Finkenbauer“, berichtete sie entrüstet, „mei' ganze Hütten is mir ausgraubt worden! 's eiserne Öferl haben s' aussigrissen aus der Sennstub, 's ganze Kreisterbett haben s' davon, den Tisch mitsamt der Bank, die zwei Stühl und alles Gschirr, was droben gwesen is übern Winter. Sogar mein' Herrgott haben s' mitgnommen, die unchristlichen Halunken, und alle meine Heiligenbildln dazu!“

„Da hört sich aber doch alles auf!“

„Vor drei, vier Wochen muß die Rauberei schon gschehen sein.

Wo s' den Ofen aussigrissen haben aus der Wand, sind die Riß und Brüch schon ganz alt zum anschaun. Und an Schlüssel zur Hüttentür müssen s' ghabt haben. Oder es ist gleich gar a Schlosser dabeigwesen. An der Tür kannst gar nix sehen, daß ebbes aufgsprengt wär. Ganz schön war 's Schloß wieder zugsperrt. So a Lumperei!"

Die Hände auf dem Rücken, wanderte Jörg in der Stube auf und nieder und schalt und wetterte, daß die Fenster klirrten.

„Mit'm Schimpfen is nix gholfen, Bauer. Da muß ebbes gschehen! Soll ich zum Kommandanten laufen, daß er die Sach zur Anzeig nimmt?"

„Was? Anzeigen? Dös wär mir noch 's Rechte!" fuhr der Bauer auf. „Daß ich zum Schaden noch den Spott tragen müßt! Lieber in d' Höll einifahren, als auf's Gricht und zur Großmutter Justizia! Meintwegen sollen s' hin sein, die paar Mark, die dös Sach wert is! Is mir allweil lieber, als daß mich d' Leut auslachen im ganzen Ort. Brauchst weiter nix reden! Ich laß dir dein Hüttl schöner wieder herrichten, wie's gwesen is."

Das geschah in den nächsten Tagen, auf eine Weise, daß niemand Ursache fand, nach dem Verbleib der alten Geräte zu fragen.

Der Sonntag kam, an dem der Almtanz abgehalten wurde, eine Art von Abschiedsfeier für die Sennerinnen, die in der folgenden Woche den Auftrieb nach den Almen vollführen sollten.

Da war es zur Nachmittagszeit, als Gidi von seinem Bergrevier heruntersteig ins Tal. Von weitem hallten ihm die quirlenden Tanzweisen, die Jauchzer und das lustige Stimmengedudel entgegen. Was ging ihn die fidele Gaudi der anderen an? Vierzehn Tage hatte er droben in seiner Jagdhütte verbracht, sein Mundvorrat war aufgezehrt, und um ihn zu erneuern, kam er ins Dorf. Bei grauendem Abend wollte er wieder droben sein im Bergwald.

Als er am Wirtshaus vorüberschritt, rief ihn der Bräumeister mit freundlichen Worten an, und Kameraden winkten ihm mit dem Krug den Willkomm zu. Da konnte Gidi nicht anders. „No, meintwegen, a Stamperl!" Er ging auf die mit grünen Birkenbäumchen geschmückte Tür zu. Vielleicht zog ihn neben Durst und Höflichkeit noch was anderes in das lustige Haus. Forschend musterte er die offenen Fenster des im oberen Stocke liegenden Tanzsaales.

Er betrat die Stube, deren Decke unter den Füßen der Tanzenden zitterte und dröhnte. Eine Weile währte es, bis er mit ,Gott gsegn's' und ,Vergelts Gott!' von Krug zu Krug die Runde gemacht hatte. Dann ging er in die Schlafkammer der Wirtsleute, um seine Büchse in eine sichere Ecke zu stellen, warf den Rucksack auf die Dielen und hieß den Hund sich darauf niederkuschen. Als er wieder in die Stube zurückkehrte, streifte sein Blick das Zapfenbrett, an dem in langer Reihe die Hüte der Gäste hingen. Einer dieser Hüte fiel dem Jäger auf. Er nahm ihn vom Brett herunter. „No also, ganz frisch is er noch!" So murmelte er, während er den Auerhahnstoß betrachtete, der dem Hut als Zierde aufgesteckt war.

„Was mußt denn du an meim Hut umanand schnufeln?" klang eine meckernde Stimme über Gidis Schultern, während ihm eine knöcherne Hand den Hut entriß. Vor dem Jäger stand der Brennerwastl, ein magerer Bursch, dessen ländlich geckenhafter Anzug das Sprichwort rechtfertigte, das im Dorfe gang und gäbe war: ,Hoffärtig wie der Brennerwastl'.

„Da mußt dich net gar so vereifern!" sagte Gidi lächelnd. „Dein Auerhahnstoß hat mich halt a bißl verinteressiert. Wo hast ihn denn her?"

„Geht's dich was an? Ob ich ihn gfunden oder kauft hab, dös is mei' Sach!"

„Da hast recht! Aber nix Bsonders hast da net am Hut. Da hebst net viel Ehr damit auf. Ja, du, da hab ich an andern daheim, an Spielhahnstoß! So ein' hast noch net gsehen im Leben. Der is ausanandergschaart, daß keiner mit der Hand die Schaar derspannt, kohlrabenschwarz und schimmrig wie frischer Stahl, und in der Mitten bluhweiß gflaumt. Du! Wann den auf deim Hütl hättst! Da müßt jeder stehnbleiben, der dich antrifft auf der Straßen! Und d' Madln täten Augen machen! Du!"

Gierig funkelte die Sehnsucht in dem sommersprossigen Gesicht des Burschen. „Gidi! Verkauf mir den Stoß, ich laß nimmer aus! Verlang, wieviel als d' magst! Ich gib dir fünf Markln, achte, neune, zehne! Da hast zehn Mark, und der Stoß ghört mir!" Dabei wühlte er schon mit der Hand in seiner Tasche.

„Geh, plag dich net!" wehrte Gidi. „Den Stoß verkauf ich net. So ein' krieg ich selber nimmer, net bis auf hundert Jahr!" Seine Stimme wurde leis. „Aber ich schenk dir den Stoß, wann d' mir sagst, von wem den andern hast."

Mit verdutzten Augen guckte der Bursch dem Jäger ins Gesicht, lugte scheu um sich her und wisperte: „Sag: auf Ehr und Seligkeit!"

„Auf Ehr und Seligkeit."

„Und daß d' mich net verratst?"

„Daß ich dich net verrat!"

„Vom Leitner-Valtl hab ich ihn kauft, vor drei Wochen, um vierthalb Mark, ganz feucht in die Spulen is er noch gwesen, wie ich ihn kriegt hab."

„Is gut! Zwischen sechse und siebne bin ich daheim, da kannst wen schicken um dein' Stoß!" Gidi wandte sich von dem Burschen. „Gwußt hab ich's eh schon! Aber 's Gwißwissen is allweil besser als wie 's Wissen."

Er betrat den Flur und wollte die mit schäkernden Paaren verstellte Treppe zum Tanzboden hinaufsteigen. Da schlug durch die offene Hintertür der Klang einer Zither und ein Gewirr von lachenden Stimmen an sein Ohr. Aus diesen Stimmen kicherte eine besonders hell und lustig heraus.

Die Tür führte zu einem weiten, von Bäumen durchsetzten Hofraum, den ein hoher Staketenzaun von der Straße trennte; in der Tiefe des Hofes war Brennholz in langen, plumpen Scheiten zu einer klafterhohen Mauer aufgeschichtet; rechts und links von der Tür standen im Schatten des vorspringenden Daches zwei Tische; den einen sah Gidi besetzt mit Burschen, deren Gesichter von Trunk und Tanz gerötet waren; er zuckte mit keiner Wimper, als er Valtl unter ihnen gewahrte. Stumm nickend erwiderte er den grüßenden Zuruf einiger Burschen und steuerte dem anderen Tisch entgegen, um den die Mädeln saßen.

„Du, paß auf, jetzt holt dich einer!" kicherte eine Schwarzhaarige und stieß Emmerenz den Ellbogen in die Seite.

„Laß mir mei' Ruh! Dei' Botschaft is kein' Puff net wert!" brummte Enzi und verdrehte die Augen.

Da stand der Jäger vor ihr. „Was is, Emmerenz, probieren wir ein' mitanand? Hörst es, an Landlerischen spielen s' droben. Dös is mein liebster! Und der erste Tanz mit dir? Da kann's net fehlen!"

Emmerenz runzelte die Stirn, erhob sich langsam und legte ihre Hand in die Rechte des Jägers. Während die beiden so der Tür zuschritten, begann am andern Tisch die Zither zu schwirren, und mit heiserer Stimme fiel Valtl in die Weise ein:

> „Der Bua, der is kurz,
> Und sein Madl net lang,
> Und da san die zwei richtigen
> Stutzln beisamm."

Heiteres Gelächter. Es war unverkennbar, wem das Trutzlied gelten sollte. Und Valtl sang weiter:

> „Und dö zwei san schon grecht,
> Und dö zwei passen zamm,
> Und dös gibt d'r a Rass,
> So lang wie mein Daam[1])."

Das Lachen verstärkte sich, während alle Blicke an dem Jäger hingen. Ein drohendes Funkeln glomm in Gidis Augen. Doch er lächelte, und fester schlossen sich seine Finger, als er fühlte, daß Emmerenz ihre Hand aus der seinen ziehen wollte.

> „Und 's Madl is kugelrund –"

So wollte Valtl von neuem beginnen. Sein heiseres Kreischen wurde von der hellklingenden Stimme des Jägers übertönt, der in die Ländlerweise, die durch die offenen Fenster des Tanzsaales heruntertönte, mit den Worten einfiel:

---

[1]) Daumen

> „Der Haber muß reif sein,
> Eh kann man net maahn,
> Und a Hirsch, der vermirkt's net,
> Wann d' Aasraben kraahn!"

Lustiger Beifall folgte dieser Strophe. Sogar auf Enzis Lippen erschien ein Lächeln der Befriedigung, das aber rasch wieder verschwand, als sie die Antwort vernahm, die Valtl der Strophe des Jägers folgen ließ:

> „Und der Jagerknechtsbua
> Und sei' Stallmagd dazua
> Und sein räudiger Hund
> Is a gar schöner Bund!"

Dunkle Röte goß sich über Enzis Gesicht, und dem Jäger die Hand entreißend, stieß sie zornig hervor: „Schand und Spott muß man haben mit dir! Da such dir an andre dazu!"

Mit wenig freundlichem Blick sah Gidi der Emmerenz nach, als sie dem Platze zuschritt, von dem er sie geholt hatte. Dann drehte er sich zu dem Knecht herum. Sein Gesicht verzerrte sich, und bläulich schwollen ihm die Adern. Er schleuderte den Hut beiseite und sprang mit einem Wutschrei auf Valtl los, der dem Jäger die Hände mit gespreizten Fingern zur Abwehr entgegenstreckte.

Kreischend fuhren die Mädeln auseinander, und die Burschen schnellten von der Bank, um sich zwischen die beiden zu werfen. Aber ein Abwehren schien nicht vonnöten. Gidi ließ die Fäuste sinken und keuchte: „Na! Abkühlen muß ich mich z'erst. Sonst kunnt's an Unglück geben!"

Eh noch die anderen begriffen, was diese Worte bedeuten sollten, stürmte Gidi dem aufgeschichteten Brennholz zu und sprang, den Kopf in den Nacken duckend, die Arme eng anziehend an die Brust, mit mächtigem Satz frei von der Erde über die hölzerne Mauer. Die Burschen und Mädeln guckten mit verblüfften Gesichtern nach dem aufgebeigten Holz, über dessen Höhe Gidi schon wieder einhergeschossen kam; unter der Wucht des Sprunges sank er in die Knie, raffte sich auf, nahm einen kurzen Anlauf, sprang von neuem – und sprang, bis sein Atem rasselte, bis der Schweiß ihm niedertropfte über den Bart. Eine förmliche Tollwut schien den Jäger überkommen zu haben. Wie er es trieb, das war ein halb beängstigender, halb komischer Anblick. Die Mädeln begannen zu kichern. Nur eine blieb stumm und drückte sich an die Mauer. Die Burschen fingen zu lachen an und riefen dem Jäger scherzende Reden zu. Wenn sie sein Treiben auch hirnsinnig fanden, bewunderten sie doch diese wilde Kraft und zähe Gelenkigkeit. Nur einer von ihnen lachte nicht. Der griff verstohlen nach seiner rechten Hüfte und lockerte das Messer in der Scheide.

Wieder kam Gidi über die Holzmauer gesprungen. Aufatmend hielt er einen Augenblick still, dann stemmte er Schultern und Nacken gegen die Scheite und schob und drückte, bis der Holzstoß zu weichen begann und mit Krachen und Prasseln zusammenstürzte.

„So! Jetzt bin ich abkühlt. Jetzt bin ich grecht für dich, du Haderlump!" keuchte der Jäger, stürzte auf Valtl zu und warf sich über ihn, daß der Tisch ins Wanken kam und Zither und Krüge mit Klirren und Klappern zu Boden flogen. Valtl hatte mit einem Fluch dem Angreifer den linken Arm entgegengestemmt, während in seiner Rechten das Messer blitzte.

Ein wildes Kreischen erhob sich. Schon aber hatte der Jäger Valtls Arm erhascht, und den Burschen niederreißend auf das Pflaster, schmetterte er ihm die Hand, die das Messer umklammert hielt, gegen die Steine, daß die Klinge weit hinausflog in den Hof.

Droben im Tanzsaal verstummte die Musik, neugierige Gesichter erschienen an allen Fenstern, und die Tür füllte sich mit Leuten. Burschen und Männer stürzten auf die Ringenden zu, um sie auseinander zu reißen. Aber wie ein wütender Eber die ihn verfolgende Meute, schüttelte Gidi die Fäuste von sich ab, die über seine Arme und Schultern herfielen. „So? Stechen willst? Stechen?" schrie er und zerrte seinen Gegner halb von der Erde. „Ghörst du da her? Ghörst du unter Menschen? Wart, dir zeig ich, wo d' hinghörst!" Unter Würgen und Drosseln stieß er den

Knecht vor sich her dem Zaune zu, in dichtem Knäuel das ganze Rudel der Abwehrenden hinter sich nachziehend. Valtl schlug mit Händen und Füßen um sich, kratzte und biß. Dieser zähen, von Wut und Haß entfesselten Kraft gegenüber gab es kein Entrinnen. Mit jähem Ruck hob Gidi den Burschen in die Höhe und wälzte ihn über die knackenden Staketen, daß er gleich einem vollen Sack auf die Straße plumpste und über Staub und Steine hinunterkollerte in die Wiese.

Mühsam erhob sich Valtl. „Wart, Jager! Dös brock ich dir ein!" knirschte er und verzog sich unter dem Gelächter der Leute hinter die nahen Haselnußstauden.

Lachend kehrten die Männer und Burschen zu den Tischen und ins Wirtshaus zurück; sie waren froh darüber, daß diese böse Sache einen so annehmbaren Ausgang gefunden hatte.

Gidi stand eine Weile, tief atmend, und wischte mit dem Joppenärmel über das Gesicht. Dann schritt er auf Emmerenz zu. „So, Madl! Der Weg ist frei. Jetz komm zum Tanz!"

„Gelt, du, laß mich in Ruh!"

„Enzi!"

„Enzi? Enzi hat d' Mutter zu mir gsagt und kann mein Bauer sagen. Für dich heiß ich Emmerenz. Und zum Tanz such dir an andre, du wütiger Teufel du!"

„Schau, aber grad mit dir möcht ich tanzen!" Gidi haschte das Handgelenk der Emmerenz. Da half ihr kein Wehren und Sträuben. Wortlos zog er sie mit sich fort in den Flur und über die Treppe hinauf in den Tanzsaal. Mit Lachen und Kichern drängten die Mädeln und Burschen hinter den beiden nach.

Keinen Augenblick gab Gidi das Mädel frei; mit der linken Hand zog er sein Schnürbeutelchen aus der Tasche, öffnete es mit Fingern und Zähnen und warf einen Preußentaler auf den Musikantentisch.

„An Landlerischen!" befahl er. Und als die Weise begann, schwang er mit einem Juhschrei den Hut, schraubte den Arm um Enzis Hüften und wirbelte sie durch den niederen Saal, daß ihre Röcke flogen und die dicken, rotblonden Zöpfe sich lösten.

Rings um die Wände stand Paar an Paar gereiht. Gidi war bekannt als der beste Tänzer des ganzen Tals; es war immer ein ‚Staat‘, ihn tanzen zu sehen.

Jetzt löste er mit einem neuen Juhschrei den Arm, schwang die Tänzerin ein paarmal noch an der Hand im Kreis herum und begann zu platteln, das hurtig sich drehende Mädel mit forschendem Blick verfolgend, ob es nicht ans Ausreißen dächte. Enzi aber mochte sich gesagt haben, daß jeder Widerstand ohne Sinn und Zweck wäre. Die vielen Augen, die auf ihr ruhten, stachelten auch ihren Ehrgeiz. So war sie ganz bei der Sache und bot alle Gewandtheit auf, um sich und ihrem Tänzer keine Schande zu machen. Das hatte auch Gidi bald heraus. Und da hub er nun im Takt mit der Musik ein Schlagen, Stampfen, Schnalzen, Schnakkeln und Springen an, daß es hallte und klatschte! Sooft er, den Sätzen der Tanzweise entsprechend, seinen ‚Plattlgang‘ vollendet hatte, sprang er, halb sich überschlagend, unter gellendem Juhschrei so hoch empor, daß die Schuhsohle das Gebälk der Decke streifte. Dann wieder faßte er Enzi um die Hüften und drehte sich mit ihr unter den mannigfachsten Wendungen und Armverschränkungen, die den beiden so gut gelangen, als wären sie zusammen auf dem Tanzboden aufgewachsen.

Lauter Beifall erhob sich, als die Musik verstummte und Gidi zum letzten Jauchzer das Mädel mit beiden Armen hoch aufschwang über seinen Kopf.

Stolz lächelnd blies Enzi, als sie wieder auf den Dielen stand, die hochroten Backen auf und wollte ihrem Tänzer die Hand reichen, um sich aus dem Saal führen zu lassen.

Gidi übersah diese Hand. „Dös war unser erster Tanz, Emmerenz!“ sagte er leis. „Und ich mein’ schier, unser letzter! Ich dank dir schön. Und nix für ungut!“ Damit rückte er den Hut und stapfte davon.

Wenige Minuten später wanderte er schon mit langen Schritten dem Schloßberg zu, die Büchse auf dem Rücken, begleitet von seinem Hund, der mit spielenden Sprüngen seinen Herrn umkreiste.

Im Finkenhof war ein arges Verwundern darüber, als die Fürmagd lange vor Betläuten schon vom Almtanz nach Hause kam, mit einem so fuchsteufelswilden Gesicht, daß ihr alles Gesind aus dem Wege ging.

Drei Tage verstrichen. Unter den Sticheleien der Dienstboten verschlimmerte sich Enzis Laune noch. Am bittersten mußte Dori darunter leiden. Wie er seine Arbeit auch tun mochte, immer hatte die Fürmagd zu nörgeln. Sie bekam in diesen Tagen eine ‚rutschige Hand‘, mit der sie dem Burschen ihre unwillige Meinung bei jeder Gelegenheit in des Wortes empfindlichster Bedeutung zu ‚Gehör‘ brachte.

Um dieses Umstandes willen atmete Dori auf, als der Morgen kam, an dem der Auftrieb zur Alm erfolgen sollte. Er hoffte, daß die gesunde Bergluft die Hand der Emmerenz von diesen für ihn so schmerzhaften Nervenzuckungen kurieren möchte. Aber der Erlösungsmorgen brachte auch den Abschied von Veverl. Als Dori bei grauendem Frühlicht in die Gesindestube zur Morgensuppe kam, hatte er verschwollene, rote Augen. Und immer wieder fuhr er mit der Faust unter die schnuffelnde Nase, während er die siebzehn Schafe, die droben auf den Bergen seiner Aufsicht unterstehen sollten, aus dem Pferch in den Hof trieb, wo er den Muttertieren die kugeligen Schellen, dem Hammel die Leitglocke um den wolligen Hals befestigte. Inzwischen rumorte die Emmerenz zwischen Hof und Ställen hin und her. Unter Schelten und Schreien trieb sie die läutenden, brüllenden Kühe und die blökenden Kälber vor dem Zaun auf einen Knäuel zusammen und fuchtelte mit ihrem langen Haselnußstecken wie ein Fuhrmann mit der Peitsche.

Im Hof stand Mariann in leisem Gespräch mit dem Bauer, der die schwerbepackte Kraxe auf dem Rücken trug.

Veverl, die beiden Kinder an den Händen, blickte mit großen Augen in das lebendige Treiben. „Dori, Dori!" hatte sie schon ein paarmal leise gerufen. Aber sooft der Bursch in ihre Nähe kam, torkelte er abgewandten Gesichtes an ihr vorüber.

Jetzt mahnte der Bauer die Emmerenz, das Schelten und

Fuchteln zu lassen; mit Ruhe käme sie rascher zum Ziel; es wäre an der Zeit, mit dem Auftrieb zu beginnen, wenn man vor der Mittagshitze die Brünndlalm erreichen wollte.

Als Veverl den Jörgenvetter so drängen hörte, suchte sie den Dori unter seinen Schafen auf. Die beiden Kinder trippelten ihr hurtig nach. Der kleine Pepperl haschte den Widder bei den gewundenen Hörnern und suchte ihn als Reitpferd zu benützen, wogegen das ungefällige Tier mit Blöken und Bocken ernstliche Einsprache erhob. Das Liesei stellte sich, die nackten Ärmchen unter dem Schürzl verschränkend, an Veverls Seite, die den Dori vorwurfsvoll anredete: „Du? Willst denn auf d' Alm auftreiben, ohne daß mir Pfüe Gott sagen tätst?"

„Ah na, Veverl", stammelte er. „Ich wär schon noch kommen, gwiß, ganz gwiß!"

„No, jetzt brauchst nimmer kommen, jetzt bin ich ja da! Und schau, Dori, da hab ich dir ebbes bracht! Dös gib ich dir mit auf d' Alm, weil so a guter Mensch bist!" Veverl zog was aus der Tasche und reichte dem Burschen ein winziges, aus dunklem Seidenstoff genähtes Beutelchen, das an einer Schnur befestigt war. „Dös mußt um den Hals hängen! A heiligs Bannwürzl is drin. Dös bschützt vor gachem Unglück und vor Zaubermacht. So hat mein Vater gsagt, der mir's geben hat."

Dicke Zähren schossen dem Burschen in die Augen. „Veverl, jesses na, dös kann ich net nehmen!" stotterte das gerührte Ungeheuer, griff aber mit beiden Händen nach dem Schnürchen. Danken konnte er dem Mädel nimmer, denn Veverl mußte dem Pepperl zu Hilfe eilen, der an die Hörner des Widders angeklammert hing und von dem scheu gemachten Tier zwischen den auseinanderstiebenden Schafen umhergeschleift wurde. Dori wollte dem Mädel nachstürzen, aber das Liesei hielt ihn an der Joppe zurück. „Du, Dori, dauert's noch lang, bis die Edelweißblümln blühen?" fragte das Kind.

„O mein, noch gwiß sechs Wochen!" Der Bub versuchte seinen Joppenzipfel aus den Händen des Kindes zu ziehen.

Das Liesei hielt fest. „Gelt, Dori, wann s' blühen, bringst mir recht schöne Stammerln. Und wann dem Edelweißkönig sein Königsblüml findst, nacher bringst mir's auch, gelt, Dori? Ich gib dir zwei Schmalznudeln dafür. Gelt, Dori?"

„Ja, ja, Liesei, ich bring dir's schon, aber jetzt laß mich a bißl aus!"

Weiter kam Dori nicht, denn der Bauer mahnte: „Schau, daß dei' Kraxen in d' Höh bringst! Es is an der Zeit!" Er reckte sich und rief über die Herde weg: „Enzi! Jetzt wird amal marschiert!"

„Ja, Bauer, ich bin schon grecht!"

Die Mariann hatte das Weihbrunnkesselchen aus der Stube geholt, rief die Sennerin und den Hüterbuben zu sich, besprengte sie mit geweihtem Wasser und wünschte ihnen glückliche Almzeit. „Für enk zwei, fürs Viech und für d' Schaf!"

Nun setzte sich der Zug in Bewegung. Der Bauer schritt voraus; ihm trotteten die Schafe nach, dann kamen mit Läuten und Brüllen die Kühe und Kälber, denen Enzi und Dori mit ihren hohen Kraxen und langen Stecken folgten.

Am Zaun glückte es dem Dori noch, Veverls Hand zu erhaschen. Er sprach kein Wort, er schnuffelte und schluckte nur. Als er die Straße erreichte, fuhr er sich mit der Faust über die Augen und ließ einen Juhschrei in die Lüfte schrillen.

„So is recht! So ghört sich's!" lächelte Mariann. Dann wandte sie sich mit ernstem Gesicht zu Veverl. „Daß sich d' Enzi gar net hören laßt! Die zieht heuer mit eim sauren Gemüt auf d' Alm. So ebbes is net gut, für sie net und net fürs Viech." Mit besorgtem Blick sah sie der Emmerenz nach, die hinter den Kalben einherschritt, als ging' es weiß Gott wohin, nur nicht nach der Brünndlalm, nach ihrem ‚liebsten Platzl auf der weiten Gotteswelt'.

## 8

Langsam bewegte sich der Almzug des Finkenbauern durch das Dorf. Das Blöken und Brüllen der Tiere und das Läuten der Glocken rief an allen Häusern die Leute zu den Fenstern und vor die Türen.

Emmerenz und Dori schwangen unermüdlich ihre langen Stekken hinter den trägen, neugierigen Kühen, die vor jedem Grasfleck sich verhielten, vor jedem kläffenden Hund mit glotzenden Augen stehenblieben. Aber während Dori mit lustigem Geschrei hinter den Tieren her war, behielt Emmerenz ihr verdrossenes Gesicht. Als man hinauskam auf die taunassen, in der frühen Sonne glitzernden Wiesen und die Herde immer größere Neigung zum Wandern in die Breite zeigte, steigerte sich Enzis Unmut zu schluchzendem Ingrimm. Während sie unter Keifen und Schelten hin und her lief, schossen ihre Augen zornige Blitze über den waldigen Hang empor zu einem kleinen schimmernden Hüttendach, das in halber Berghöhe aus lichtgrünen Lärchen winkte.

Als der Zug den Frühschatten der ersten Bäume erreichte, fing Dori ein Jodeln und Jauchzen an, daß es hallte im steilen, rauschenden Wald. Bevor der Weg am Höllbachgraben vorüberführte, verstummte Dori plötzlich und murmelte: „Jesses na! Der Höllbachgraben! Und der Bauer! Und ich kann schreien wie a Jochgeier."

„Wann du's nur einsiehst", brummte die Emmerenz, „is mir auch schon zwider, dös ewige Gekrachz."

„No, no, no!" Dori schnitt eine Grimasse. „Was hast denn schon wieder für an Hamur! A driedoppelt gsäuerter Essighafen is gegen deiner a vierfach übersüßte Zuckerbüchsen."

Eine Stunde mochte der Waldmarsch gedauert haben, als über den Höllbachgraben her ein kläffender Laut sich vernehmen ließ. Da überflog der Bub mit einem lustig zwinkernden Blick die Gestalt der Sennerin und stupfte sie mit seinem Stecken in die Schattenseite: „Du, mir scheint, der Jager is heroben in seiner Hütten!"

„Meinetwegen! Was geht denn mich dös an! Laß mir mei' Ruh, du!" murrte das Mädel und schoß einen wütenden Blick nach dem Burschen.

„Ja, dös muß sein Hundl gwesen sein! Und schau, zwischen die Bäum geht der Rauch von seiner Hütten auf. No, morgen wird er schon zusprechen bei uns droben auf der Alm."

„Glaub kaum!" Es war ein etwas gedrosselter Ton in der Stimme, mit der die Sennerin diese zwei Worte vor sich hin stieß.

Des langen und breiten begann Dori das Lob des Jägers zu singen. Enzi gab keine Antwort. Und schließlich meinte der Bub. „Mit dir is heut an unguts Diskieren!"

„Wann du's nur amal merkst!"

Als man zur Stelle kam, wo der Weg unweit unter der ‚hohen Platte' aus der Nähe des Höllbachgrabens seitwärts hinweglenkte gegen die nicht mehr allzu weit entlegene Almlichtung, faßte Dori die Emmerenz beim Arm. „Du, schau, der Bauer!" flüsterte er und deutete nach dem von Gestrüpp überwucherten Hang, über welchen Jörg hinaufstieg, in der Richtung nach der ‚hohen Platte'.

„No ja, er wird halt droben a Vaterunser beten."

„Weswegen hat er denn an dem Platzl, wo 's Unglück gschehen is, noch allweil kein Marterl aufrichten lassen? Dös ghört sich doch!"

„Was weiß denn ich! Und was geht's denn uns an, wann der Bauer net tut, was der Brauch is?"

Dori runzelte die Stirn und guckte dem Bauer nach, der zwischen hohen Büschen verschwand.

Als Jörg sich aus den wirren Stauden auf den freien, von Felsklötzen übersäten Hang gewunden hatte, verhielt er aufatmend den Schritt, stellte die Kraxe nieder und löste die Arme aus den Tragbändern. So stand er lang und lauschte nach dem Weg hinunter, bis das Läuten, Blöken und Brüllen der almwärts ziehenden Schafe und Rinder fern und gedämpft einherklang durch das dichte Gehölz. Nun schlich der Bauer geduckten Leibes am Rand des Gebüsches entlang. Vor dem steilen Absturz lauschte und lugte er wieder – diesmal über die Schlucht hinüber der Richtung zu, in der die Jägerhütte stand. Er las drei faustgroße Steine von der Erde und steckte sie in die Joppentasche. Vorsichtig stieg er über den Schluchtrand auf einen Vorsprung hinunter, der sich wie ein bandartiges Gesims an der jäh abfallenden Wand entlang zog. Steinschrunden, Felsecken und kümmernde Gesträuche boten für seine Hände den nötigen Halt, während er langsam dem Gesims folgte. Wo es höher an den Schluchtrand stieg, ging Jörg gebückt, als fürchte er die Blicke irgendeines Menschen, den Absicht oder Zufall in die Nähe des Höllbaches geführt hätte. Achtsam setzte er Fuß vor Fuß, und dennoch dämpfte das Rauschen, das aus der Tiefe quoll, kaum das Geräusch seiner Tritte. Der Firnschnee, der unter Föhn und Sonne zur Frühjahrszeit die brausenden Gewässer durch die Höllbachschlünde ins Tal geschickt hatte, war längst zerschmolzen bis auf wenige, schmutziggraue Felder, und seit Wochen war kein starker Regen mehr gefallen. Der Höllbach nährte sich nur noch aus den spärlich rinnenden Quellen, die mit Triefen und Rieseln über die steil abfallenden Wände ihren Weg suchten. Wenn Jörg auf seinem gefährlichen Pfade das Rinnsal solch einer Quelle passierte, wurde er übersprüht von dünnen Tropfen und weißlichem Wasserstaub. Endlich hielt er an. Während er den linken Arm zu besserem Halt in eine Felsschrunde preßte, holte er mit der rechten Hand einen der drei Steine aus der Tasche und ließ ihn niederfallen in den Abgrund. Hin und wider prallend von Wand zu Wand, verschwand der Stein zwischen den ineinander greifenden Felsgefügen, die den Blick in die Tiefe sperrten; ein Poltern und Kollern folgte, das mit einem dumpfen Klatschen erlosch. Im gleichen Augenblick warf Jörg den zweiten Stein. Dann stand er lauschend und rührte wie zählend die Lippen, bevor er den dritten Stein in den Abgrund fallen ließ. Wieder folgte jenes Poltern und Klatschen. Kaum daß es verhallt war, schwirrte aus der Tiefe ein klirrender Laut empor. Das klang, als wäre dort unten ein eiserner Stachel kräftig wider einen Stein gestoßen worden, Jörg nickte, als hätte er diesen Laut zu hören erwartet, und wandte sich zur Umkehr. Wenige Schritte nur hatte er getan, als ein Geräusch ihn niederblicken machte in die Tiefe. Unter den überhängenden Felsen kam ein weißer Vogel von Taubengröße hervorgeflattert, setzte sich auf einen von blaßgelben Algen überwachsenen Steinvorsprung, reckte schlagend die Schwingen und ließ sich mit krächzender Stimme vernehmen: „Echi, do, do, a do Echi, Echi!"

„Ja, gehst net!" flüsterte Jörg und suchte den Vogel zu verscheuchen. Der rührte sich nicht vom Fleck; hurtig wandte er den Hals hin und her, lugte bald mit dem einen, bald mit dem anderen seiner kleinen schillernden Augen zu Jörg herauf und plapperte: „Do, Göchi, do, a do, gedegg, gedegg."

Geärgert bohrte Jörg einen Steinsplitter aus einer morschen Stelle der Felswand und schleuderte ihn mit scheuchendem Zischen nach dem Vogel. Der hüpfte erschrocken auf und ließ dabei seine Stimme vernehmen, daß es halb wie zorniges Gackern, halb wie Gelächter klang. Dann breitete er die weißen Schwingen, schwebte in kreisendem Fall der Felsplatte zu und verschwand in der Tiefe.

Eine Weile noch lauschte Jörg wie in ängstlicher Besorgnis. Nun trat er den Rückweg an. Als er den Platz erreichte, auf dem seine Kraxe stand, löste er die Verschnürung, zog einen schweren, mit grobem Tuch umwickelten Pack hervor und schlich mit ihm einer dichten Stelle des Gebüsches zu. Hier hob er von der Erde mit schwerer Mühe eine Felsplatte empor, unter der eine kleine Höhlung zum Vorschein kam. In diese legte er den Pack und deckte die Platte wieder darüber. Er kehrte zu seiner Kraxe zurück, lud sie auf seine Schultern und folgte mit hastigen Schritten dem Weg, auf dem das Brüllen und Läuten der Herde längst verklungen war.

Nach einem halbstündigen Marsch erreichte er die Almlichtung. Die ermüdeten Rinder lagerten im Grase rings um die Hütte, in der schon ein lustiges Feuer auf dem offenen Herde flackerte. Die brennenden Wacholderzweige erfüllten den kühlen Raum mit einem schweren, schwülen Duft: der treibt die unfreundlichen ‚Schneewichtln‘ aus allen Klumsen und Ecken und ist von kräftiger Wirkung wider allen ‚unguten Zauber‘. So hatte Dori von Veverl erfahren und hatte, ihrer Anordnung gemäß das Sprüchl murmelnd, das sie ihn gelehrt, die geisterbannenden Zweige kreuzweise in das Feuer gelegt. Enzi brummte über die ‚dalkete Gschicht‘, als ihr der scharfe Qualm die Tränen aus den Augen beizte. Dori aber versöhnte sie wieder, indem er ihr nach Kräften bei der Einrichtung der Hütte an die Hand ging. Auch Jörg half mit, soweit es die anderen zuließen. „Auf der Alm ghört der Bauer aufs Bankl“, meinte Dori, „und därf sich mit nix anders net plagen, als daß er d’ Füß ausstreckt.“

Zu Mittag kochte die Emmerenz eine Pfanne voll Schmarren, daß sich daran sechs Holzknechte hätten sättigen können; weil aber Dori nicht nur für den Hüterbuben, auch noch für drei hungrige Drescher aß, blieb in der Pfanne kein Bröselchen zurück.

„Schau, Bub, es is dir ja vergunnt“, versicherte Emmerenz, „aber ich kann’s net fassen, wie man soviel in sich einiwürgen mag.“

„O mein“, erwiderte Dori mit tiefem Seufzer, „mir is ’s Gmüt so schwer, und da muß der Magen a bißl Gleichgwicht geben.“

Jörg lächelte. „Hast schon recht! Iß nur zu und laß dir’s schmecken, solang dir’s schmeckt! Die Zeit, wo eim jeder Löffelvoll zwider is, kommt von selber. Und alleweil flinker, als eim lieb is!“ Er stopfte die Pfeife, klappte den silbernen Deckel zu, setzte sich vor der Hütte in die Sonne und ließ den Blick in die Runde schweifen.

Die Emmerenz hatte recht, wenn sie die Brünndlalm ein ‚liebes Platzl‘ nannte. Rings um die Hütte der weitgedehnte, mit saftigem Gras bewachsene Hang, so steinfrei fast wie eine Wiese im Tal. Zur Rechten und Linken der rauschende, dunkle Bergwald mit den schlanken regsamen Wipfeln. Wo er in der Tiefe endete, griff er mit Zacken und Bogen hinunter in den mächtigen grünen Kessel, in dem das Dorf gebettet lag mit seinen funkelnden, rauchenden Dächern, mit der weiß blinkenden Straße und dem blitzenden Bach. Der schlängelte sich leuchtend durch das Talgeländ und verlor sich im welligen Meer der bewaldeten Vorberge, um als breiter Strom im flachen Lande wieder zu erscheinen, das sich hinausdehnte in unabsehbare Ferne. Wie weit war das! Und dennoch nicht zu weit für den blauen, wolkenumlagerten Bogen der luftigen Brücke, die der Himmel aus jener Ferne einherspannte zu den steilen Felsenspitzen, zu den grauen Schrofen und schneegelockten Firnhäuptern, die still herunterblickten auf das flache, steinbelegte Dach der Brünndlhütte.

Von den steinigen Hängen klangen die Schellen der Schafe, rings um die Hütte die Glockenstimmen der weidenden Rinder. Durch den Bergwald schickte der Höllbach sein dumpfes Rauschen herüber. Dazu das Murmeln und Plaudern, mit dem das ‚Brünndl‘, das der Alm den Namen gegeben, aus moosbehangener Röhre seinen kristallenen Strahl in den langgestreckten Trog ergoß.

Bei Einbruch der Dämmerung erst erhob sich Jörg, um den Heimweg anzutreten. Mit freundlichen Worten und guten Wünschen verabschiedete er sich von der Sennerin und dem Hüterbuben, nahm die leere Kraxe auf den Rücken und ging davon.

Am nächsten Morgen langte Jörg mit schwerbeladener Kraxe zu Hause an. Die Leute im Finkenhof glaubten, daß der Bauer bei grauendem Tag die Alm verlassen hätte – und droben die Emmerenz meinte, der Bauer könnte wohl noch vor der ‚ärgsten Finsternis‘ den Finkenhof erreicht haben.

In rastloser Arbeit verbrachte Enzi den Tag, während Dori droben im Gestein bei seinen Schafen hockte. Als der Abend kam, zündete die Sennerin auf dem Herd ein Feuer an und schüttete Mehl zum Schmarren in die Pfanne. Da hörte sie Schritte. „Dori?" rief sie. Keine Antwort. Die Schritte kamen näher. Jetzt erkannte sie diesen festen, raschen Gang. Das Blut schoß ihr in die Wangen.

Gidi erschien unter der Tür. „Grüß Gott, Sennerin! Is's verlaubt, daß man zukehrt?"

„Warum denn net? 's Bankl is leer. Und is gmacht zum Rasten."

Gidi lehnte die Büchse an die Holzwand. „Weg'm Rasten hätt ich mich grad net daher verirren müssen. Der Sitzfleck hat a geduldige Haut. Niederhocken kann man sich überall."

„So? Weswegen bist denn nacher da?" lautete die bissige Antwort.

Der Jäger setzte sich auf die Bank. „Ich hab mir denkt, a jeder Handel, der angredt worden is und hat sich verfahren, muß ausgredt werden auch wieder. Was wir zwei mitanand haben, dárf net verlaufen wie 's Hornberger Schießen."

„Was wir zwei mitanand haben?" Emmerenz rührte, daß der eiserne Löffel heftig in der Pfanne schepperte. „Was haben denn wir zwei mitanand?"

Gidi hakte die Daumen in die Hosenträger ein. „Heut is grad a Jahr, daß wir zwei uns zum erstenmal gsehen haben."

„Jesses, hast du a guts Gmirk!" fuhr Enzi mit gezwungenem Lachen auf.

„Grad a Jahr!" Gidi schmunzelte. „Du! Selbigsmal hab ich fein gschaut, wie ich so eini bin in dein Hüttl und hab dich so dastehn sehen. Ja! Gleich hast mir gfallen."

Wie der Blitz drehte Enzi das dunkelrote Gesicht dem Jäger zu. „Gelt, du! Föppeln laß ich mich net. Ich sag dir's!"

„Föppeln? Ah na! Bloß a bißl verzählen will ich."

„An söllene Gschichten hab ich kei' Freud!" brummte das Mädel und machte sich wieder mit der Pfanne zu schaffen. „Meinst aber, es muß sein, meintwegen! Aber mach's net wie 's Alte Testament, dös anfangt mit der Erschaffung der Welt!"

„Wär net amal zwider, so an Anfang! Grad wie der Adam hab ich selbigsmal gmeint, der Herrgott hätt mir mei' Eva gschickt. So hast mir gfallen! Und herzogen hat's mich Tag für Tag. Und gar net zwider is dir's gwesen! Wann ich abigstiegen bin übers Gwänd und hab mich angmeldet mit eim Juhschrei, hast mir zugjodelt grad sakrisch!"

„Ah geh?" fuhr Enzi mit spitzigem Kichern auf.

„Grad sakrisch! Und da hab ich bald merken müssen, daß d' mir gut bist."

„Ich? Dir? Und gut?" Enzi stieß ein Holzscheit in die Kohlen, daß eine knisternde Funkengarbe aufsprühte. „Ah, ah! Jetzt dös is mir ebbes Neus!"

„Mir kannst es glauben. A richtiger Jager schaut gnau auf d' Fährten, vor er sagt: Der Hirsch is im Bogen. Und schön is er drin gwesen! Den Hirsch, hab ich mir denkt, kann ich grad abstechen, wann's an der Zeit is. Und schau, wer weiß, vielleicht kunnten wir schon lang mitanand hausen, wann mich der leidige Zufall net grad im dümmsten Stündl zu deiner Hütten gführt hätt. Was für a Stündl gmeint is, wirst ja wissen?"

„Ob ich's weiß?" murrte Enzi in galligem Zorn. „Daß dich net schamst und selber davon reden kannst! A bißl schenieren stünd dir besser!"

Wie man die Sach halt anschaut! Bei der Scheniererei is allweil an Unterschied. Vor'm Sündenfall hat sich der Adam auch net scheniert. Erst hinter'm Feigenblatt hat er's glernt. Und selbigsmal in der Fruh – ich hab ja net wissen können, daß dich grad umschläfen tust zum Abtragen."

„So? Und dös hast wohl net ghört, wie ich grad aussibrüllt hab vor Schreck und wie ich gweint hab und bettelt?"

„Ja, dös is wahr! Was wahr is, muß ich sagen!" bestätigte Gidi. Ein lachender Glanz blitzte in seinen Augen, und herzliche Wärme war im Klang seiner Stimme. „Aber wie so dagstanden bist vor mir, so sauber gwaschen, mit die frisch kampelten Haar und im bluhweißen Hemmed – und wie dich so einidruckt hast ins Winkerl und hast dich ganz zammgwuzelt vor lauter Gschamigkeit, schau, da hast mir schon so viel gfallen! Und daß wir zammghören, hab ich mir schon allweil denkt. No ja, und da hab ich halt zupackt und hab dir a Bußl auffidrucken müssen aufs Göschl – da hat nix gholfen – weißt, wann er muß, der Mensch, da muß er halt."

„Du ausgschamter Kerl du! Heut noch, wenn ich dran denk, möcht ich einisinken in Grund und Boden!" Enzi preßte den Arm vor die Augen, zitternd am ganzen Leib. „Freilich, jetzt kannst reden, wie's dir taugt. Weil dich täuscht hast in mir! Hast gmeint, ich bin so eine, wo man grad zupacken braucht?"

„Enzi!" Wie scharf dieser Name klang! Gidi war aufgesprungen. Eine Weile stand er schweigend, dann schüttelte er den Kopf, und seine Stimme war wieder so ruhig wie zuvor. Nur seine Augen lachten nimmer. „Geh, Madl, du bist ja grad wie a Hehndl, dös an d' Nacht glaubt, weil's d' Augen zudruckt. Was hätt ich denn selbigsmal sagen sollen? Bist mir ja gleich einigfahren ins Gsicht mit alle zehn Klupperln. Vier Wochen hab ich die blutigen Kreller umanand tragen. No, dös hat mich ehnder noch gfreut! Ich bin schon so. Ich steck kein Edelweiß auf'n Hut, dös auf'm Lahner wachst, wo sich jeder Kühbub drum bucken kann. Händ und Knie muß ich verschunden haben im Gschröf, nacher freut mich 's Blüml. Und wie allweil schiecher worden bist gegen mich, da hab ich mir denkt: Tu dich net hetzen, 's wird sich schon setzen, gern hat s' dich ja doch! Oft hab ich reden wollen wie heut. Und allweil bist mir übern Schnabel gfahren mit eim von deine unguten Sprüch. So bist von der Alm abzogen. Im Winter und Fruhjahr hast dich gstellt gegen mich wie an Igel, mit gwetzte Borsten, net zum Angreifen. Aber die richtige Lieb hat eiserne Zangerln. Hast mich so abbrüht mit einer von deine spöttische Reden, so hab ich mich beutelt wie der Pudel und hab mir gsagt: Wart's ab, jetzt hat sich d' Lieb verdraht, wird sich umdrahn auch wieder. Im Fruhjahr, hab ich mir denkt, wann mein junger Graf zum Hahnfalz kommt, nacher frag ich, ob's ihm recht is. Und da wird sich 's richtige Stündl schon finden, wo alles zum gleichen is. Mein Graf is ausblieben. Dafür is der letzte Sonntag kommen."

Gidi verstummte. Schweigend sah er das Mädel an, das mit verschränkten Armen vor dem Herde stand und für nichts anderes Augen zu haben schien als für die Pfanne über dem Feuer.

„Schau, Enzi, ich hab a guts Auskommen. Es reicht für zwei. Für mehr auch noch! Aber 's Hausen muß man verstehen, und es muß noch ebbes dabei sein, was aushalt für Leben und Sterben. Hab allweil gmeint, es wachst sich so ebbes noch aus bei dir. Aber der letzte Sonntag hat mir d' Augen aufgmacht. Na, Enzi! Dös is nix, dös bißl Gernhaben, dös hinter deim Trutzen stecken mag! Dös is z'wenig für achthundert Mark im Jahr, wo d' Lieb jeden Pfennig strecken muß. Und mehr is net da bei dir! Sonst hättst mich net am letzten Sonntag vor alle Leut verhonackeln können bis in d' Seel eini! Und sagen: An mir mußt Schand und Spott erleben! Schau, Enzi, da hab ich merken müssen, was ich dir wert bin. Der Liebszwirn muß ausreichen fürs Leben. Bloß für a Knopfloch? Dös is z'wenig. Arg gnug is mir's. Aber ich würg's schon abi mit der Zeit. Und dir liegt nix dran! – Oder?"

„Was fragst denn?" knirschte das Mädel, ohne den Blick vom Feuer zu heben. „Wann du's eh schon weißt!"

„Ja, ja!" nickte Gidi. „Und schlecht mußt net denken von mir wegen dem, was am Sonntag gschehen is. Ich bin keiner, der Streit und Händel sucht. Wann einer 's Liebste verliert, da wird er halt wild, der Mensch. Was hätt ich denn machen sollen? A Madl! Hab ich halt den andern packt – auf übertragene Rechnung." Der Jäger lachte. „Jetzt hat er mich verklagt beim Gericht. Wegen Körperverletzung. Da sperren s' mich halt ein a paar Tag oder strafen mich um dreißg oder vierzg Markln. Muß ich mir halt denken: Dös sind die Kurkosten für die einbilderische Krankheit, von der mich am Sonntag kuriert hast. Und eigentlich bin ich noch ganz billig –" Gidi verstummte und zog die Nase schnuppernd in die Höhe. „Enzi, dein Schmarren brennt an!"

Das Mädel maulte: „Du mußt ihn ja net essen, es is ja mein Schmarren, der anbrennt!" Dennoch griff sie flink nach dem Pfannenstiel, schüttelte und rüttelte und begann mit dem eisernen Löffel ein Kratzen, Stochern und Schaufeln, daß es klapperte. Dabei entstieg der Pfanne eine dicke Dampfwolke, die den ganzen Hüttenraum mit brenzligem Schmalzgeruch erfüllte.

Gidi fuhr mit der Hand nach dem Hals, als wäre ihm plötzlich der Hemdkragen zu eng geworden. „No also! Jetzt haben wir ausgredt in aller Ordnung! Ich weiß, wie ich dran bin. Und du hast von heut an dei' Ruh vor mir. Tätst mich grad amal brauchen – man weiß net, was auf der Alm passieren kann – so weißt ja, wo 's Jagerhäusl steht. Da mußt mich halt holen."

„Du, gelt, laß dich's Warten net verdrießen!" klang es mit spöttischem Auflachen vom Herd herüber.

Gidi zuckte die Achseln. „Man kann net wissen! Pfüet dich Gott!" Er rückte den Hut, warf die Büchse hinter die Schulter und verließ die Hütte.

Erblassend drehte Emmerenz das Gesicht zur Tür. „Gidi?"

Dem Ohr des Jägers war dieser Laut nicht entgangen. Wie ein Wetterleuchten der Freude flog es über sein Gesicht. Doch er kehrte nicht um. „Bub, sei gscheit!" murmelte er durch die Zähne, krampfte die Faust um den Lauf der Büchse und machte noch längere Schritte.

Emmerenz hörte diese klirrenden Schuhschläge verhallen. Unbeweglich stand sie und guckte immer die Tür an.

Schwächer und schwächer wurde das Zischen in der Pfanne. Das Feuer drohte zu erlöschen. In dieser Stille blickte das Mädel auf wie eine Erwachende, sprang zum Herd, stöberte mit einem Holzscheit in den verglimmenden Kohlen und begann mit dem Löffel ein emsiges Rühren in der Pfanne.

Dori stolperte über die Schwelle. Schon bei der Tür hob er die Nase. „Emmerenz! Da bremselt ebbes! Um Gotts willen, es wird doch 's Essen net anbrennt sein?" Er beugte das Gesicht über die Pfanne. „Na, du! Den Schmarren kannst allein essen! Der schaut aus, als ob ihn der Schmied in die Händ ghabt hätt!"

Enzi blieb stumm. Mit dem Ellbogen schob sie den Burschen beiseite und hob die Pfanne vom Herd.

Da sah ihr Dori verblüfft ins Gesicht. „Sennerin? Was is denn? Hast gweint?"

„Was net gar! Du Lalle, du dummer! Zwiefel hab ich gschnitten zum Schmarren."

„Ui jegerl! Der gute Zwiefel! Is schad drum!" jammerte Dori, schlich einer hölzernen Truhe zu und holte einen mächtigen Brotlaib heraus.

Enzi nahm einen Zinnlöffel, setzte sich auf die Bank und

begann aus der Pfanne zu essen. Sooft sie den Löffel in den Mund schob, zog sie die Lippen von den Zähnen zurück. Während sie kaute, lud sie ein um das andere Mal den Dori zum Mittagessen ein.

Der schüttelte beharrlich den Kopf. „Ah na! Ich muß net von allem haben, ich bin net so gnäschig. Was der Tuifi mit seim Schwanzquastl umgrührt hat, dös taugt mir net in mein' Magen eini!" Zwischen seinen Zähnen krachte das harte Brot. „Dös mußt schon selber ausspeisen, was dir da einkocht hast."

Für die Emmerenz war es ein unliebsames Wörtl, das der Zufall aus dem Dori herausgeredet hatte.

Tag um Tag verging. Der Duft der Wacholderzweige, die der Dori am Abend nach der Auffahrt in das Herdfeuer gelegt hatte, schien ohne Wirkung gewesen zu sein. Ein böser Geist trieb auf der Brünndlalm sein Unwesen. Nicht nur in der Hütte. Gleich in der ersten Woche hatte sich zu Enzis Kummer eine der beiden Ziegen, die der Bauer nachgeschickt, verstiegen oder erstürzt, und trotz des eifrigsten Suchens war nicht Haar noch Knochen von dem Tier zu finden. Dann waren in kurzer Zeit von Doris kleiner Herde zwei Lämmer verschwunden; sie mußten während der Nacht von den Muttertieren weggestohlen worden sein. Das waren Dinge, wie sie auf jeder Alm geschehen können. Dori hätte darüber kaum seine gute Laune verloren, wenn ihm nicht ein anderer Umstand schwer zu Gemüt gegangen wäre. Lange vor der Auffahrt hatte Enzi dem Burschen versprochen, ihm für diesen Sommer das Geschäft des Abtragens zu überlassen. Als aber am ersten Samstag die mit Käslaiben und Butterballen beladene Kraxe bereitstand und Dori sich zum Abtragen anschickte, erschien der Finkenbauer in der Brünndlhütte. Der sprach von Blutstockungen, die sich bei ihm seit einiger Zeit verspüren ließen. Weil es dafür kein besseres Mittel gäbe als ermüdende Bewegung, hätte er sich entschlossen, in diesem Sommer den wöchentlichen Almgewinn auf den eigenen Schultern ins Tal zu fördern.

Von nun an erschien der Bauer pünktlich an jedem Samstag in der Brünndlhütte, um sich bei Beginn der Dämmerung mit der schwer beladenen Kraxe auf den Weg zu machen. So war die stille Hoffnung zerstört, die Dori beim Abschied von Veverl auf diese Samstage gesetzt hatte. Sein einziger Trost war jetzt der Jäger, der doch manchmal ins Tal hinunterkam und erfuhr, was da drunten los war. Sooft der Bub im Bergwald oder auf den steinigen Hängen mit Gidi zusammentraf, fand er mit Fragen nach Veverls Befinden kein Ende – Fragen, die er an den Bauer nicht zu stellen wagte. Als ihn der Jäger einmal wegen dieser ‚gspaßigen Neugier‘ mit scherzenden Worten aufzog, sagte Dori unter hilflosem Lächeln: „Ich hab mich soviel an dös Madl gwöhnt. Mir is z’mut wie eim Hundl, dös sein’ Herrn verloren hat. Is schon wahr! Oft bin ich wie a Gstorbner, dem d’ Seel aus’m Leib aussigfallen is. Und gar nimmer hungern tut mich, alleweil dürsten. Dös is hart zum Aushalten.“

Geschickt verstand es Gidi, bei solchen Zusammenkünften die Rede auf Emmerenz zu bringen.

„Ich weiß net, was mit der Sennerin is!“ erzählte Dori eines Tages. „Ganz zammgehn tut s’! Wie a saurer Apfel im Ofenröhrl. Und wie s’ allweil dreinschaut! A wilde Katz hat liebe Guckerln dagegen. Und so viel nervios is dös Madl. Wann mir a Juchezer auskommt, dös kann s’ gar nimmer vertragen. Aber nie hör ich an ungute Red von ihr. So a sanfts Handerl hat s’ kriegt! Meine Ohrwascheln haben heilige Zeiten jetzt. Ich sag dir’s, Jager, bei der Enzi kocht sich a Krankheit aus, a schwere Krankheit!“

Wenn Gidi solche Worte hörte, glitt ein leises Schmunzeln um seinen Mund, obwohl er doch sonst immer mit einem Gesicht umherging, dem das Lachen eine fremde Sache geworden schien. Schwere Sorgen mußten ihn drücken. Tag und Nacht war er auf den Füßen. Und zu dutzend Malen hörte Dori von ihm die Frage: „Hast niemand net troffen?“ Immer war ein Kopfschütteln die einzige Antwort, die der Bub geben konnte. Und da grollte einmal der Jäger mit erregten Worten: „Ich weiß nimmer, was dös is! Allbot find ich Trittspuren, und nie triff ich an Menschen. Oft, wann ich in der Fruh an a Platzl komm, wo ich am

Abend gwesen bin, is in der Nacht wer drüber gangen. Von dene Fährten führt keine ins Tal! Und diemal hören s' auf, wie wann der Kerl verschwunden wär in der Luft."

Dori bekam erweiterte Augen. „Gidi, da is ebbes net sauber. Daheroben is 's richtige Platzl für so was! Weißt ja, was gschehen is da in der Näh, wo allweil noch kein Marterl steht." Dabei winkte er mit dem Kinn hinüber gegen den Höllbachgraben.

„Ah was, Dummheiten!" fuhr Gidi ärgerlich auf. Und von diesem Tag an unterließ er es, zu Dori von den Sorgen zu sprechen, die jene rätselhaften Trittspuren ihm bereiteten.

9

Wochen vergingen. Die Tage begannen schon wieder kürzer, die Nächte kühler zu werden. Der Bergwald dehnte sich in dunklem Grün, die Almrosen hatten verblüht, doch auf den windumwehten Schrofen spannte jetzt die lieblichste aller Hochlandsblumen ihre schneeigen Sterne in stiller Schönheit über das kümmernde Höhengras.

Es war in der zweiten Augustwoche, zur Zeit der Edelweißblüte, als Dori eines Morgens aus der Reisighütte kroch, die er sich im Gestein errichtet hatte, um den auf den Lahnern weidenden Schafen auch zur Nachtzeit näher zu sein. Von der Kälte waren ihm die Glieder so starr geworden, daß es ihn Mühe kostete, durch das wirre Latschengezweig zu der Stelle zu gelangen, von der er die Glocke des Widders und die Schellen der Muttertiere hörte. Mit hellem Hirtenruf lockte er die Tiere. Am hurtigsten folgten die Lämmer. Er überzählte sie, während sie ihm unter lustigen Sprüngen näher kamen. Sieben zählte er. Das achte fehlte. „Mar und Josef! Es wird doch net schon wieder eins –" Im gleichen Augenblick hörte er vom tieferen Hang herauf das Klagen des Mutterschafes. Als er das Tier erreichte, liebkoste er es und sprach zu ihm in schmeichelnden Worten. Dann machte er sich auf die Suche. Dabei folgte ihm das Schaf auf Schritt und Tritt, als verstünde es den Hilfswillen des Hirten.

Der Mittag kam, und Dori hatte das Lamm nicht gefunden, doch in der Nähe des Weideplatzes auf feuchtem Sand die frische Fährte eines genagelten Männerschuhes. In seiner Ratlosigkeit sprang er zur Sennhütte hinunter. Obwohl auch Emmerenz nichts anderes dachte, als daß man das Lamm gestohlen hätte, verbrachten die beiden doch den ganzen Nachmittag mit Suchen. Sie hatten sich geteilt. Dori suchte gegen den Höllbachgraben zu. Dabei geriet er in die Nähe der Jagdhütte und sah, daß Gidi wegfertig aus der Tür trat. Der Bub rannte auf den Jäger zu.

„Was sagst! Jetzt geht mir schon wieder a Lampl ab."

„Seit wann?" fuhr Gidi auf.

„Seit heut in der Nacht."

Gidi tat einen leisen Pfiff. „Ah da schau! Jetzt is dös a Schafdieb gwesen! Heut in der Nacht bin ich droben gsessen unter der Höllenleiten. Ich muß doch amal draufkommen, was dös allweil für a Treiben is im Berg umanand. Um zwei in der Fruh hör ich Steiner gehn, auf vier-, fünfhundert Schritt von mir. Holla! Der Mond is hell gwesen. Jetzt fleckt's aber, hab ich mir denkt. Und auf! Übern Höllbach ummi, bergab bis auf'n Steig und wieder in d' Höh bis zur Lichten im Altholz. Da muß er mir grad in d' Händ laufen. Und richtig, keine fünf Minuten hat's dauert, da hab ich ihn schon daherraffeln hören. Jetzt steht er da vor mir, auf fufzg oder sechzg Schritt! An Mordsbart hat er ghabt und lange Haar wie a stadtischer Maler. Auf'm Buckel hat er ebbes tragen. Gschworen hätt ich, dös is a Gamsjahrling. ‚Halt, Lump!' fahr ich auf. Mit eim Satz is er drunt über'm Steig. Ich hinter ihm her, bergab, bergauf, übers Gsteinet, durch d' Latschen, am Höllbachgraben in d' Höh. Und gahlings hör ich kein Sprüngl nimmer. Fürkommen is mir's noch, als hätt ich a Trumm Stein rumpeln hören. Und stad is alles gwesen, mäuserlstad. Wart, Lump, du stimmst mich net! Hast dich halt einidruckt hinter an Steinbrocken. Dich derwart ich schon. So bin ich gstanden. 's kleinste Ruckerl hätt ich hören müssen im Gsteinet, wo kein Mösl und kein Grasl is. Aber Tag is worden. Und nix, nix, nix! Verschwunden is er gwesen, wie wann ihn der Höllische gholt hätt!"

Dori riß Mund und Augen auf.

Und Gidi sagte: „Weil ich nur weiß, daß dös a Schafdieb gwesen is. Da geh ich leichter ins Tal. Morgen muß ich in d' Stadt eini. Da hab ich Gerichtsverhandlung weg'm Leitnervaltl."

„Tust mir an Gfallen, gelt? Und sagst es dem Bauer, daß mir wieder a Lampl abgeht."

„Wills ihm wissen lassen, ja! Und daß kei' Schuld net hast. Aber mußt halt fleißig wachen. Pfüet dich Gott!"

Dori guckte dem Jäger nach, der, ohne den Steig zu suchen, durch den Wald hinunterstieg. Gidis Schritt war lange schon verhallt, und noch immer stand Dori auf dem gleichen Fleck, mit seinen langsamen Gedanken beschäftigt. Endlich richtete er sich seufzend auf, ging dem Höllbachgraben zu und überschritt die Schlucht auf dem schwankenden Baum. Als er auf dem tieferen Gehäng den Steig erreichte, hörte er das Klappern leichter Schritte. Er lugte durch die Bäume, gewahrte einen weißen Schimmer und stieß einen gellenden Juhschrei aus. Wie ein Irrsinniger rannte er über den Steig hinunter. „Veverl, Veverl, Veverl!" Unter der Wucht seines Laufes brach er vor dem erschrockenen Mädel in die Knie. Der Bergstock kollerte ihm aus den Händen, und das Hütl flog ihm davon wie ein Heuschreck.

„Aber Dori!" stotterte Veverl. „Wie kannst denn so narrisch daherrumpeln?"

„Veverl, Veverl!" Sich aufrichtend, tappte er nach den Händen des Mädels.

Scheu verwundert sah Veverl in Doris Gesicht. Leichte Röte färbte ihre Wangen.

„Veverl! Jesus! Wie geht's dir denn? Wie kommst denn da auffi? Und ganz allein bist! Hast dich net verirrt? Schau, da is a schönes Platzl!" Er sprang einem kleinen Mooshügel zu, der zu Füßen einer alten Fichte lag, scharrte die dürren Reiser fort und klatschte die Stelle glatt mit beiden Händen. „Schau, da hast a Rasten wie auf'm Kanapee! Gelt ja?" Zu Veverls Füßen kauerte er sich nieder, zog die Knie an den Leib, schlang die Arme darum und guckte mit seinen glänzenden Durstaugen selig zu dem Gesicht des Mädels hinauf. „Geh, sag mir nur, wie kommst denn auf amal daher? Hat dich denn der Bauer gehn lassen? So allein?"

„Der Jörgenvetter is net daheim. Der hat a Gschäft wo draußen in einer von die Ortschaften. Erst morgen am Abend kommt er zruck. Und übermorgen is der Bäuerin ihr Namenstag. Da hätt ich gern a paar Kranzln gmacht und an schönen Buschen aus Almrausch und Edelweiß."

„Almrausch?" jammerte Dori. „Da is aus und gar. Aber Edelweiß! Da gibt's grad gnug! Schau, gleich da drüben wachsen die schönsten, wo's a bißl licht is, am Höllbachgraben auffi."

Veverl erblaßte. „Na, Dori! Da mag ich keine net, vom Höllbachgraben!"

Erschrocken griff Dori mit beiden Händen nach seinen Ohren. „Jesses! Daß ich da net dran denkt hab! Mußt mir net harb sein!"

Veverl lockerte das Halstuch über dem Mieder und schüttelte das Köpfl.

So saßen sie wortlos, bis Veverl das weiße Bündel, das sie am Arm hatte, auf den Schoß nahm und die verknüpften Zipfel löste. „Magst net a bißl zugreifen?"

Als Dori die braunen, runden ‚Brandnudeln' sah, die sich auf dem weißen Tuch appetitlich ausnahmen, funkelten seine Augen vor Sehnsucht wie zärtlich gewichste Stiefelspitzen. „Ah na! Iß nur du, Veverl! So a Weg macht Hunger!"

„Wann net teilen willst, iß ich auch nix."

Er stotterte: „Jessas na!" Und griff mit beiden Händen zu.

Nun schmausten sie, daß sich der Vorrat auf dem weißen Tüchl hurtig verminderte. Und während Dori schmatzte und schluckte, wandte er keinen Blick von dem Gesicht des Mädels, das mit träumenden Augen hineinlugte in den leis rauschenden, von wispernden Vogelstimmen erfüllten Bergwald.

„Gelt", sagte Dori, „schön is da heroben bei uns im Wald?"
Veverl nickte. „Wie sollt mir der Wald net gfallen! Alles Denken in mir geht zruck in' Wald. Aber weißt, so viel er mir gfallt, so viel traurig muß er mich machen. Schau ich a Bäuml an, so fallt mir mein Vater ein. Wie der den Wald erst mögen hat! Ich mein', es kunnt ihm gar net gfallen im Himmel, wann kein Wald net droben is."

„Es wird schon einer droben sein! Hat's früher kein' geben – sobald dein Vater kommen is, hat unser Herrgott auf der Stell ein' derschaffen. Ich hätt's auch so gmacht, wann ich der Herrgott wär! Deim Vater z'lieb."

Veverl, in Gedanken versunken, blickte hinauf zu dem von goldenen Lichtern durchzitterten Gezweig und fühlte die Zähren nicht, die ihr niederrannen über die Wangen. Dem Dori blieb, als er diese Tränen sah, der Bissen im Halse stecken. „Veverl, geh, mußt net weinen! Schau, um wieviel besser du dran bist gegen mich! Du kannst in Lieb an Mutter und Vater denken! Aber ich? Ich weiß net.amal, ob ich an Vater ghabt hab. Von meiner Mutter weiß ich bloß, daß man sie im Winter auf der Straßen gfunden hat, kalt und stad. Und den Bauernknecht, der s' gfunden hat, und mich als an elends Würml – den hat der Burgermeister gscholten, weil er uns net um an Tag später gfunden hat. No, viel Unkösten hab ich der Gmeind net gmacht. Wie ich laufen hab können, hab ich mich umanandbettelt in die Bauernhöf. Hunger, Schläg und Schimpferei. Erst, wie sich der Finkenbauer derbarmt hat, is mei' gute Zeit angangen. Schöner, hab ich gmeint, kann man's nimmer haben. Und nacher bist kommen! Du! Und wie ich dich verzählen hab hören von der Heimat im Wald, von Mutter und Vater, da hab ich erst gmerkt, daß 's noch ebbes Bessers gibt als Rubenkraut und ausbachene Nudeln. Na, Veverl! Du därfst net weinen. Mich mußt anschaun. Und nacher mußt lachen!"

Es gab sonst keinen Menschen, dem das Lachen schwer wurde,

wenn er den Dori ansah. Aber Veverl blieb ernst und sagte leis: „Ich muß mir halt allweil denken, daß 's Haben besser wär als wie's Ghabthaben."

„Ah na! Du hast dein' Vater noch allweil. Den kannst net verlieren. Droben heben s' dir ihn auf. In dir selber tragst ihn umanand, und überall, wo d' hinschaust, hast ihn in die Augen. Schau umanand im Wald! Bei jedem Bäuml siehst ihn stehn und hörst ihn verzählen, wie 's Bäuml heißt, wie 's wachst und was ihm wohltut."

„Ja, Dori! Oft hat er gsagt zu mir: Der Wald is grad wie a Gschichtenbuch. Lesen muß man halt können. Und der Wald mit seine Bäum und Pflanzln is grad wie d' Welt mit ihre Menschen, hat er gsagt. Wie sich d' Leut plagen müssen um ihr Brot, hat er gsagt, und grad wie die einen reich werden und die andern arm, und wie's halt d' Leut im Leben haben oder treiben, hat er gsagt, so geht's mit die Bäum im Wald und überall, wo ebbes wachst im Boden."

„Na, so was!" staunte Dori, sperrte Augen und Schnabel auf und wackelte mit den Ohrwascheln. Immer war das so beim Dori: Je schöner und heiliger ihm was in der Seele zitterte, um so drolliger und menschenwidriger wurde sein häßliches Gesicht.

„Ja, dös hat mein Vater gsagt. Und schau dir amal den Buch- stamm an da drüben!" Veverl deutete nach einer Buche von riesigem Wuchs. „Schaut sich der Baum net an wie a Bauer, der dicker wird mit jedem Tag und um sein' Hof ummi allen Grund ankauft, weil er 's Geld und d' Macht hat, daß er die andern drucken kann?"

„Jaja!" grinste Dori. „Und im Wirtshaus sagt er: Jetzt alles zruck, jetzt bin ich da, der Bauer von so viel Grund und Boden."

„Ja, gelt, so schaut der Buchstamm aus! Aber weißt, der Baum is ehnder a Bäuml gwesen und hat arbeiten müssen und fleißig sein. Wo er a Stückl Boden gsehen hat, auf dös kein andrer net aufpaßt, da hat er gschwind a Wurzen darübergstreckt. Was er aus'm Boden zogen hat, dös hat er gspart, daß er gwachsen is und allweil stärker worden. Seine Astln hat er draxelt, ich sag

dir's, so viel gscheit, daß keins dös ander net druckt und engt.
Und seine Blattln hat er gschoben, a jeds am richtigen Platz,
daß jeds sei' Luft hat und sein bißl Sonn. Drum steht er jetzt
da, daß ihm kein Sturm net ankann und kein Wetter! Aber
weißt, wo einer gwinnt, muß an andrer verlieren, hat mein
Vater gsagt. Därfst dir grad den dürren Lärchbaum anschaun,
der neben der Buchen steht. Is noch net alt und is schon krank
von unt auf bis oben. Der hat 's Fleißigsein eingstellt in
der besten Zeit, hat nimmer aufpaßt auf sei' Sach. Da is
ihm der Buchstamm überkommen und hat ihm 's Licht versperrt."

„Gschieht ihm ganz recht! Weswegen is er so faul gwesen!"

„Und da drüben im Schatten von der Buch, da sind die armen
Hascherln daheim, die niederen Feichtenbuschen, die magern
Ahornstammerln und wie s' alle heißen. Dös sind die richtigen
Tagwerksleut. Die müssen sich plagen um ihr bißl Saft und Kraft
und müssen z'frieden sein mit dem Bröserl Sonnlicht, dös der
Buchstamm durchlaßt. Da geht manchem vor der Zeit der
Schnaufer aus. Wenige derwarten's, bis übern Buchstamm 's
Alter kommt oder der Holzknecht mit der Axt. Wann s' Platz
und Boden erben, fangen s' zum arbeiten und zum treiben an
und wehren sich gegen anand. Und da geht's mit dem ein' und
dem andern grad so wie mit'm Buchstamm und dem Lärchbaum
da! Ja, und ganz verlassene Schlucker und Bettelleut ohne Heimat gibt's, die sich net aufstellen können auf die eignen Füß
und froh sind, wann s' wo unterschlupfen. So hat mein Vater
gsagt. Da, schau, dös is so einer: der Efeu dort, der sich schön
stad auf'n Buchstamm zugmacht hat. So a Buchstamm kann
a guter Kerl sein, wann er mag. Und hat gsagt: In Gotts Namen,
geh halt her und heb dich in d' Höh an mir und laß dir's wohl
sein, ich kann was ablassen, ich hab ja gnug. Da hat sich der
Efeu schön auffigschlangelt. Ganz gut vertragen sich die zwei,
und ihre Blattln plauschen mitanand. Der Efeu is a brave, dank-
bare Seel. Weil ihn der Buchstamm mit hinkommen laßt, legt
er seine tausend Blattln wie an warmen Mantel um ihn her,

daß der Buchstamm net Frost leiden muß, net amal im harbsten Winter. So sorgsam wickelt ihn der Efeu ein!"

„Dös is sei' Pflicht und Schuldigkeit. Wohltaten muß man vergelten."

„Da hast recht! Aber es denken net alle wie der Efeu. Wie's oft im Leben is, daß man von eim, dem man nix als Lieb erwiesen hat, bloß Wehdam und Kümmernis erfahrt, schau, grad so geht's im Wald zu, hat mein Vater gsagt." Veverl spähte umher. „Es ist keins in der Näh. Aber 's Geißblattstäudl und 's Jelängerjelieberpflanzl, dös sind a paar söllene Heimtücker! Ja, ich sag dir's! So freundlich sind s' zum anschaun und haben so a scheinheiligs Wesen! Ganz zutraulich schleichen s' daher, und wie s' dös gute Bäuml beim Zwickl haben, kreisen s' in d' Höh, gierig und gfressig, lassen nimmer aus, wie mit eiserne Klammern würgen s' und schneiden Furchen eini in d' Rinden, daß dem armen Bäuml schier der Schnaufer ausgeht."

„Söllene Lumpen! Die sollt man gleich –" Dori schüttelte die Fäuste.

„Ja, ordentlich erbarmen kann ein' so a Bäuml. Dös muß d' Hälfte von allem Saft, den's aus'm Boden zieht, hergeben für die schlierigen Schmarotzer, die sich mit eigene Wurzen gar nimmer ums Fortkommen strapezieren und ganz gemütlich dem armen Bäuml 's weiße Pflanzenblut aussisaugen durch d' Rinden. Da wird wohl oft so a Bäuml 's grüne Köpfl schütteln und sagen: „Dem hab ich so viel z'lieb tan, und jetzt macht er mir's so, dös hätt ich net denkt!"

„Du, Veverl! Is denn dös möglich, daß so a Baum denken kann und ebbes gspürt?"

„Aber Dori! Der hölzerne Baum freilich net. Aber d' Alfin denkt und spürt, die im Baum drin haust. Mein Vater hat gsagt, dös is wie mit der Seel beim Menschen."

„Jaja, dös versteh ich schon. Aber da sollt sich halt d' Alfin sorgen um ihr Bäuml!"

„Dös tut s' ja! Aber es hat jeder Baum sei' Alfin, jedes Pflanzl sein Wurzenweibl. Und da kommt's halt drauf an, wer gscheiter denkt. Wann auch d' Alfinnen 's Unsichtbarmachen und 's ewige Wesen von der Gottheit haben, im übrigen sind s' wie d' Menschen, hat mein Vater gsagt. Drum geht's im Wald akrat so zu wie in der Welt. Die eine bringt's zu ebbes, die ander kommt um ihren Baum, wie d' Menschen oft um Haus und Hof. Und so an arms Hascherl, wann s' ihren Baum verloren hat, is net zum neiden. Als Waldweibl muß s' umanand irren Tag und Nacht, bis s' wieder a Pflanzl findt, grad in dem Augenblick, wo's aussispitzt aus'm Boden. Da kann sie sich wieder einrichten drin. Derweil aber hat s' a sauers Leben! In die Freinächt treibt s' der wilde Jager umanand und hat sein' grausamen Gspaß damit. Und nie net können s' rasten, wann s' net an Baumstock finden, in den a fromme Hand die zwei schiefen Kreuzln einigschnitten hat."

„Seit mir dös 's erstmal gsagt hast, bin ich an keim Baumstock mehr vorbei, ohne daß ich mein' Feitl aussizogen hab. Wann ich nur amal eins sehen möcht, so a Waldweibl! Gspaßig müssen s' ausschauen!"

„Mein Vater hat oft eins gsehen. Vor dem haben s' kei' Scheu net ghabt, weil s' gwußt haben, wie gut er's ihnen meint."

„Du meinst es ihnen doch auch net schlecht! Wann morgen Edelweiß brocken gehst, am End findst gar dem Edelweißkönig sein Königsblüml!"

„Aber Dori!" zürnte Veverl. „Mit so was därf man kein' Spott net treiben!"

„Dös is kein Spott net!" Dem Dori glänzten die heiligen Augen. „Ich hab mir halt denkt, wann eins die richtige Hand für so ebbes hat, nacher hast es du!"

Tiefe Stille. In den Wipfeln der Bäume hatte sich das Rauschen gelegt, und die Dämmerung wob ihren ersten Schleier durch den Wald, von dem der letzte Strahl der Sonne schon geschieden war.

„Veverl, sag", fragte Dori nach einer sinnierlichen Weile, „wann's so wär und der Edelweißkönig möcht sich sehen lassen vor dir? Tätst dich fürchten?"

„Warum denn fürchten?" fragte Veverl erstaunt. „Der Edelweißkönig is a guter Geist, der d' Menschen gern hat."

„No, jetzt weißt, a Geist is a Geist!" sagte Dori zögernd. „Vielleicht redst bloß so, weil noch nie kein' Geist net gsehen hast."

„Meinst?" klang es leise.

Dori bekam ein Gesicht, als hätte man ihm das Haar von der Stirn um ein paar Fingerbreiten nach rückwärts gezogen. „Wirst doch net sagen wollen, daß d' schon amal ein' gesehen hast? An Geist?"

Ein stilles Lächeln spielte um den Mund des Mädels, das mit verträumten Augen hinaufblickte in das dunkelnde Gewirr der Äste. „Ob ich ein' gesehen hab? Ich weiß net gwiß. Oft träumt man was und meint, man hätt's gsehen mit wache Augen. Und diemal sieht man ebbes und meint, man hat's bloß träumt. Noch gar net lang is 's her. Da hab ich ein' ghört, an Geist, und hab verspürt, daß er dagwesen is."

Mit einem Ruck saß Dori an Veverls Seite. „Jöises, Jöises, was für a Geist kann denn dös gwesen sein?"

Veverl neigte sich zu dem Ohr des Buben und flüsterte: „Der Hannibas ihr arme Seel."

„Ah geh!" Dem Dori flog ein Gruseln über die viereckigen Schultern.

„Ja! Beim Namen hat s' mich grufen, in der selbigen Nacht, vor man d' Hanni aussibracht hat aus der Stadt – wie ich drin gstanden bin in ihrem Stübl und hab ihr 's Armeseelenmahl aufs Fensterbrettl gstellt, an weißen Wecken und a Schüsserl Milli. Und in der Früh, wie ich nachgschaut hab, war der Wecken gessen und d' Milli is trunken gwesen."

Veverl sah nicht, wie Dori bis hinter die Ohren erblaßte; sie hörte nur sein heiseres Lachen. „Aber! Aber Veverl! Wie kannst denn so ebbes glauben! Wer da gessen und trunken hat? Kann denn dös net a Mensch gwesen sein? A richtiger Mensch mit Blut und Beiner?"

Ernst schüttelte Veverl den Kopf. „So ebbes is gar net zum

Denken! Wie käm denn in der Nacht a Mensch ans Fenster vom oberen Stock auffi? Und so was tät doch a Mensch net. Wann sich einer am Armeseelenmahl vergreift, hat mein Vater gsagt, der muß sterben im selbigen Jahr."

„Sterben? Jesus Maria!" stammelte Dori.

„Was hast denn?"

„Nix. Gar nix!" An dem Buben waren seltsame Lähmungs-erscheinungen zu beobachten. „Aber sag um tausend Gotts wil-len: wann einer net wissen tät, daß dös an Armeseelenmahl war, von dem er gessen und trunken hat?" Mit dem Ausdruck flehen-der Angst hingen seine weit aufgerissenen Augen an Veverls Lippen.

„So ebbes muß man wissen!"

Dem Dori schrumpfte der Kopf zwischen die Schultern. Wie ein eckiges Häuferl Elend mit zwecklosen Armen und Beinen sah er aus. „O heilige Mutter! Jetzt is schön! Und so eim is gar nimmer z'helfen?"

„O ja!" sagte Veverl, und Doris Kummergesicht verzog sich zu einem Grinsen der Erleichterung. „Weißt, so einer muß sein verfallenes Leben einlösen und muß eim andern Menschen 's Leben retten, hat mein Vater gsagt."

Trostlose Klage malte sich wieder in Doris verzerrten Mienen. „Jesus, Jesus! Wie kommt denn einer gschwind zu so ebbes?"

Veverl hatte sich erhoben. „Schau nur, wie spat als's worden is! Wie man sich nur so verplauschen kann! Jetzt heißt's aber tummeln!"

Mühsam erhob sich Dori. Seine Spinnenbeine stolperten un-sicher, als er dem Mädel durch den dämmerigen Hochwald folgte. Nach kurzer Wanderung erreichten sie eine Stelle, wo der Pfad eine Biegung machte, um auf dem Berghang eben fortzulaufen. Dori pumpte einen tiefen Atemzug aus seiner belasteten Seele heraus. „Gelt, Veverl, bist net harb, weil ich net weiter mit dir geh? Ich muß da auffi in d' Höh, ich hab mei' Liegerstatt da droben bei meine Schaf. Es wird sowieso schon Nacht, bis ich auffikomm."

„Aber ja, Dori! Laß dich net abhalten! Ich find mich schon hin zur Hütten. Und morgen in der Fruh, da holst mich zum Edelweißbrocken, gelt?"

„Ja – wann ich noch kommen kann!" stieß Dori mit versagender Stimme vor sich hin.

„Weswegen sollst denn net kommen können? Brauchst ja bloß deine Füß a bißl rühren!" lachte Veverl. „Pfüe Gott derweil!"

Dori drückte Veverls Hand, als wär's ein Abschied fürs Leben. Da sah ihm Veverl besorgt ins Gesicht; eine Frage lag ihr auf der Zunge; aber der Bub mit seinen Krackelbeinen, ohne sich noch einmal umzusehen, gaukelte schon den steilen Hang hinauf.

„Was hat er denn?" murmelte Veverl, während sie dem Dori nachblickte, bis er im Dickicht verschwand.

Zögernd und sinnend folgte sie dem Wege. Bald erreichte sie die Lichtung, auf der die Begegnung Gidis mit dem rätselhaften Schafdieb stattgefunden hatte. Falbe Helle lag noch über dem Platz und um das spärliche Buschwerk, aus dem sich einzelne Felsblöcke erhoben. Als Veverl die Lichtung überschritten hatte und schon den finsteren Wald betreten wollte, hörte sie einen schwirrenden Flügelschlag und ein kurzes Flattern. Sie blickte der Richtung zu, aus der sie das Geräusch vernommen hatte, und ein leiser Aufschrei glitt von ihren Lippen. Auf einem der Felsblöcke sah sie einen weißen Vogel in Taubengröße sitzen, der nach dem Flug die Schwingen schloß. Ein paar Laute stammelnd, die halb wie Schreck und halb wie Freude waren, fuhr sie mit den Händen nach ihrem Gesicht, als wollte sie fühlen, ob es wachende Augen wären, mit denen sie zu sehen meinte, was unglaublich war.

Der Vogel reckte und drehte den Kopf, duckte sich und begann zu plappern: „Do, do, Echi, a do, a do!"

„Jesses, ja, du mein lieber Herrgott!" jubelte Veverl und huschte mit ausgestreckten Händen durch das Gestrüpp dem Felsblock zu. „Hansi! Mein Hansi, mein liebs!" Schon war sie dem Stein so nahe, daß sie den Vogel haschen zu können meinte. Da flog er mit zornigem Krächzen auf und flatterte dem Walde zu. „Jesus, er kennt mich nimmer!" klagte Veverl. Während sie der Richtung zusprang, in der sie den Vogel zwischen den Bäumen hatte verschwinden sehen, rief sie lockend immer den Namen: „Hansi, Hansi, mein Hansi!" Trotz der Dämmerung, die schon im Walde herrschte, sah sie bald hier, bald dort auf einem Ast das weiße Gefieder schimmern. Sie hörte den Vogel durch die Zweige flattern und vernahm sein schnarrendes Plappern: „Do, do gedegg, a do!" Doch immer, wenn sie ihm nahe kam, floh er unter scheuem Krächzen der Höhe zu. Mit Klagen und Locken folgte sie ihm, achtete des Weges nicht, den sie ging, und vernahm nicht das dumpfe Rauschen, das näher und näher klang, je weiter sie den fliehenden Vogel verfolgte. Sie kam aus dem Wald und wand sich durch dichtes Gestrüpp. Nun gelangte sie auf einen steilen, von Steingeröll überlagerten Hang. Wieder sah sie den Vogel auf einem Felsblock sitzen, wieder suchte sie ihn zu haschen. Und da verschwand er plötzlich, wie in die Erde versunken. Einige Schritte noch tat sie. Dann fuhr sie schaudernd zurück. Ihr zu Füßen gähnte die schwarze, bodenlose Tiefe.

„Jesus Maria! Der Höllbachgraben!"

Sie wollte fliehen, während sie sich mit zitternder Hand bekreuzte. Schon beim ersten Schritt geriet ihr Fuß auf einen locker liegenden Stein, der ins Rollen kam. Veverl wankte, versuchte seitwärts zu springen und glitt mit dem Fuß in eine Steinschrunde. Ein stechender Schmerz durchfuhr ihren Knöchel, und stöhnend brach sie zusammen. Schwer gelang es ihr, den schmerzenden Fuß aus der Spalte zu befreien. Als sie sich aufzurichten und den verletzten Fuß zu gebrauchen versuchte, hatte sie ein Gefühl, als träte sie auf spitze Nadeln. Mit aller Überwindung verbiß sie den Schmerz, unter Marter und Mühe machte sie einige Schritte, konnte sich nimmer aufrecht halten und sank auf den Steinboden.

Nun wußte sie, daß sie ohne fremde Hilfe keinen Schritt mehr von der Stelle käme, und fürchtete, den Fuß gebrochen zu haben. Eine Stunde noch, dann mußte sich die Dämmerung in tiefe Nacht verwandeln. Und diese ganze, lange Nacht sollte sie hier

verbringen. Hier! Sie erkannte die Stelle, an der sie sich befand:
die ‚hohe Platte‘, wo das Unglück mit dem Ferdl geschehen
war.

„Dori, Dori, Dori!" schrie sie in die Dämmerung und hoffte,
daß der Bub noch so nahe wäre, um ihren Hilfeschrei vernehmen
zu können. Wieder und wieder rief sie seinen Namen. Zwischen
Wald und Felsen verhallten ihre Rufe, ohne daß eine Antwort
kam. Ratlos, die Hände im Schoß gefaltet, blickte sie vor sich
hin. Da gewahrte sie zu ihren Füßen, auf einem kleinen, spärlich
bewachsenen Grasfleck einen weißen Schein. Sie beugte sich
nieder. Was da im Abendwind auf hohem Stengel schaukelte,
war ein Edelweiß von seltener Größe.

Sie brach die Blume, und eine heiße Hoffnung zuckte in ihrem
Herzen auf. Bei der tiefen Dämmerung sah sie nur den weißen
Schimmer. Mit zitternden Fingern begann sie die Strahlen des
Edelweißsternes zu befühlen. Je weiter sie zählte, desto brennen-
der steigerte sich ihre Unruhe und Erregung. Bis auf zwanzig
hatte sie schon gezählt, als sie tief atmend einen Augenblick
innehielt. Dann zählte sie weiter – „Siebenundzwanzig, acht-
undzwanzig!" Nun nannte sie keine Zahl mehr, befühlte nur
den nächsten Strahl des Sternes – und jetzt den letzten vor
den beiden Fingern, in denen sie zum Merkmal noch den ersten
hielt.

„Sein Blüml!" stammelte sie. Ein Augenblick der Scheu und
Unentschlossenheit. Dann war sie das Kind ihres Vaters, war
ruhig, war erfüllt von gläubigem Mute. Mit leiser Stimme begann sie die Berufung aufzusagen:

> „Edelweißkönig, ich ruf dich an!
> Ich lieb deine Blümln, hab keim noch was tan!
> Dein Blüml is gwachsen, dein Blüml hat blüht,
> Der Herrgott hat's gschaffen, und du hast es bhüt!
>
> Aus Näh oder Weiten, aus Berg oder Tal,
> Dein Blüml, dös ruft dich von überall!
> Edelweißkönig in Herrgotts Nam,
> Edelweißkönig, ich ruf dich an!"

Da war es gesprochen – und sie erschrak vor ihrem eigenen Mut. An allen Gliedern begann sie zu zittern, und der Atem drohte ihr zu versagen. Angstvoll spähte sie in der Dämmerung umher. Mit jedem Augenblick meinte sie die geisterhafte Gestalt des Beschworenen vor sich auftauchen zu sehen. Aber Sekunde um Sekunde verrann, die Sekunden wurden zu Minuten, mehr und mehr verschleierte die sinkende Nacht den Grund, und nur das dumpfe Rauschen des Höllbachs war zu hören. Sonst kein Laut in der dunklen Runde.

„Es muß net 's richtige Blüml sein!" Erleichterung war es, was sie empfand, nicht Enttäuschung. Nun fühlte sie auch wieder an ihrem Fuß den brennenden Schmerz, den die Erregung übertäubt hatte. Sie machte einen Versuch, sich aufzurichten, und sank wieder zurück. „Es hilft nix, bleiben muß ich die ganze Nacht!" Sie dachte an den Vogel, der sie hierher gelockt. Hätte sie ihn nur haschen können! Dann wäre sie nicht allein, hätte mit ihrem Hansi schwatzen, vom Vater mit ihm reden können. Durch zärtliches Schmeicheln hätte sie den wiedergefundenen Liebling entschädigt für die bösen Tage, die er auf seiner Irrfahrt vom verwaisten Waldhaus bis hierher erlebt haben mußte. Wie hatte der verwöhnte und verhätschelte Vogel das gelernt: seine Nahrung zu suchen, sich zu schützen vor Frost und Stürmen, vor Marder und Habicht? Ob er wohl noch der warmen Stube im Waldhaus sich erinnerte, wenn er einsam in seinem kalten Schlupfe saß, vielleicht in einer Steinschrunde des Höllbachgrabens?

Im Höllbachgraben! Beim Gedanken an diesen unheimlichen Ort zuckte in Veverl ein beängstigender Zweifel auf. War der weiße Vogel auch wirklich ihr Hansi gewesen? Nicht etwa ein Spuk, der sie zu ihrem Unheil hierher lockte? Nein, nein! Sie hatte den Vogel genau erkannt, hatte ihn Worte plappern hören, die er im Waldhaus lernte. ‚Echi' – das war in Hansis Sprache ihr eigener Name, das sollte ‚Evi' heißen. ‚So, bist aa do?' hatte ihr Vater oft den Vogel angesprochen, der mit seinem ‚do, a do' diese Worte nachzuschwatzen pflegte. Und sein ‚gedegg' erinnerte daran, wie häufig der Vater das Hansi, wenn es ihm bei der

Arbeit lästig wurde, mit scheltendem ‚Geh weg!' von der Hobelbank scheuchen mußte. Nein, sie konnte nimmer zweifeln. Der Vogel, den sie gesehen hatte, war wirklich ihr Hansi gewesen. Wie hatte sie nur einen Augenblick so töricht sein können, an einen Spuk zu glauben! Freilich, der Höllbachgraben! Und –

Ein Schauer überlief sie. Gewaltsam suchte sie diesen Gedanken zu verscheuchen, lauschte dem dumpfen Rauschen, hob die zitternde Hand, bekreuzte sich und begann zu beten. Während sie mit leiser Stimme ein Vaterunser um das andere sprach, überkam eine tröstende Ruhe ihr Gemüt. Sie konnte beten. Was hatte sie da zu fürchten? Ewig würde die Nacht nicht dauern. Bei grauendem Morgen mußte Dori in die Sennhütte kommen und würde mit Enzi ausziehen, um sie zu suchen und zu finden.

Geduldig ertrug sie die heftigen Schmerzen an ihrem Fuß, um dessen Knöchel sich eine glühende Geschwulst zu bilden begann.

Die Nacht war da. Kühl und finster lag sie über den Bergen. Nur wenige Sterne funkelten am Himmel, der sich mit Nebelschleiern überzogen hatte. Unter ihnen erlosch die Mondhelle der östlichen Ferne. Von den Felsen fuhr ein kalter Wind zu Tal, wechselte hin und her und verkündete nahen Regen.

Mühsam rückte Veverl einem Felsblock entgegen, hinter dem sie die Windstöße weniger zu spüren hatte und auch einigen Schutz vor dem Regen finden konnte, wenn das Unwetter ausbrach. Kaum hatte sie den Block erreicht, als sie mit beiden Händen erschrocken an die Brust fühlte: Sie fürchtete, das Edelweiß verloren zu haben, das sie ins Mieder gesteckt hatte. Erleichtert atmete sie auf, weil der weiße Stern noch da war. Sie wollte ihn bewahren zum Gedenken an diese Nacht und an die Hoffnung, die sein Anblick in ihr erweckt hatte. Lächelnd schalt sie sich wegen der törichten Angst, von der sie sich beim letzten Wort der mutig begonnenen Beschwörung hatte befallen lassen. Was hätte sie zu fürchten gehabt von diesem ‚guten Geist, der alle braven Menschen gern hat'? Sie sah den Alfen vor sich stehen in der Gestalt, die ihr der Vater einst geschildert hatte, sah den grauen, faltigen Mantel, das weiße Gesicht mit den blauen Augen, den braunen Bart und auf dem Lockenhaar den mit der Edelweißkrone geschmückten Hut – eine Gestalt ‚zum Gernhaben eher als zum Fürchten‘. Das hätte sie sich gefallen lassen können: wenn er so erschienen wäre, hätte sie auf seine Arme gehoben, bis zur Hütte getragen und mit einer Berührung seiner Hand ihren Fuß geheilt! Hatte er doch gleiche Wohltat schon vielen andern erwiesen. Das wußte sie, ihr Vater hatte das gesagt. Und war es nicht so gekommen – die Schuld hatte nicht an ihr selbst gelegen. Sie hätte schwören können, daß sie von dem Spruch, den der Vater sie lehrte, kein Buchstäbchen übersah. Dös Blüml halt, dachte sie, 's Blüml kann net 's richtige sein!

Sie löste die Blume von der Brust und begann mit den Fingern die samtweichen Zacken des Sternes abzufühlen. Wieder zählte sie dreißig Strahlen, schüttelte den Kopf und wollte nicht glauben. „Sonst hätt er ja kommen müssen!" Aufs neue begann sie zu zählen, vergaß des schmerzenden Fußes, vergaß der Nacht und des Himmels, der in weiter Runde schon behangen war mit wogendem Gewölk. Da fielen die ersten, schweren Tropfen. Ehe Veverl sich enger an den Fels zu schmiegen vermochte, rauschte und klatschte ein strömender Regen über das Gestein. Fröstelnd zerrte sie das Röckl um die Schultern. Mit Sausen peitschte der Wind ihr den Regen entgegen, und bald fühlte sie, wie die kalte Nässe an ihren Körper quoll. Jetzt fuhr sie lauschend auf und vernahm ein Klirren, als ginge einer mit genagelten Schuhen über das Geröll. „Dori? Dori?" schrie sie in die stürmische Nacht hinaus.

Die Schritte verstummten. Schon wollte Veverl den Namen des Buben wieder rufen. Da loderte mit einem blechernen Donnerschlag, unter dem die Erde bebte, ein Blitzstrahl aus den Wolken, bei dessen flammendem Schein der Wald und die Berge wie in Feuer zu schwimmen schienen. Und mit gellendem Aufschrei warf sich Veverl rückwärts gegen den Fels. Wenige Schritte vor ihr, in der lohenden Helle, sah sie eine Gestalt in grauem Mantel, mit geisterblassem Gesicht, das ein Bart umrahmte. Und über

dunklem Haar der Spitzhut, den eine Krone von Edelweiß-
sternen schmückte.

„Alle guten Geister –", vermochte Veverl noch zu stammeln.
Dann schwanden ihr die Sinne.

<h1 style="text-align:center">10</h1>

Als Veverl aus ihrer Ohnmacht erwachte, waren die klatschen-
den Schläge des Regens auf ihrer Wange das erste, was sie empfand. Die kalte Nässe ermunterte sie rasch, und da fühlte sie,
daß ihr Kopf an einer Schulter ruhte, daß ein Mantel um ihren
Körper gewickelt war und daß sie von zwei starken Armen durch
Sturm und Nacht getragen wurde. Im gleichen Augenblick erinnerte sie sich an alles und meinte zu verstehen, was mit ihr
geschah. Ein seltsames Gefühl, halb Schreck, halb freudiger
Schauer, durchzuckte sie bei dem Gedanken, daß es nun wirklich
so gekommen war, wie sie in ihrer Not geträumt und gehofft
hatte: Der beschworene Alf war ihr erschienen, hatte sie auf seine
Arme gehoben und trug sie zur Almhütte.

Gern hätte sie, als wieder ein Blitz die Nacht erhellte, das
bleiche Geistergesicht betrachtet. Aber sie fand nicht den Mut
dazu. Dennoch empfand sie keine Furcht. Was ihr geschah, das
war nach ihrem Glauben ein seltenes Glück, wie es unter Tau-
senden kaum einem widerfährt. Sie drückte fest die Augen zu
und fühlte sich wohl bei dem Wiegen und Schweben auf diesen
starken, sicheren Geisterarmen. Ihr war, als ging' es im Fluge
durch die Nacht, während in Wirklichkeit ihr Retter mit müh-
samer Vorsicht über das rauhe Geröll tappte und in der sturm-
erfüllten Finsternis nur schwer einen Weg durch die triefenden
Latschen bahnen konnte.

Mitten im Gebüsch blieb er stehen, und Veverl sah beim Schein
eines Blitzes, wie dicht vor ihr ein Felsblock, als hätte ein Zauber-

wort ihn bewegt, zur Seite rollte. Dann war es ihr, wie wenn sie mit jenem, auf dessen Armen sie ruhte, in die Erde zu versinken begänne. Erschrocken fuhr sie zusammen, und während hinter ihr ein dumpfer Schlag sich hören ließ, als hätte sich eine schwere Pforte geschlossen, stammelte sie den Namen des Erlösers und der Heiligen Jungfrau.

Da schlossen sich die beiden Arme fester um ihren Leib, und an ihr Ohr schlug eine freundliche Stimme: „Mußt dich net fürchten, Veverl! Es geschieht dir nix! Und gelt, es is dir schon wieder besser? Gott sei Dank!"

Gott sei Dank! Dieses Wort gab ihr allen verlorenen Mut zurück. Was konnte ihr Übles von einem Geiste widerfahren, der vor den heiligen Namen, die sie gesprochen, nicht in Rauch und Luft zerfloß, sondern selbst den lieben Herrgott auf den Lippen führte? Und ob er sie nun zur Almhütte trug oder in sein eigenes Geisterhaus – sie wußte, daß er sie vor dem Sturm beschützen und ihren Fuß heilen würde. Das Wie war seine Sache. Wie sollte ein Menschenkind sich unterstehen dürfen, einem hilfreichen Geiste was dreinzureden! Und wie gut er ihren Namen wußte! Freilich, so ein Berggeist, der in seinen freien Stunden unsichtbar umeinanderspaziert, kennt alle Leute talauf und talab, die Alten und die Jungen, die Lebendigen und die Verstorbenen. Und wie herzlich er zu ihr geredet hatte, um ihre Angst zu vertreiben! Daß ihr seine Stimme so seltsam bekannt klang, verwunderte sie nicht. Ihr Vater hatte oft gesagt, daß ein guter Geist, wenn er guten Menschen erscheint, mit einer ihnen wohlbekannten Stimme zu ihnen redet, damit sie vor ihm nicht erschrecken möchten. Und aus gleichem Grunde nimmt er auch bei seinem Erscheinen Gestalt und Züge an, die einem Menschen lieb sind. ,Leicht ähnelt er gar meinem Vater?' dachte Veverl.

Sie hob mit einem mutigen Blick die Augen. Undurchdringliche Finsternis. Und immer tiefer ging es, wie über steinerne Stufen hinunter, dann wieder geradeaus und wieder tiefer, bald zur Rechten, bald zur Linken. Es mußte ein schmaler Felsgang sein, durch den sie getragen wurde. Bald streifte sie mit dem

Haar, bald mit einer Fußspitze die Wände. Und da staunte sie, wie jener, der sie trug, so rasch und sicher seinen Weg durch diese Nacht zu finden wußte. Freilich, Geister haben Augen, die zur Nachtzeit besser sehen als Menschenaugen am hellen Tag.

Mit jeder Sekunde steigerte sich ihre Spannung und das Gefühl des Wundersamen, von dem sie umwoben war. Jeden Augenblick erwartete sie das Aufflammen eines zauberhaften Lichtes. Jetzt und jetzt, meinte sie, müßte sich das unterirdische Reich des Alfen in jener Pracht enthüllen, die sie in ihren Träumen sich ausgemalt hatte und die zu schauen immer das Ziel ihrer Wünsche gewesen war. In dieser Erwartung des Ungewöhnlichen bestärkten sie die seltsamen, zischenden und pfeifenden Laute, die sie vernahm, das geisterhafte Flattern, das an ihr vorüberhuschte, das dumpfe Dröhnen und Knattern, das sich von Zeit zu Zeit erhob, und das geheimnisvolle Murmeln und Rauschen, das immer deutlicher wurde, bald wie nahe Plauderstimmen klang und bald wie fernes Gelächter.

Da löste ihr Retter den nassen Mantel, der sie umhüllte. „So Veverl, schau, da kann dir kein Sturm nimmer an und kein Regen!" Er ließ sie zu Boden gleiten. Als sie auf die Füße zu stehen kam, sank sie mit leisem Wehlaut in die Knie. „Um Gotts willen! Kindl! Was hast denn? Du kannst ja net stehn?" so hörte sie ihren Alfen erschrocken fragen. „Bist am End gar recht ungut gfallen? Hast dir was tan?"

„Am Fuß, am linken –", stammelte sie und fühlte sich im gleichen Augenblick wieder emporgehoben, einige Schritte getragen und achtsam niedergelassen auf ein lindes Heubett. Dabei hörte sie den Alfen, der sich so hilfsbereit erwies, mit Sorge zu ihr sagen: „Jetzt versteh ich dös alles erst! Da muß ich gleich nachschauen! Aber sorg dich net, es wird net so gfahrlich sein! Dös wird sich schon wieder richten lassen, ja, da weiß ich gar viel, was gut is für so was!"

Freilich, ‚was gut is für so was', wer in der Welt sollte das besser wissen als er, der mit hastigem Schritt sich von ihr entfernte? Sie hörte ein Rascheln und Knistern, sah ein rötliches

Licht erglimmen, sah an einer goldig glitzernden Felswand die helle Flamme einer Fackel auflodern. Mit gebannten Augen hing sie an der männlichen Gestalt, deren Umrisse sich scharf von der flackernden Helle abhoben. Und da meinte sie gleich zu erkennen, daß diese Gestalt ihrem Vater glich, der auch eine Joppe getragen hatte, eine kurze Lederhose, graue Strümpfe und genagelte Schuhe. Sie meinte ihn zu sehen, wie er oft, wenn er an stürmischem Tag aus dem Wald nach Hause gekommen war, am Herde stand und das Feuer schürte, während das Regenwasser von ihm niedertröpfelte, gerade so wie von jenem, der dort vor der lodernden Fackel stand.

Nun wandte er sich. In der Hand ein Kerzenlicht, kam er auf das Heubett zugeschritten. Veverl, zitternd am ganzen Leib, sah mit erweiterten Augen in sein bleiches Gesicht, das mit dem gekräuselten Bart zwischen den braunen, die Schultern berührenden Haaren sich ansah wie das Gesicht eines Jünglings und doch wie das von Kummer und Schmerz erzählende Antlitz eines gereiften Mannes.

Dicht vor Veverl blieb er stehen, hob das Licht, als wollte er sein Gesicht noch heller beleuchten, und fragte mit ernster Stimme: „Veverl? Kennst mich? Weißt denn, wer ich bin?"

Sie vermochte kein Wort herauszubringen. Während sie keinen Blick von seinem Gesicht verwandte, nickte sie. Wie hätte sie ihn nicht kennen sollen? Hatte sie ihn doch selbst gerufen!

„Gelt", sagte er, „dös verschlagt dir d' Red! Leicht glaubst es gar net, daß ich's bin? Dös hättst dir wohl nie net denkt, daß d' mich noch amal zum Sehen kriegst. Wie's zugangen is, dös war wie a Wunder, für dös ich meim Herrgott net gnug danken kann."

Da meinte Veverl falsch verstanden zu haben. Nicht er, sie selbst war es doch, die dem lieben Herrgott für das Wunder danken mußte: daß sie im Augenblick der Not die zaubermächtige Blume gefunden hatte.

„Aber jetzt is net Zeit zum Reden!" hörte sie ihn sagen. „Komm, Veverl, laß mich dein Fußerl bschaun."

Er ließ sich nieder, stellte den Leuchter neben sich auf den Felsboden und begann an Veverls verletztem Fuß den Schuhriemen zu lösen. So sachte und sorgsam er dabei verfuhr, Veverl meinte vor Schmerz vergehen zu müssen. Sie biß die Zähne zusammen und rührte sich nicht.

„Jesus, Veverl!" jammerte er, als er den entblößten, rot verschwollenen Fuß auf seinem Knie hatte. „Dös schaut sich ungut an!" Er bat sie, zu versuchen, ob sie den Fuß bewegen könnte. Den Schmerz überwindend, drehte sie den Fuß im Knöchel und rührte die Zehen.

„No also!" sagte er und nickte mit ermunterndem Lächeln zu ihr hinauf. „Dös schaut sich übler an, als wie's is. Da is nix brochen, nix grissen. Arg aufgschürft hast dich halt und 's Glenk a bißl verprellt. Kann sein, es is a Flaxen überzogen. Aber sorg dich net, ich richt dir dein Fußerl, dein arms, schon wieder zamm, daß gar nix nimmer merkst."

Nun huschte auch um Veverls Mund ein mutiges Lächeln. Alles kam, wie sie geträumt und erwartet hatte. Mit ehrfürchtiger Dankbarkeit blickte sie auf ihn nieder. Und als er jetzt den Fuß noch einmal betrachtete und die Hände sanft um den verschwollenen Knöchel legte, fühlte sie durch die Kühle, die von diesen Händen in ihr heißes, hämmerndes Blut hinüberströmte, den Schmerz schon zur Hälfte gelindert.

Er rückte einen Holzstuhl herbei, legte den kranken Fuß darauf, damit das ‚gsunkene Blut a bißl verlaufen' könnte. Dann raffte er den Leuchter von der Erde, sprang davon, und als ihm Veverl nachsah, war es ihr, als verschwände er mitten durch die Felswand.

Regungslos, mit verhaltenem Atem lauschend, saß sie. Und hörte keinen Tritt mehr, hörte nur das Knistern der Fackel und jenes geheimnisvolle Murmeln und Rauschen. Scheu lugte sie in dem länglich gerundeten Höhlenraum umher, in dessen Tiefe die Mündung des Felsenganges, durch den sie gekommen sein mußte, gleich einem schwarzen Trichter sich ausnahm. Staunend betrachtete sie die im Fackelschein glitzernden Wände, die ihr von tausend Edelsteinen übersät schienen. Über diese Wände wölbte sich eine von funkelnden Tropfen und Zacken starrende Kuppel, die bei dem Spiel der zuckenden Lichter und Schatten sich ansah, als tröffe sie von flüssigem Erz – von Gold und Silber, wie Veverl meinte.

Der Glaube an die Übernatürlichkeit des Vorganges, der sie hierhergeführt hatte, wurzelte so unerschütterlich in ihr, daß sie unfähig war für jede natürliche Wahrnehmung. Was ihren Erwartungen entsprach, das hob sie noch darüber hinaus, und was mit ihnen im Widerspruch stand, das wußte sie durch die Erinnerung an alles, was der Vater einst dem Kinde vorgeplaudert hatte, flink mit ihrem Glauben in Einklang zu bringen. Wenn die im Fackelschein flimmernden Tropfsteingebilde für Veverls Augen von Silber, Gold und Edelsteinen zu blitzen schienen, wenn die zahlreich in den Wandschrunden steckenden Edelweißsträuße ihre Meinung rechtfertigten, daß im Haus des Edelweißkönigs das Edelweiß in dicken Buschen aus den Felsen sprießen müßte, so wußte sie auch die nichts weniger als übernatürliche Einrichtung der Höhle ihrem Glauben anzupassen. Die guten Geister, als deren bester ihr der Edelweißkönig galt, sind bei allen geisterhaften Eigenschaften ,im übrigen akrat wie d' Menschen'. Sie hungern und dürsten, trinken und essen. Wenn sie essen wollen, müssen sie doch auch kochen. Ewig die kalten Wurzeln und Kräuter nagen, das kann auch dem geduldigsten Geistermagen auf die Dauer zuwider werden. Und wenn die Geister kochen wollen, müssen sie einen Herd haben oder einen kleinen Ofen, wie Veverl einen in der Felsenecke stehen sah, und müssen Pfannen, Krüge, Schüsseln und Teller haben, wie sie da und dort auf Vorsprüngen der Wände lagen und staken. Und so ein Alf hat zur Blütezeit seiner Schützlinge alle Hände voll zu tun. Da mag er oft todmüde heimkehren, und ein Schläfchen mag ihm bekommen. Er wird sich dazu nicht auf den kalten, harten Felsboden legen, sondern sagt einen Zauberspruch, wie der Mensch ein Hui, und hat seine richtige Bettlade mit einer Heumatratze, mit einem Polster und zwei weißen Lammfellen darüber, und zum Überfluß noch eine dicke, wollene Decke gegen die Kälte, die ‚so z'mittelst drin im Erdboden aus allen Felsen haucht.'

Für Veverls gläubige Augen erschien diese Einrichtung sogar noch als eine Steigerung des Märchenhaften. ‚Jedes x-beliebige Wichtl kann Sachen von Gold und Silber haben.' Aber Sachen machen, die von Gold und Silber sind und trotzdem ausschauen wie von Holz und Eisen, damit ein Menschenkind, wenn es ein Wunder hereinführt in so ein Alfenhaus, nicht gleich in Gichter fällt vor Schreck und Staunen – das, meinte Veverl, wüßte nicht leicht ein anderer Geist dem guten Edelweißkönig gleichzutun. Wie ‚zaubermaßig geschickt' er sein mußte, verrieten ihr die schönen Schnitzereien, die sie überall gewahrte und mit denen besonders reich eine nischenförmige Wandhöhlung ausgestattet war. Hier stand auf einem altarförmigen Aufbau ein zierliches Kästchen, über das sich ein Kruzifix mit dem geschnitzten Bilde des Heilands erhob.

An diesem heiligen Bildnis haftete Veverls Blick, und je länger sie es betrachtete, desto mutiger atmete sie auf. Sie fühlte den Alfen, in dessen Reich sie zu weilen glaubte, sich menschlich nähergerückt, jetzt, da sie einen in ihrer Nähe wußte, der über ihnen beiden stand.

So mutig sie auch geworden war, dennoch schrak sie zusammen, als sie jenen, an den sie unablässig dachte, plötzlich vor sich stehen sah, wie aus den Felsen herausgetreten. Er hielt was in den Händen; das glich einem grobleinenen Handtuch, war aber gewiß ein feenhaftes Gewebe, das er beträufelt hatte mit wundersamer Arznei. Unter freundlichen Trostworten wand er dieses Tuch um Veverls kranken Fuß. Sie drückte die Augen zu vor Schauer und Behagen. Wie kühl das war, und wie wohl es tat! Nun faßte er sie um die Hüfte, als wollte er sie auf dem Bett in bequeme Lage bringen. Erschrocken zog er die Hände zurück: „Um Gottes willen! Daß ich da net schon lang dran denkt hab! Bist ja über und über naß. So kannst net bleiben, da tätst mir am End noch verkranken!" Er sah den Blick, mit dem sie sein eigenes durchnäßtes Gewand streifte, und sagte, als könnte er in ihren

Gedanken lesen: „Mir schadt's net! Bei eim Leben wie's meinige gwöhnt man sich an so was. Aber du? So därfst net bleiben! Leg 's Tüchl und 's Mieder ab! Und 's oberste Röckl mußt abstreifen. Schau, dös macht doch nix. Ich zünd a Feuer an. Da wird's a bißl warm herin, und deine Sachen trücknen wieder. Mußt dich net scheuen vor mir. Gelt na? Ich bin doch schier wie a Bruder zu dir!"

Vertrauensvoll nickte Veverl und löste das geblumte Tuch von ihren Schultern. Als sie das Mieder öffnete, schrak sie zusammen. „Jesus Maria", stammelte sie, „'s Blüml! Ich hab mein Blüml verloren!"

„Was für a Blüml?"

„Mein Edelweiß!"

„Da brauchst dich net z'kümmern!" tröstete er. „Gleich kannst wieder eins haben von mir. Ich hab's ja gnug. Hundert für eins kannst haben."

Sie atmete erleichtert auf, und während er sich am Ofen zu schaffen machte, nahm sie das Mieder ab, streifte das durchnäßte Röckl über den roten Unterrock, legte die Gewandstücke auf den Holzstuhl und ließ sich lautlos zurücksinken.

Als er vom Ofen herüberkam, befiel sie trotz ihrer willenlosen Folgsamkeit doch ein Gefühl der Scham, und hastig zog sie die wollene Decke bis an den Hals.

Jetzt stand er vor dem Bett und sah ihr mit leisem Lächeln in die Augen. „Gelt, so taugt's dir besser? Ja, da kannst es jetzt ganz schön abwarten, bis dein Fußerl wieder Verstand annimmt. Aber – " Er unterbrach sich, ging davon und brachte ein weißes Tuch. „So därfst net liegen mit die tropfnassen Haar! Geh, heb dich a bißl in d' Höh!"

Willig richtete sie sich auf und hielt sich still, während er die Nadeln aus ihren Zöpfen zog, die Flechten löste und mit dem Tuche achtsam die Strähnen ihres braunen Haares trocknete. „So, kleins Weibl, jetzt kannst dich wieder legen!" sagte er. Und wortlos stand er vor ihr, als könnte er sich an dem Bilde nicht satt sehen: wie sie vor ihm lag unter der linden Decke, das liebliche, vom offenen Haar umflossene Gesicht hineingedrückt ins weiße Lammfell, überfunkelt vom Zitterschein der Fackel.

Seufzend wandte er sich ab. Veverl wagte sich nicht zu rühren, hörte nur, daß er im Ofen ein Feuer anzündete und mit allerlei Geschirr hantierte. Nach einer Weile kam er und bot ihr eine dampfende Schale hin. „Da, Veverl, trink, daß doch für's erste a bißl ebbes hast! Nacher richt ich dir schon was Bessers!"

Sie nahm. Was sie trank, das schmeckte wohl wie gewärmte Geißmilch, war aber sicher ein wunderkräftiger Zaubertrank. Das glaubte sie nicht nur, das fühlte sie bei jedem Schluck in ihrem Blut.

Als sie ihm mit einem ‚Vergelts Gott' die geleerte Schale reichte, ging er wieder zum Ofen; Veverl hörte das Klappern einer Pfanne, hörte ein Brodeln und Schmoren. Sie hätte viel darum gegeben, wenn sie bei seiner ‚geistermaßigen Kocherei' ein bißchen hätte zuschauen können. Da trat er wieder zu ihr ans Bett. Und wieder hatte er was in der Hand. Das war nach Veverls Meinung sicher ein Zauberstab, obwohl es aussah wie ein eiserner Scharrlöffel. Er setzte sich auf den Rand des Bettes und sagte lächelnd: „Gleich hab ich dich kennt, wie ich dich in der Blitzlichten gsehen hab. Und z'erst schon, wie ich dein Rufen ghört hab, is mir's gwesen, als ob du's sein müßtest. Aber du? Was hast dir denkt, wie mich gsehen hast? Denn wann ich mich bsinn auf deine Wörtln —" Er unterbrach sich und sprang zum Ofen, von dem sich ein verdächtiges Zischen hören ließ. Dort stand er lang und arbeitete fleißig mit dem Zauberstab. Wirre Gedanken schossen durch Veverls Köpfl. Sie vermochte keinen mehr zu Ende zu denken, es lag über ihr wie eine Betäubung, wie ein Rausch. Eine prickelnde Wärme durchrann ihren Körper. Sie fühlte sich so leicht, spürte ihre Glieder nimmer, kaum noch den schmerzenden Fuß. Die Lider wurden ihr schwer. Lächelnd schloß sie die Augen und lauschte der seltsamen Musik, zu der das Knistern der Fackel, das Prasseln des Feuers und jenes unablässige Murmeln und Rauschen in ihren Ohren sich verwob. Leiser und leiser klang es. Veverl hörte nichts mehr.

Gabel und Messer in der einen Hand, in der anderen einen Teller, kam der sonderbare Koch vom Herd herüber, blieb stehen und betrachtete das Gesicht des schlummernden Mädels, „Schau, jetzt hat s' der Schlaf packt!" Er nickte zufrieden. „Der taugt ihr besser als a Lamplbraten." Lautlos kehrte er zum Ofen zurück und stellte den Teller auf die eiserne Platte. Dann holte er einen Bergstock, befestigte ihn über dem Ofen, hängte Veverls nasse Kleider darüber und dazu die eigene Joppe. Plötzlich hob er lauschend den Kopf. Er hatte ein Geräusch vernommen, das dem Aufschlag eines fallenden Steines glich. Noch zweimal hörte er dieses Geräusch und verschwand in dem dunklen Trichter des Felsenganges. Als er nach einer Weile zurückkehrte, führte er einen zweiten an der Hand, zog ihn vor das Lager und sagte: „Da schau her! Was ich für an Gast kriegt hab!"

„Um Gotts willen", flüsterte der andere, „wie is denn so was möglich? Z'Mittag, wie ich fort bin, war 's Madl noch daheim!"

„Wann erst wissen tätst, wie ich's gfunden hab, dös arme Hascherl! Aber komm! Daherin taugt mir 's Reden net! Sie kunnt aufwachen, und der Schlaf tut ihr wohl!"

Die beiden verließen durch eine die Steinwand schief durchbrechende Felsenspalte den Höhlenraum.

Stille Minuten verstrichen. Im Ofen verstummte das Prasseln, und als das Feuer erlosch, war auch die Fackel niedergebrannt bis auf einen müde flackernden Stumpf.

Ruhig gingen die Atemzüge der Schlummernden. Manchmal bewegte sie die Lippen, als spräche sie im Traum. Nun schlug sie die Augen auf. Das Erwachen erst verriet ihr, daß sie geschlafen hatte. War sie denn aber auch wirklich erwacht? Oder schlief sie noch und träumte? Wenn sie wirklich wach wäre, könnte sie doch nicht hören, was sie hörte: diese halblaute Stimme, die aus den Felsen zu quellen schien und der Stimme des Jörgenvetters glich. Der Jörgenvetter war auf Geschäften in einem fernen Dorf. Und wie käme er zum Edelweißkönig! Da müßte er doch die Königsblume gefunden haben, die sie selbst gefunden hatte, die also kein anderer finden konnte. Fast hätte sie lachen mögen über ihren ,unsinnigen' Traum! Und was sie in diesem Traum den Jörgenvetter sagen hörte, war etwas völlig Unbegreifliches. Sie hörte ihn vom Edelweißkönig erzählen, alles, was sie selbst den beiden Kindern von dem guten Alfen erzählt hatte. Und das alles erzählte der Jörgenvetter eben dem, von dem er erzählte, dem Edelweißkönig! Auch die Stimme des Alfen vernahm sie in ihrem Traum. Wie der sich wunderte über alles, was er über sich selbst zu hören bekam! „Jetzt versteh ich's erst. Da will ich mei' Freud dran haben! Hab eh so wenig!" hörte Veverl in ihrem Traum den Edelweißkönig sagen.

Wie man nur so ganz unmögliche Dinge träumen kann! Und dazu noch im Traum zu glauben, daß man die Augen offen hat und die brennende Fackel sieht und alles ringsumher! Und daß man im Traum die Augen zudrücken kann und daß dann die Fackel erlischt und alles dunkel wird in der Runde, während doch die beiden Stimmen weiterplaudern, von der Mariann, von den Kindern und vom Finkenhof, bis der Jörgenvetter sagt, daß er gehen müsse. Veverl hörte die leisen Schritte. Und nun träumte sie gar, daß der Jörgenvetter in der roten Ofenglut vor ihrem Bette stand und leis dem Edelweißkönig zuflüsterte: „Schau s' nur an! Wie lieb als s' daliegt! Gfallt s' dir net auch?" Der Edelweißkönig schwieg eine Weile, bevor er mit einem Seufzer sagte: „Wie schön dös sein müßt: leben können, leben in Glück und Licht, mit eim, dös eim anghört mit Leib und Seel! So was därf ich mir nimmer hoffen. Mein Leben is weit von aller Menschenfreud."

Wie einem nur im Traum der Ton einer Stimme so ans Herz greifen kann! Veverl fühlte, daß ihr heiße Tränen durch die geschlossenen Lider auf die Wangen schlichen. Dabei träumte sie, daß der Jörgenvetter den Edelweißkönig auf eine kommende Zeit vertröstete, mit herzlichen Worten von ihm Abschied nahm und ihm ein Wiedersehen in einer der nächsten Nächte versprach. Nun war ihr wieder, als hätte sie offene Augen und sähe den Jörgenvetter mit einem Spanlicht im dunklen Trichter des Felsenganges verschwinden, während der Alf eine neue Fackel aufsteckte und vor ihrem Bette unbeweglich stehenblieb, wie gebeugt von einem schweren Kummer. Sie lauschte seinen mühsamen Atemzügen. Langsam und müde kauerte er sich auf den Felsboden hin, legte die Arme über den Bettrand und verbarg in ihnen das Gesicht. So lag er lange, und sein braunes Haar glänzte im Fackelschein. Endlich hob er wieder den Kopf und stützte ihn mit der Hand. Immer betrachtete Veverl sein blasses Gesicht. Seine Augen konnte sie nicht sehen, weil er die Lider geschlossen hielt. Nein, ihrem Vater sah er nicht ähnlich! Dennoch mußte er einem Menschen gleichen, der ihrem Herzen lieb war. Sie meinte, daß er dem Jörgenvetter ähnlich sehe oder noch mehr der seligen Hannibas. Die hatte das gleiche gute Gesicht gehabt; nur viel feiner war es gewesen, frisch und blühend, nicht so bleich wie das Gesicht des Alfen, das von quälendem Kummer zu erzählen schien. Je länger sie dieses Gesicht betrachtete, desto weher wurde ihr ums Herz. Sie konnte die Augen nimmer abwenden von den Furchen auf dieser sorgenvollen Stirn. Ach, lieber Himmel, es ist doch ein armseliges Leben, so ein Geisterleben! „Gwiß net zum neiden! Immer allein! Und wenn den einschichtigen Schlucker amal der Wehdam anpackt im Gmüt, was hilft ihm nacher sein Gold und Silber und sei' Zaubermacht? Da tauget's ihm lieber, er hätt an Menschen, der ihm gut is!" Veverl wußte nicht, wie es geschah – sie hob die Hand und strich dem traurigen Alfen das dunkle Haar von der furchigen Stirn. Da sah sie ihn auffahren, sah, wie er mit beiden Händen ihre Hand ergriff und das Gesicht auf ihren Arm preßte. Gar nicht erschrocken war sie! Weshalb auch hätte sie erschrecken sollen? Es war nur ein Traum.

Sie lag und rührte sich nicht. Vom Glutstumpf der Fackel fiel manchmal ein Funke wie ein kleiner Stern auf den Felsboden. Für Veverl war es ein wohliges Empfinden, ihre Hand so fest umschlossen zu fühlen. Von den Händen des Alfen ging eine seltsame Wärme aus, die durch den Arm in ihren Körper überströmte. Sie atmete in tiefen Zügen und dennoch seltsam leicht. Ihr war zumute, als wäre sie viele Stunden frierend durch

Nässe und Schnee gewandert und säße nun behaglich am Herd, auf dem ein lustiges Feuer flackerte. Das war die kleine Waldhausküche, durch deren Fenster die Nacht mit ihren Sternen lugte, und der stille, weiß beschneite Forst. Am Herde stand ihr Vater und schürte die Flamme. Seltsam, wie jung ihr Vater geworden war! Und nun glich er aufs Haar dem Edelweißkönig! Helle Schellen klingen, man hört den Dori jauchzen und knallen, der Jörgenvetter erscheint unter der Tür, ihm folgt die Mariann mit den Kindern, und die Waldhausküche sieht aus wie die Wohnstube im Finkenhof. Die Kinder spielen hinter dem Ofen, die Mariann trägt auf, daß der Tisch sich biegen will, an dem sich Veverl mit dem Edelweißkönig sitzen sieht, gegenüber dem Jörgenvetter, der immer lacht und unbegreifliche Dinge redet. –

Das war nun wirklich und wahrhaftig ein Traum. Denn der Jörgenvetter saß nicht daheim in seiner Stube. Der schlich im Frühlicht des ergrauenden Tages von der ‚hohen Platte‘ durch die dichten Latschenfelder hinunter gegen den Almsteig. Als er den Pfad erreichte, blieb er stehen und horchte.

„Veverl! Veverl!“ klang es mit gellendem Ruf durch die graue Morgenluft.

Der Bauer erkannte Doris Stimme. Nach einer Weile wiederholte sich der Ruf, näher und gellender. Jörg hörte über sich das Rasseln rollender Steine und sah den Buben aus dem Wald auf die offene Lichtung springen.

„Dori!“

Der Bub kam über den Hang heruntergerannt. Und schrie und schluchzte: „Finkenbauer! An Unglück muß geschehen sein. ’s Veverl geht ab!“

„Was? Wieso geht’s Veverl ab?“

„Gestern am Abend hab ich’s troffen, Edelweiß hat’s brocken wollen für der Bäuerin ihren Namenstag. Und wie ich heut in der Fruh zur Hütten komm, is kein Veverl da! Kein Veverl!“ Die Tränen erwürgten dem Buben die Stimme.

„Aber geh! Da brauchst dich net sorgen! ’s Veverl war in der Nacht daheim. Wie ’s gestern schiergar bei der Hütten war, is ihr eingfallen, daß sie sich für morgen auf a Wallfahrt nach Mariaklausen verlobt hat. Ja, und da hat 's Madl gleich wieder kehrtgmacht und hat gschaut, daß s' heimkommt. Jetzt wird s' schon lang auf der Wallfahrt sein."

Es dauerte eine Weile, bis Dori stottern konnte: „Gott sei Lob und Dank! Umbracht hätt's mich, wann der Veverl ebbes passiert wär!" Er fuhr mit der Faust unter die schnuffelnde Nase und über die nassen Augen.

„'s Veverl hat haben wollen, ich soll dir Botschaft bringen. Und weil ich vielleicht am End von der Woch kei' Zeit nimmer hab, so kann ich gleich abtragen. Is ebbes beinand auf der Alm?"

„Net viel, Bauer, schier net der Müh wert!" stammelte der Bub mit scheuem Blick. „Und abtragen kunnt ja ich auch. Es wär mir lieb, wann mir der Bauer verstatten tät, daß ich übern Sonntag drunt bleib, weil – weil ich a Bsorgung hätt."

„A Bsorgung? Was denn?"

„Beichten möcht ich", kam es leis über Doris blasse Lippen, „beichten und kumlizieren. Für Leben und Sterben. Man kann net wissen, was eim zusteht mit jedem Tag."

Verwundert sah Jörg den Buben an und schüttelte den Kopf zu diesen übernächtigen Augen, die von blauen Rändern umzogen waren. „Dori? Fehlt dir was? Oder hast ebbes am Gwissen?"

„Ah, Gott bewahr!" erwiderte Dori mit irrem Lächeln.

„Dös wird net zum Verwundern sein, wann a Christenmensch an sein' Herrgott denkt."

Jörg schwieg eine Weile. „Da will ich dich net hindern. Meintwegen trag ab und bleib übern Sonntag. Nacher hab ich auch nix mehr z'schaffen auf der Alm und kann wieder umkehren."

„Ja!" Dori schnaufte schwer. „Und was ich noch sagen muß: A Lampl haben s' mir wieder gstohlen." Er machte keinen Versuch, seine Schuldlosigkeit zu beteuern, und war nicht im geringsten verwundert, als der Bauer ihn tröstete, statt zornig zu werden.

Jörg sagte: „Man hätt mir ja gleich a ganze Kuh stehlen können. Da kann ich noch froh sein, daß's bloß a Lampl war."

„Jaja! Und was is denn eigentlich a Lampl?" philosophierte Dori. „A Lampl is halt a Lampl. A Mensch is mehrer! Und oft reißt's an Menschen, keiner denkt's und keiner rührt sich drum!" Er nickte einen Gruß und stapfte davon.

Kopfschüttelnd sah der Bauer ihm nach, bis die Bäume ihn aufnahmen in ihren dunklen Schatten. „Ich kenn ihn gar nimmer! Was kann er denn haben?"

Als Jörg drei Stunden später im Finkenhof eintraf, stand die Bäuerin unter der Haustür. Er nahm sie bei der Hand und sagte flüsternd: „Mariann, jetzt rat, wo 's Veverl ist!"

Sie sah ihn verwundert an. „Da brauch ich net raten. 's Madl is auf der Alm."

„So? Meinst? Da wirst Augen machen! Komm, ich sag dir ebbes!" Die beiden verschwanden im Flur.

Zu Mittag wußten alle Dienstboten des Finkenhofes, wohin das Veverl gegangen wäre – nach Mariaklausen auf die Wallfahrt. Auch Herr Simon Wimmer, als er am Abend beim Finkenbauer ‚für e Schwätzle' vorsprach, bekam von dieser Wallfahrt zu hören.

Er lachte: „Dididi! Was hat denn dem lieben Schneckle auf emal 's Herzle so schwer gmacht? Sie wird sich doch net gar verliebt habe? Weil's heißt, daß die heilig Mutter von Mariaklause gut ischt für so was."

Jörg schwieg und runzelte die Stirn, worauf Herr Simon Wimmer unter nachdenklichem „Tja, tja!" die Daumen drehte. Dann tat er einen Seufzer, so tief wie aus der großen Zehe heraufgeholt, schwitzte fürchterlich und begann übers Wetter zu reden. Vom blauen Himmel kam er auf seine blauen Aussichten zu sprechen, auf seine demnächst zu erwartende Gehaltsaufbesserung, auf seine ‚angesehene' Stellung und seine ‚Büldung'. Er wurde vertraulich, tätschelte die Hand des Bauern, arbeitete krampfhaft mit dem blauweißen Taschentuch, verschwendete im Übermaß die Dididis, sprach von ‚schönem Beisammesitze' und von ‚ginschtiger Glegeheit', und ehe sich's Jörg versah, war der Heiratsantrag fertig. „No also", schloß Herr Simmerle Wimmerle, „jetzt ischt's herausse, was mir schon älleweil auf'm Züngle glegen ischt. Und wenn der Finkenbauer nix dagege hat, nacher ischt älles richtig, und ich heirat 's Vevele."

„Dös schlagen S' Ihnen aus'm Sinn, Herr Kommandant!" fuhr Jörg fast zornig auf. „Da wird nix draus. Jetzt schon gar nimmer!" Er verstummte, als wäre er selbst vor diesem Wort erschrocken.

Freund Simon erblaßte, soweit der Kupferanflug seines Hamstergesichtes diesen Farbwechsel gestattete. „Aber Finkebauer! Dös isch doch kei' Art und Weis net, wie man so en ehrevolle Antrag aufnimmt." Sein betröpfeltes Antlitz begann zu glitzern, als wär es mit hundert kleinen gläsernen Nadelknöpfchen besteckt. „Vor mich der Finkebauer so kurzweg abweist, hätt er sich doch überzeuge solle, ob 's Vevele net selber auf mich denkt. Und wenn ich dös net bockfescht behaupte will – wisse Se, Finkebauer, in e angesehene Stellung komme, en gebüldete Mensche zum Mann kriege und Frau Kommandantin heiße, dös ischt wägerle auch e bissele was!"

Jörg wurde ruhiger und sprach ausweichend von Veverls Jugend.

„Da braucht sich der Finkebauer nimmer verstrapeziere!" sagte Herr Wimmer beleidigt, während er sich erhob und mit dem Ärmel den Mützendeckel bürstete. „Es ischt mer arg schmerzlich, daß ich sehe muß, wie mir der Finkebauer mei' Freundschaft vergilt. Er dürfte e bissele mehr drauf gebe! Man kann net wisse, wofür's gut ischt, en Freund in meiner Stellung z'habe. Man kriegt mit seine obrigkeitliche Ohre ällerlei z'höre. Und wenn ich net älleweil dem Finkebauer sein Freund gwese wär –" Verstummend blickte er mit geheimnisvoller Miene zur Stubendecke hinauf.

„Was soll dös heißen?" fragte Jörg erregt. „Da muß ich schon bitten, Herr Kommandant! Was kann man hören von mir und über mich?"

Herr Wimmer zuckte die Achseln. „Der Finkebauer kann net verlange, daß ich ihm meine Amtsgeheimnisse anvertrau. Unter

Freund und Freund, da wär's was anders gwese! Aber so! Mir scheint, daß net älles Gold ischt, was glänzt im Finkehof. Nix für ungut! Dös ischt nur so e Meinung." Seine Transpiration schien plötzlich zu versiegen, und das Gesicht bekam was Aschiges mit blauroter Mischung. „Wenn mir der Finkebauer bezugnehmend auf mein' ehrevolle Antrag noch was z'sage hätt, so weiß er ja, wo er mich finde kann." Der gekränkte Maikäfer stülpte die Mütze schief über das obrigkeitliche Haupt, salutierte steif und würmelte hochmütig zur Stubentür hinaus.

Jörg ballte die Fäuste. „Den Gidi kunnt ich zerreißen! A schöne Suppen hat er mir einbrockt mit seine dalketen Späß!" In wachsender Erregung schritt er durch die Stube, von Fenster zu Fenster. „Jetzt muß er fort! Muß über die Grenz! Jeder Tag is a Gfahr für ihn." Es trieb ihn aus der Stube, als wäre ihm zu schwül zwischen den vier Wänden. Als er den Hof betrat, hörte er von der Straße einen Gruß. Er blickte auf. „Grüß Gott, Brennerwastl!"

Der Bursch trat an den Zaun, rückte den Hut und drehte den schönen Spielhahnstoß nach vorne, damit ihn Jörg nicht übersehen möcht. „Im Stadtl bin ich gwesen. Da war Verhandlung vom Valtl seiner Klag gegen den Grafenjager, wegen der Gschicht beim Almtanz. A größere Freud hätt ich net haben können. Frei is er worden, der Gidi! Aus meiner Zeugschaft hat 's Gricht die Einsicht gwonnen, daß der Valtl der Ruhestörer war, der 's Messer zogen hat, und daß der Gidi d' Ruh wiederhergstellt hat. Jetzt hat der ander zu die Schläg noch den Schaden und 's Gspött. Die ganzen Kösten muß er zahlen. Springgiftig is er. Und gschworen hat er, daß er dem Gidi was antut. Dös soll er sich einfallen lassen! Ich bin dem Gidi sein Freund. Schau her, den Spielhahnstoß, den hab ich vom Gidi! Hast schon an söllenen Stoß amal gsehen in der Welt? Und wann der Valtl dem Gidi was will, nacher wachst er mit mir zsamm." Das Hütl drehend, stelzte Wastl davon und stimmte mit seinem Knödeltenor das Lied an:

> „Schöne Federn auf dem Hut
> Stehn mir sakrisch gut!"

Der folgende Tag war ein Feiertag, Mariä Geburt, der Namenstag der Finkenbäuerin. Am frühen Morgen kamen die Dienstboten, um die Bäuerin ‚anzuwünschen‘. Die Kinder sagten das Sprüchl auf, das sie von Veverl gelernt hatten. Und das Liesei klagte: „Daß mir keine Sträußln haben, da is bloß d' Veverl schuld! Muß die auf amal a Wallfahrt machen, statt daß s' die zwei Edelweißbuschen bracht hätt, die s' uns für heut versprochen hat."

Als die Glocken läuteten, wanderte Jörg mit seinem Weib und seinen Kindern zur Kirche. Nach dem Hochamt hatte die Mariann in der Küche zu tun, die Kinder trugen ihr Feiertagsgewand spazieren, und der Bauer saß bei seiner Wochenrechnung.

Eine Stimme klang im Flur, und Gidi rasselte über die Stubenschwelle. Er warf den Hut auf die Fensterbank. „Grüß dich Gott, Finkenbauer!" Seine Stimme klang erregt, und seine Augen blitzten. „Kannst dir denken, wer heut noch kommt?"

„Halt der Abend nach'm Tag."

„Vor's aber Abend wird, da kommt mein junger Herr Graf."

Jörg erblaßte. „Meinst, du machst mir a Freud mit deiner Botschaft?"

„A Freud? Ah na! Ehnder macht's dir a harte Kümmernis, wann d'hörst, daß an Unglück, dös gschehen is, net gschehen hätt müssen." Gidi zerrte aus seiner Joppentasche ein eng beschriebenes Blatt hervor. „Den Brief mußt lesen! Den der Eustach, der Kammerdiener, an unser Schloßhauserin gschrieben hat."

Wehrend streckte der Bauer die Hand. „Laß mich in Ruh! Ich will nix wissen."

„Willst auch net lesen, wann ich dir sag, daß deim Ferdl selig sein guter Nam da drin steht? Und daß er net schuld is an dem Blut, dös gflossen is?"

Verstört und wortlos sah der Bauer den Jäger an. Und griff nach dem Blatt, begann zu lesen, ließ sich auf die Holzbank hinfallen, fuhr mit der Faust in sein graues Haar und fing aufs neue zu lesen an.

Der Jäger stand vor ihm. Keiner von den beiden hörte den Wagen, der draußen vor dem Tore des Finkenhofes hielt.

„Na! Na!" fuhr der Bauer auf. „Und wann's auch zehnmal gschrieben steht! Es kann nix nutzen, es kann nix nutzen!"

„Nutzen kann's freilich nix. Und 's Unglück schaut sich noch härter an, als wie's schon war. Wem willst es verargen? A jeder hat denken müssen: Der Ferdl war's! Und der einzige, der sagen hätt mögen, wie's gwesen is, hat net reden können. Is daglegen zwischen Leben und Sterben. Jetzt freilich kommt alles Reden z'spat!"

Jörg, in grübelndes Sinnen versunken, schien nicht zu hören, was der Jäger sagte, und murmelte wieder die gleichen Worte vor sich hin: „Es kann nix nutzen, es kann nix nutzen!"

Draußen auf der Straße rollte ein Wagen davon.

„Wann der Ferdl nur blieben wär!" klagte Gidi. „Aber ich kann mir denken, wie ihm gwesen is! Dös Unglück von der Hanni muß ihn ganz ausanandbracht haben. Leicht hat er sich denkt: ‚Der Graf is schuld dran und hat mei' Schwester am Gwissen!' Und da rennt er hin und weiß nimmer, was er tut im Zorn! Und mein junger Graf, wie er 's erste Wörtl vom Unglück mit der Hanni hört – ich weiß doch, was ihm d' Hanni golten hat –, und da tut er im Schreck den unseligen Fall, mit der Stirn grad auf'n Türhaken. Und wie ihn der Ferdl so liegen sieht im Blut – ich kann's begreifen, dös hat ihn aussitrieben zum Haus, und fort, grad allweil heimzu, ohne Denken und ohne Verstand. Leicht hat ihm d'Aufregung eingredt, als hätt er was Unrechts verübt. Du, Jörg, mußt wissen, was er dir fürgredt hat in derselbigen Nacht! Da kannst doch uns den Verdacht net verübeln! Bsinn dich auf den Abend, wo bei mir im Schloß droben gwesen bist! Da hast doch selber nix anders denkt, als daß der Ferdl im Zorn –"

„Nix hab ich denkt! Nix! Gar nix!" brauste der Bauer auf, mit verzerrtem Gesicht. „Was ich gredt hab, waren lauter Wenn und Aber! Für gwiß hab ich bloß dös einzige gsagt: daß ihm recht gschehen is, dem andern! So oder so! Und dös sag ich heut noch, wo meiner Hanni ihr Grab schon grün verwachsen is –" Jörg verstummte, weil die beiden Kinder in die Stube stürmten.

„Vater, Vater, draußen is einer, der fragt nach dir!" berichtete Pepperl. Und das Liesei wisperte: „Ja, Vater, ganz a nobliger Herr!"

„Jesus!" fuhr Gidi auf. „Es wird doch net –"

Das Wort erlosch ihm vor Schreck und Freude auf den Lippen. Wie versteinert blickte er auf die schlanke, dunkel gekleidete Gestalt des jungen Mannes, der, den Hut in der Hand, die Schwelle betreten hatte – sah in das schmale, blasse Gesicht, das von schwerer Krankheit und tiefem Leid erzählte, und wollte die Augen von der Narbe nicht losbringen, die sich mit rotem Strich von der Stirne abhob und unter dem Haar verschwand. Jetzt sprang der Jäger wie ein Verrückter seinem jungen Herrn entgegen. „Herr Graf! Grüß Ihnen Gott, Herr Luitpold! Grüß Ihnen Gott bei uns daheim, mein lieber Herr Graf!"

Luitpold reichte ihm die Hand und richtete die ernsten Augen auf den Bauer, der unbeweglich stand und die beiden Kinder an sich preßte, als müßte er sie vor dem in Schutz nehmen, der da gekommen war.

Scheu blickte Gidi bald auf seinen Herrn und bald auf Jörg. Nach einer stummen Weile verließ er die Stube.

Es schien, als wollte Luitpold sprechen. Die Worte versagten ihm. Doch seine Augen sprachen deutlich, als er dem Bauer mit stummer Bitte die Hand hinstreckte.

Jörg übersah diese Hand und fragte heiser: „Was will der Herr von mir?"

„Sehen Sie es nicht? Meine Hand will ich Ihnen bieten, und die Ihrige, Jörg, möchte ich drücken."

„Daß ich net lach! Und wegen so was hat der Herr den weiten Weg gemacht? Von der Münchnerstadt bis aussi zu uns? Schad um so viel Plag! Oder – ah, jetzt merk ich's erst! So a feiner Herr! Und hat a Hütl und kein Blüml drauf? Der Herr will leicht eins haben aus'm Finkenhof? Da droben im Herrgottswinkel steckt a Rosen! Erst heut in der Fruh hab ich's heimbracht von meiner Hanni ihrem Grab."

Luitpold betrachtete das von Gram und Zorn entstellte Gesicht des Bauern. „Sie sind bitter, Jörg! Aber ich höre nicht Ihre Worte, nur Ihren Schmerz. Der, Jörg, redet eine Sprache zu meinem Herzen, die ich besser begreife. Wie sollten Schmerz und Schmerz einander nicht verstehen? Sie gleichen alles aus –"

„Ah ja! Das is alles auf gleich!" fuhr Jörg mit rauhem Lachen auf. „An schönern Ausgleich kann's net geben! A versauts Leben auf meiner Seit, Herzleid und Schand, a Häuferl Asche im Friedhof und mein Ferdl dazu! Und auf der andern Seit a Ritzerl in der noblen Haut!" Jörg schlug sich mit der Faust vor die Stirne. „Dumms Bauernluder! Verstehst denn net? Dös is gleich auf gleich!"

„Vater!" schrie das Liesei und streckte die Ärmchen zu Jörg hinauf. Der schlang den Arm um das schluchzende Kind und zog den Buben an sich. „Stad sein, Kindl! Net weinen! A blinder Bruder bin ich gwesen. Aber ich will a Vater sein mit offenen Augen!" Er wandte sich zu Luitpold. „Ah ja! Eins hab ich vergessen. Ich will net ungrecht sein. Der gnädig Herr Graf hat sich so viel Müh gmacht, meim Ferdl sein' guten Nam wiederz'geben. Grad hab ich's erfahren. Recht a liebe, gnädige Lug! Freilich, man kann net wissen, weswegen der Herr Graf so gnädig war! D' Leut halt! Net? Wann d' Leut sich denken müßten: Dös hat der Ferdl tan, der Bruder von der Hanni, die man aus'm Wasser zogen hat? Da kunnt sich einer denken: Es is ebbes gschehen, was dem Bruder a Recht geben hat, daß er d' Hand aufhebt gegen den –" Die Stimme brach ihm. „So ebbes wär an arge Kümmernis für so an nobligen Herrn! Wann d' Leut so ebbes denken müßten von ihm. Aber die Lug is da, und ich muß dem gnädigen Herrn Grafen ‚Vergelts Gott' sagen. Wer weiß, wozu man's brauchen kann! Und schriftlich hab ich's für alle Fäll!" Er schwieg und fiel auf die Holzbank hin.

Luitpold stand unbeweglich, mit blassem Gesicht. „Ich verstehe nur halb. Und das ist eine Sprache, die ich nicht länger hören darf. Mein unerwarteter Anblick mag Sie über alles Maß erregt haben. Sie sind ungerecht. Und ich sehe, daß in dieser Stunde eine Verständigung unmöglich ist. Sie würden mir nicht glauben, wenn ich Ihnen sagen wollte, daß ich erst vor wenigen Tagen von dem entsetzlichen Ende hörte, das der Bruder meiner Johanna fand. Ich kam, weil mein Herz mich zu Ihnen trieb, um zu trösten und Trost zu empfangen. Was geschehen ist, Jörg, ist unabänderlich. Wen es härter getroffen hat, Sie oder mich, das kann nur Einer entscheiden, der in unsere Herzen sieht. Die Stunde wird nicht ausbleiben, die Ihnen sagen muß, daß ich mehr Ihr Mitgefühl verdiene als Ihren Groll." Luitpold sah die beiden Kinder an. „Sie, Jörg, haben nur einen Teil von dem verloren, was Ihr Herz besaß. Mir ist mit Johanna alles gestorben." Er wandte sich ab und ging. Die Tür schloß hinter ihm, ehe Jörg ein Wort herausbrachte.

Gidi erwartete seinen Herrn im Hof. Wortlos schritt er mit ihm die Straße hinunter. Dann fing der Jäger ein bißchen wirr zu reden an, von den Auerhähnen, die heuer ein so ‚gsundes Fruhjahr‘ ghabt hätten, von einem ‚Kapitalhirsch‘, der nah bei der Jagdhütte seinen Stand hielte, und von drei ‚Fetzengamsböck‘, die droben auf der Höllenleite ‚gfangig‘ stünden, ‚grad zum Abstechen‘. So schwatzte er immer und schien kein Auge dafür zu haben, daß sein Herr nicht hörte.

Sie hatten die Straßenkreuzung vor der Kirche erreicht. „Geh nur, Gidi!" sagte Luitpold. „Daheim treffen wir uns wieder!"

Gidi ging nicht. Wie angewurzelt stand er und sah seinen jungen Herrn in den Friedhof treten, sah ihn die Reihen der Kreuze suchend abwandern und vor einem Grabe stehenbleiben.

Es dauerte lang, bis Luitpold die Straße wieder betrat. Der Jäger stammelte: „Müssen S' net harb sein, Herr Graf, daß ich noch allweil da bin! Ich hab mir denkt –" Er schien nimmer zu wissen, was er sich gedacht hatte.

Luitpold reichte ihm die Hand. „Wir wollen zu Berg steigen. Ich muß hinauf. Die Luft hier unten erdrückt mich."

Gidi hätte am liebsten einen Juhschrei getan. „Da haben S'

recht, Herr Graf! Am Berg droben schaut sich alles anders an. Da liegt der Hamur hinter jedem Stein. Grad bucken braucht man sich drum."

Zwei Stunden später brachen sie auf. Als sie über den Wiesenhang dem Bergwald zu stiegen, sah Gidi auf der Straße, die zur Bahnstation führte, eine offene Kutsche davonrasen, daß der Staub in dicken Wolken aufwirbelte.

Wo mag er denn hinfahren? fragte sich der Jäger, als er in der Kutsche den Finkenbauer zu erkennen meinte.

## 11

Drei Tage und zwei Nächte war Veverl schon vom Finkenhofe fern. „Na, so a weite Wallfahrt!" schmollte das Liesei und rechnete dem Pepperl an den Fingerchen vor, welch eine ‚fürchtig lange' Zeit verstrichen wäre, seit die Veverlbas den Hof verlassen hatte.

Diese lange Zeit, die den sehnsüchtigen Kindern wie eine Ewigkeit erschien, war für Veverl so kurz geworden, wie Stunden sind.

In der immer gleichen, von flackerndem Fackelschein erhellten Nacht hatte Veverl alles Gefühl für die Zeit verloren. Bei allem, was sie sah und hörte, was sie dachte und fühlte, konnte sie sich nicht einmal darüber wundern, daß sie so häufig zu essen und zu trinken bekam und immer wieder zu schlafen vermochte. Sie schrieb das auf Rechnung der ‚zaubermäßigen' Behandlung, in der sie sich mit ihrem kranken Fuße befand. So mußte sie auch glauben, daß die Besserung, die ihr Fuß in diesen Tagen und Nächten zeigte, der Erfolg von wenigen Stunden wäre. Das erfüllte sie nicht mit staunendem Respekt vor der Heilkunst ihres Alfen. Es war nur eine Bestätigung der märchenhaften Vorstellungen, die sie von ihrem wunderlichen Vater übernommen

und während ihres träumerischen Lebens im Waldhaus groß-
gezogen hatte und an die sie glaubte wie an den lieben Herrgott im Himmel. Ihre Seele glich dem Fabelsee, um den die
Zwerge ihre Spiele treiben, in dem die Nixen auf und nieder
tauchen und um dessen weiße Rosen die Elfen ihren Reigen
schlingen, während hoch darüber hin im Blumenwagen die Feen
schweben und der Himmel mit seinen ewigen Sternen in der
Flut sich spiegelt. So liegt der See in geheimnisvoller Stille, bis
das bärtige Sonntagskind an seine Ufer tritt, den Zauber bricht
und die in den See gebannte Jungfrau gewinnt für ein Leben
in Glück und Sonne – ,in Glück und Licht‘, wie Veverl den
Edelweißkönig in ihrem sonderbaren Traum hatte sagen hören.

Als sie damals aus dem Schlaf erwachte, der sich angesponnen
an ihren Traum, hatte sie sich an alles genau erinnert, was sie
geträumt zu haben glaubte. Und da hatte sie um ihrer geträum-
ten ,Keckheit‘ willen kaum den Mut gefunden, ihrem Edelweißkönig ins Gesicht zu schauen. Es war aber auch, als hätte der
Alf in Wirklichkeit verspürt, was sie ihm in ihrem Traum Liebes
erwiesen – ein so freundliches Lächeln und eine so helle Stirne
wußte er zu zeigen. Und wie er zu ihr war! Wie er mit ihr
plauderte! Wie er alles tat, was er nur zu tun vermochte, um
sie vertraut und gesprächig zu machen! Er trank mit ihr die
Milch aus der gleichen Schale, und aus dem gleichen Gläsl einen
blutwärmenden Wundertrank, der überraschend an Tiroler Spe-
zial erinnerte. Wenn sie aß, dann aß er mit ihr vom gleichen
Teller. Und wenn sie die Augen zum Schlummer schloß, legte
auch er sich zur Ruhe auf seinen Mantel hin, der, wie Veverl
beschwören hätte können, aus den silbergrauen Blättchen von
tausend Edelweißpflanzen kunstvoll gefertigt war, obwohl er
sich ansah wie ein grauer Lodenfleck. Das war es besonders, was
ihm Veverls Zutrauen gewann: daß er jedem Ding ein selbst-
verständliches Ansehen gab und alles, was er trieb, so lebens-
mäßig und hauswirtlich tat, ,akrat wie a richtiger Mensch‘!

Ja, wahrhaftig, der kannte die Erdenkinder, kannte sie auch
in ihren kleinen schamvollen Schwächen und wußte für alles

Unvermeidliche zu sorgen, viel besser als das Hausmädel im Finkenhof – und nicht so merklich. Für Veverl in ihrer hilflosen Verschämtheit waren es fürchterliche Minuten gewesen, als sie besorgen mußte, daß eine so verzweiflungsvolle wie natürliche Frage nicht länger zu verzögern wäre. Der gute Geist schien ihre stumme Qual nicht zu bemerken, sagte aber plötzlich, droben wäre ein glühend heißer Sommertag und er dürfe das nicht länger verschieben: seine dürstenden Pfleglinge zu tränken. „Ich tummel mich schon, daß ich bald wieder heimkomm", beteuerte er, „aber a Stündl und länger kann's allweil dauern."
Kaum hatte er's gesagt, so war er verschwunden wie ein Hauch, und aufatmend bemerkte Veverl, daß plötzlich vorhanden war, was ihre sorgenvollen Augen früher nicht hatten entdecken können. Eine kleine häusliche Sache, aber doch auch eine ganz unentbehrliche! Man begreift, daß sie im Schlafzimmer des Königs von England, der als der feindressierteste aller Kavaliere der Erde gilt, nicht fehlen kann, nicht einmal in der Ruhestube des Heiligen Vaters zu Rom. Aber zwischen den ewigen Wänden eines Geisterhauses? Unter dem Palastgerät eines unsterblichen Alfen? Das erschien so überraschend, wie es willkommen war. Und fast noch dankbarer als für alle freundliche Betreuung, für die Wunderkur an ihrem Fuß und für die brüderliche Fürsorge durch Stunde und Stunde, war Veverl ihrem Alfen für den glühend heißen Erdentag da droben, für den Durst der Edelweißblüten und für den heimlichen Beistand, der jede schwierige Frage überflüssig machte und sich ebenso einfach wie unauffällig vollzog, ganz ohne jedes ‚schreckhafte' Zauberwerk.

Freilich, eine Probe seiner Zauberfertigkeit hatte der Edelweißkönig doch geleistet. Aber das hatte er nicht getan, um sie staunen zu machen und zu verwirren, nur getan, um sie mit einer Freude zu beschenken. Und mit was für einer Freude! Sie hatte ihm sagen müssen, warum sie so spät in der Nacht an jene Stelle gekommen wäre, wo er sie fand. Und da hatte sie ihm von dem Wiedersehen mit ihrem Hansi erzählt, von der Verfolgung des Vogels und dazu des Vogels ganze Geschichte. Er sagte lächelnd:

„Wann du den Vogel gar so liebhast, muß ich schon was übrigs tun!" Ehe sie wußte, was sie zu diesen Worten denken sollte, war er aus der Höhle verschwunden. Sie hörte durch die Felsen einen Pfiff und ein lockendes Schnalzen. Dann stand er wieder vor ihr, auf der ausgestreckten Hand den weißen Hansi, der die Flügel reckte und lustig schnatterte: „Do, do, a do, Echi, a do!" Sie lachte und weinte vor Freude und ließ den Vogel nimmer aus den Händen, der bald wieder so vertraut wurde, als wäre er nie von ihr getrennt gewesen und als hätte es nie eine Nacht gegeben, in der ein einsam gewordener Höhlenmensch den von den Klauen eines Habichts übel zugerichteten, halb schon verbluteten Vogel in den Latschen gefunden hatte. Sie wurde nicht müde, mit ihm zu scherzen, und brachte seiner Zunge manch ein vergessenes Wort wieder in Erinnerung. Und jener, dem sie diese Freude verdankte, saß dabei auf dem Rand ihres Bettes und betrachtete sie stumm. Unterbrach sie das Spiel, so begann er mit ihr zu plaudern. Was sie da alles zu hören bekam! Es machte sie stolz, daß er gar nicht geheim tat vor ihr. Als wäre sie seinesgleichen, so erzählte er ihr von seinem Geisterleben, von seinen Geistersorgen, von der Mühe, die ihm die Behütung seiner zahllosen Schützlinge bereite, von allem, was als Edelweißkönig seine Schuldigkeit wäre. Und für alles Geheimnisvolle fand er so muntere Worte, daß ihr häufiger das Lachen als das Gruseln kam. Dazu erzählte er die drolligsten Geschichten von allerlei sonderbaren Menschenkindern, die durch die Kraft der Königsblume den Weg zu ihm gefunden hatten. Bei solchem Geplauder umspielte immer ein heiteres Schmunzeln seinen Mund, als hätte er seine Freude an ihrem gläubigen Staunen. Und wie gut ihr diese Heiterkeit gefiel! Er wurde dabei so menschlich. Wenn er so lächelte, konnte sie keinen Blick von seinem Gesicht verwenden. Freilich, er sah doch auch der Hannibas so ähnlich, die so schön gewesen!

Schon mehrmals hatte er mit ihr vom Dorf geplaudert, von Leuten, die sie kannte. Und da fragte sie ihn einmal, ob er auch die Hannibas gekannt hätte. Eine Weile hatte er geschwiegen und hatte dann vor sich hin geflüstert: „Ob ich s' kennt hab, die Hanni? Ob ich s' kennt hab!" Wie hätte er die Hanni nicht kennen sollen, da er als Geist doch alle Menschen kennen mußte. Er wußte wohl auch von ihrem traurigen Tod, der ihm leid tat in seinem guten Geisterherzen? Das meinte sie aus dem wehen Klang seiner Stimme herausgehört zu haben. Und da war er plötzlich aufgesprungen, um an ihrem Fuß den Verband zu lösen, und hatte sie einen Versuch machen lassen, ob sie schon zu stehen vermöchte. Der Versuch war gelungen. Sie hatte sogar ein paarmal den ganzen Raum der Höhle durchschritten, ohne einen heftigen Schmerz im Fuß zu empfinden. Das hatte ihn zuerst gefreut. Und plötzlich war er still geworden, fast traurig. Als sie wieder auf dem Bett lag, hatte er sie angesehen mit einem Blick, unter dem ihr heiß und kalt geworden war, und hatte gesagt: „Wie lang noch dauert's, und dein Fußerl is ganz in Ordnung. Und nacher wirst halt gehn!"

Das hatte ihr einen Stich ins Herz gegeben. Daß sie einmal wieder gehen mußte, von hier und von ihm? Daran hatte sie mit keinem Gedanken noch gedacht. Nun er sie daran erinnert hatte, verstand sie nicht, wie wunderlich ihr zumut wurde. Der Gedanke an die Heimkehr zu den Ihrigen mußte ihr doch Freude machen? Dennoch hätte sie lieber weinen als lachen mögen. Immer dachte sie nur an ihn. Wie von Herzen gut mußte er ihr geworden sein, da ihm der Gedanke an ihr Gehen so weh tat. Wie freundlich war er zu ihr gewesen! Was hatte er alles für sie getan! Wie hatte er sie gewartet und gepflegt! Und da sollte es ihr ganzer Dank sein, daß sie ein ‚Vergelts Gott' sagte und ihn allein ließ, sterbensallein!

Diese Gedanken ließen nicht mehr von ihr, und über dem vielen Denken vergaß sie des Redens. Sogar ihr Hansi hatte darunter zu leiden — am meisten aber jener, der das Wort gesprochen, das ihren freundlichen, an der Minute sich genügenden Verkehr zerstört hatte gleich einem bös wirkenden Zauber. Er wurde wortkarg und in sich gekehrt. Alles tat er schweigend, was er sonst mit unermüdlichem Geplauder begleitet hatte. Aber so stumm auch der Mund dieser beiden geworden, eine Sprache war ihnen doch geblieben, die Sprache der suchenden, fragenden Augen.

Aus solcher stummen Zwiesprach fuhr er einmal auf und schüttelte den Kopf, als wollte er Gedanken von sich abwehren, die ihn wider Willen überkamen. Mit zitternden Händen löste er den Verband von Veverls Fuß. Seine Worte klangen kurz und rauh, als er sie aufforderte, das Gehen zu versuchen. Sie wurde blaß vor Schreck und fühlte schon eine Schwäche in allen Gliedern, noch ehe sie auf den Füßen stand. Er brachte ihr die Schuhe. Als Veverl sie angezogen hatte und ihm versicherte, daß sie nicht den geringsten Schmerz verspüre, nickte er. Sie wunderte sich darüber, wie gut sich das Gehen machte. Langsam wanderte sie ein um das andere Mal in der Höhle auf und ab. Immer wieder sah sie ihn an, als warte sie auf ein Wort von ihm, daß es nun genug wäre.

„No schau, es geht ja ganz sauber!" sagte er endlich. „Und da kunnten wir gleich an Spaziergang machen. Ich muß dir doch mein Geisterloschie amal zeigen!" Das klang so sonderbar lustig, daß es sich fast anhörte, als wär' es traurig.

Er faßte ihre Hand und führte sie einer Stelle der Felswand zu. Zögernd folgte sie, befangen von ängstlicher Scheu. „A do, a do!" schnatterte Hansi und flatterte vom Bett auf die Schulter des Mädels, das sich vor eine dunkle, die Steinwand schief durchbrechende Felsenspalte geführt sah. Veverl hatte diese Spalte bisher nicht gewahren können und dachte nicht anders, als daß ihr Alf mit einem stummen Zauberwort die Felsen entzweigerissen hätte.

Ein Dutzend Schritte gingen sie im Dunkel, wobei jenes Murmeln und Rauschen, das Veverl unaufhörlich vernahm, sich zu nähern und zu verstärken schien. Dann machten sie eine Wendung, und mit einem staunenden Ruf verhielt das Mädel den Fuß. Sie stand in einem gewölbten Höhlenraum. Ein schmaler, feuchter Steingrund lief an der gekrümmten Wand entlang gegen ein enges Felstor, durch das ein bleiches Zwielicht schimmerte, ohne den tiefblauen Dämmerschein zu stören, der den ganzen Raum erfüllte. Dieses magische Licht schien aus dem kleinen See zu quellen, der dicht vor Veverls Füßen lag, jetzt ruhig und so glatt wie ein geschliffener Saphir von dunkler Farbe, im nächsten Augenblick aufwallend und Blasen werfend wie kochendes Wasser, und wieder still und ruhig, bis das alte Spiel begann. Dazu ein unablässiges Triefen und Rieseln an den Wänden, ein immerwährendes Klatschen der schillernden Tropfen, die von den abenteuerlich geformten, bläulich leuchtenden Zacken und Buckeln der gewölbten Decke herunterfielen in die geheimnisvolle Flut.

„Wie gfallt's dir da?" hörte Veverl in ihrem bangen Schauen den Alfen fragen. „Schau, dös is mein Brunnen."

Sie nickte und flüsterte tief atmend vor sich hin: „Der Zauberbrunn!"

„Ganz recht, der Zauberbrunn", lächelte er, „weißt, aus dem ich 's Wasser trink, dös ewig jung macht und ewig gsund. Aber komm, da kannst dich a bißl setzen! Da sitz ich oft ganze Stunden lang und schau so eini in dös blaue Wunder, weil's mir selber soviel gfallt."

Er führte sie zu einer aus groben Felsstücken errichteten Bank, über die ein Brett gelegt war. Lange saßen sie hier, stumm vertieft in den Anblick des wundersamen Schauspiels.

Da schauerte Veverl fröstelnd zusammen; sie war wohl völlig angekleidet, doch hatte sie ihr Tuch nicht umgeschlungen.

„Gelt, a bißl frisch is da herin!" hörte sie den Alfen sagen. „Komm, da draußen macht's wärmer."

Er führte sie zu jenem engen Felstor, durch das sie in einen breiten Höhlenraum gelangten, der ihnen gegenüber eine mannshohe Öffnung zeigte. Die mußte ins Freie führen. Durch sie erhielt der Raum ein Licht, als läge er im Frühschein eines erdämmernden Morgens. Für Veverls Augen schien nach der langen Nacht, in der sie geweilt hatte, dies graue Licht der helle Tag zu sein.

„Schau, dös is mei' Werkstatt", sagte er, „mein Keller, mein

Stadel, mein Schupfen. Und da draußen is der Stall. Schier an ganzen Bauernhof hab ich da beinand."

Nahe der hellen Öffnung stand ein kleiner Tisch, der mit allerlei Werkzeug und halbvollendeten Schnitzereien bedeckt war. Daneben stand ein plump aus Brettern gefügter Schrank. In Ecken und Nischen waren Vorräte von Schnitz- und Brennholz aufgespeichert. An einem in der Wand befestigten Zapfen hingen große Stücke frischen Fleisches, und darunter sah man ein blutiges Lammfell zum Trocknen über gekreuzte Stäbe gespannt. Veverls Köpfl hatte viel zu tun, um diese ganze Natürlichkeit, die sich ihren Blicken bot, ins Übernatürliche zu übersetzen. Mit allem kam sie zurecht, nur mit den dicken Berggrasbüscheln, die in einer Ecke aufgeschichtet lagen, wußte sie nichts anzufangen. Ihre erste Meinung, als wäre das eine Art von Geistergemüse, schien ihr doch ein wenig zu gewagt. Die Erklärung ließ nicht lange auf sich warten. Als sie sich mit ihrem Alfen jener Öffnung näherte, sah sie draußen auf einem von magerem, mattfarbigem Moos bewachsenen Raum eine Ziege liegen. Freilich, die Milch, die Veverl getrunken hatte, mußte doch irgendwo hergekommen sein. Eine Kuh im Alfenreich? Das wäre ihr nicht glaubhaft vorgekommen. Aber so eine zottige, krummhornige Ziege hat doch immer ein bißchen was Geisterhaftes und Urweltliches. Meckernd sprang das spitzbärtige Tier in die Höhe, während Hansi krächzend von Veverls Schulter flatterte und durch die Öffnung entflog. „Jesus, mein Hansi!" fuhr sie stammelnd auf, die beiden Hände nach dem fliegenden Vogel streckend.

„Mußt dich net sorgen! Der kommt schon wieder. Er fliegt halt a bißl umanander, frische Luft schnappen."

Sie trat hinaus auf den von dicht ineinander geflochtenen Latschenzweigen umhegten Raum. Es war die Oberfläche einer überhängenden Felsspalte. Und nun wußte Veverl sich jenes unablässige Murmeln und Rauschen zu erklären. Weiß schäumende Wellen rollten ihr zu Füßen vorüber, um weiter abwärts zwischen steil gesenkten Wänden brausend zu verschwinden, als stürzten sie in bodenlose Tiefe. Ein Schauder überflog das Mädel, während es die Augen über den Lauf der Wellen aufwärts gleiten ließ bis zu einem brodelnden Wasserkessel, in den aus dunkler Höhe rauschende Fluten sich ergossen. Es war ein unheimlicher Anblick. Überall Zeichen einer wilden Zerstörung, überall verwaschenes, unterwühltes und zerrissenes Gestein, in allen Fugen und Schrunden ein Wust von zertrümmertem Holz. Und als sie von diesem finsteren Bild die Augen zur Höhe hob, in Sehnsucht den lichten Himmel suchend, versperrten vorspringende Steinplatten und ineinandergreifende Felsgefüge ihren Augen den Aufblick, so daß sie wieder zurückkehren mußten zu dem rauschenden Gewässer.

„Wie grausig!" Veverl schauerte.

Der an ihrer Seite stand, nickte vor sich hin und sagte: „Wie halt der Höllbach is!"

Erbleichend taumelte Veverl zurück. „Jesus Maria! Dös is der Höllbach?" Sie hob die Hand, um sich zu bekreuzen. „Ich bitt gar schön, daß wir fortgehn – fort von da!"

Sie fühlte kaum, daß seine Hand die ihre faßte, um sie zurückzuführen – atmete nur auf, weil jenes fürchterliche Bild verschwand und jenes Brausen ferner klang und wieder zu sachtem Murmeln und Rauschen sich dämpfte.

Zitternd sank sie auf das Bett und sah mit angstvollen Augen ihren Edelweißkönig an, der auf einen Stuhl sich niederließ und wie unter schmerzenden Gedanken die Stirn in die Hände nahm. Als er nach einer stummen Weile sich wieder aufrichtete, fragte er zögernd: „Warum bist du denn so arg erschrocken vor'm Höllbach?"

„Weil da an Unglück gschehen is, a fürchtigs Unglück!" hauchte sie. „Dös hat meim Jörgenvetter 's Haar grau gmacht und hat eim 's Leben kost', der 's Leben verdient hätt! Du mußt es ja wissen, du, der alles weiß!"

„Ah ja! Wer sollt's denn wissen, wann ich's net weiß!"

Veverl hatte kein Ohr für den seltsamen Ton dieser Worte. „Und du? Du hättst dös Unglück verhüten können!" stammelte sie in Hast. „Weswegen net hast es tan? Weswegen net hast ihm gholfen?"

„Wann ich gwußt hätt, daß er dich gar so dauert, wer weiß, leicht hätt ich's tan. Und wann er jetzt leben tät? Sag, Veverl, wärst ihm a bißl gut?"

„Von Herzen gut! An einzigsmal bloß hab ich ihn gsehen, in der Nacht, und soviel erschrocken bin ich gwesen! Aber allweil hab ich an ihn denken müssen. Und alle sagen, wie grad und richtig als er gwesen is! Und keiner will's glauben, daß er so ebbes Fürchtigs angstellt haben kunnt und daß er –"

„Daß er Menschenblut an die Finger hat!"

Veverl erschrak bis in die Seele.

„Gelt? Jetzt verschlagt's dir aber d' Red! Tätst wissen, wie alles kommen is, leicht tätst von der Sach a bißl besser denken als wie 's Gricht, dös man hinter ihm herghetzt hat. Freilich, 's Gricht därf net fragen: warum? Dös kann bloß fragen: was? Aber du! Sag Veverl, wer is dir 's Liebste gwesen im Leben?"

„Mein Vater selig."

„Und jetzt denk dir, es wär einer kommen, der dein' Vater um d' Ruh bracht hätt, um Glück und Licht!"

„Ich hätt's net glitten!" fuhr Veverl mit bebenden Worten auf. „Den hätt ich packt, den wüsten Kerl."

„No schau! Viel anders hat's der Ferdl net gmacht. Was dir dein Vater war, dös is dem Ferdl die Hanni gwesen, sein Auf und Nieder, sein Alles! Soviel gfreut hat er sich, wie 's ihn einbrufen haben nach München zum Militär. Weil d' Hanni drin war in der Stadt. Und da waren s' oft beianand, die zwei. Allweil hat er sich a bißl Sorgen gmacht, weil d' Hanni so traurig dreingschaut hat. 's Heimweh, hat er halt gmeint, 's Heimweh hätt ihr 's Herzl anpackt. Auf ebbes anders hat er net denkt. Drum hat er seim Bruder gschrieben, ob 's net gscheiter wär, sie täten die Hanni heim. Und da kriegt er z' Mittag amal an Brief vom Jörg, daß d' Mariann kommt am andern Tag und d' Hanni heimholt. Gleich is er zur Hanni glaufen. Und 's Madl is erschrocken – der Ferdl hat gmeint: vor lauter Freud. Am andern Morgen findt er richtig die Mariann auf'm Bahnhof, und ihr erster Weg is zur Hanni gwesen. Die wär fortgangen, hat's gheißen, gegen den Platz ummi, wo dem Ferdl sei' Kasern war. Da sind s' der Hanni nach. Und wie s' zur Torwach hinkommen, wird dem Ferdl a Brief geben – a bildsaubers Fräulen hätt ihn dalassen, hat der Feldwebel gsagt, und wär gegen d' Isar nuntergangen."

„A bildsaubers Fräulen?" warf Veverl flüsternd ein. „Dös kann doch niemand anders gwesen sein als d' Hannibas!"

Er nickte. „Der Ferdl macht den Brief auf und denkt sich noch allweil nix. Kaum fangt er 's Lesen an, da hat sich alles dreht um ihn. Es is gwesen, als falleten die Häuser über ihn her und der Himmel und alles. Und die Mariann hat er beim Arm packt: Komm, um tausend Gotts willen, komm, leicht is's noch net z'spat! Und fortgrennt sind s' mitanand, daß ihnen der Schnaufer schier ausgangen is. Wie s' nunterkommen zur Isar, sehen s' die Leut beieinanderstehn – Veverl! Wie soll ich dir sagen, was dös für an Anblick war: wie d' Hanni so daglegen is auf'm Pflaster!"

Veverl sah die Tränen nicht, die ihrem Alfen in den Bart kollerten. Sie saß gebeugt und schluchzte in die Hände.

„Gelt, Veverl, so ist dein Vater daglegen vor dir! Da mußt dir auch denken können, wie 's dem Ferdl war! Du hast weinen können und beten. Im Ferdl aber war nix anders als wie dös einzige: Mei' Hanni, und der s' betrogen hat um Ruh und Glück, der s' einizogen hat in d' Schand und ins Wasser, der lebt, der lebt! Und da hat's ihn anpackt wie Feuer im Hirn, wie Nesseln im Blut. Forttrieben hat's ihn, hin zu dem, der d' Hanni auf'm Gwissen hat. Wie dös gwesen is in ihm, da hätt er sich nacher nimmer drauf bsinnen können, und wann's sei' ewige Seligkeit golten hätt! Erst wie dem andern 's Blut über 's weiße Gsicht glaufen is und wie er ihn niederfallen hat sehen, da is ihm der halbe Verstand wieder kommen. Und da hat ihn 's Grausen packt über die eigene Schandtat –"

„Es war kei' Schandtat net, es is an Unglück gwesen", klagte Veverl, „und unser Herrgott wird's ihm net vergessen haben, daß ihm 's Herzleid um d' Schwester den Sinn verwirrt hat."

„Veverl! Dös war a barmherzigs Wörtl. Ich sag dir Vergelts Gott!"

Betroffen blickte Veverl auf. Und da sprach er nach kurzem Schweigen mit leiser Stimme weiter: „Tausendmal hab ich mir schon denkt, daß der Herrgott Gnad für Recht hat walten lassen, weil er's dem Ferdl erspart hat, a Menschenleben auf'm Gwissen z'haben. Es brennt ja Menschenblut schon gnug! Und alles andre! Alles andre noch dazu! Aber –" Verstummend sprang er auf, als wollte er alle Erinnerung an diese trübe Geschichte von sich abwerfen. Und während er sich aufs Knie niederließ, sagte er: „Schau, dös is net recht, daß wir über dem Ferdl auf dein Fußerl ganz vergessen." Er bückte sich, um ihr die Schuhe herunterzuziehen, und hielt ihr zwei schwarze, wenig geisterhafte Filzpantoffel hin, in denen Veverls Füße verschwanden wie weiße Mäuschen im Dachsbau.

Sie sah ihn an, wie betäubt von allem, was sie gesehen und gehört hatte. Bald fröstelte sie, bald glühten ihr die Wangen.

„Veverl, ich glaub, es braucht's kein' frischen Umschlag nimmer. A bißl Ruh noch, und alles is gut." Er erhob sich, nahm seinen Platz auf dem Sessel wieder ein, kreuzte die Arme, nickte vor sich hin und sah ihr ernst in die Augen.

Veverl hielt seinen Blick eine Weile aus, dann senkte sie die Lider, als würde ihr bang vor dieser schwermütigen Glut.

Da sagte er: „Gelt, freust dich schon, daß bald wieder fortkommst aus der Finsternis und heim zu deine Leut?"

Sie zuckte zusammen und schwieg.

„Sag, Veverl? Wann wieder daheim bist, wirst auch diemal denken an mich?"

Sie nickte.

Er setzte sich an Veverls Seite auf das Bett. „Dös därf ich mir doch net hoffen, daß d' mich wieder amal bsuchen tätst?"

„Dös ging doch gar net!" stammelte sie. „Ich hab ja mein Königsblüml verloren."

„Richtig, ja!" bestätigte er. „So eins wachst alle Jahr bloß an einzigs. Gelt? Aber dös wär kein Hindernis net. Wann ich amal wem gut bin, braucht er 's Königsblüml nimmer. Da gibt's aller-lei Merkzeichen, wo ich ganz gern drauf geh. Zum Beispiel: wann d' am Höllbach in die Höh steigen tätst, bis zur ‚hohen Platten' –"

„Wo 's Unglück mit dem Ferdl gschehen is?" unterbrach ihn Veverl, während sie ein Gefühl hatte, als begännen sich auf ihrem Kopf die Haare zu rühren.

„Ja, so a Platzl is bsonders gut für so was! Wann du da an Stein in' Höllbach wirfst und bis zehne zählst und wieder wirfst und wieder zählst, fünfmal hinteranander, nacher tät ich wissen, daß du droben bist. Und auf der Stell wär ich bei dir! Aber –" Seufzend drückte der Alf, gleichsam zum fühlbaren Vorwurf, den Ellbogen sacht an Veverls Arm. „Gelt, du kommst nimmer?"

Veverl hatte nicht den Mut zu schweigen. „Man kann net wissen –" lispelte sie, bebend am ganzen Leib.

„Man kann net wissen?" wiederholte er. „Was ich weiß, weiß ich gwiß: daß mir bang sein wird um dich und daß ich allweil bei dir sein will mit meine Gedanken. Du hast mir liebe Stunden einibracht in mein unguts Leben. Du bist mir gwesen wie a freundlichs Lichtl in der Finsternis. Wann jetzt gehst, wird's wieder Nacht. Und doppelt traurig schaut sich mein Leben an!"

Veverl saß mit geneigtem Kopf, die zitternden Hände im Schoß gefaltet. Sie spürte ein hämmerndes Pochen an ihrem Hals und fühlte Schauer um Schauer auf ihren Schultern. Wie herzlich sprach er zu ihr! Dennoch war ihr die Brust zusammengeschnürt in Furcht und Bangen, die Seele erfüllt von namenloser Angst. Sie guckte scheu an ihm hinauf und erbebte vor der leidenschaft-lichen Flamme, die ihr aus seinem Blick entgegenschlug. Ehe sie wußte, wie ihr geschah, hatte er ihre Hand ergriffen, seinen Arm um ihre Schultern geschlungen, und so zog er sie an seine Brust, unter den leisen Worten: „Veverl, schau, am liebsten ließ ich dich gar nimmer fort von mir und tät dich bhalten für Leben und Ewigkeit!"

Da sprang sie auf mit einem markerschütternden Schrei und riß sich aus seinen Armen.

„Veverl!" stammelte er und streckte die Hände nach ihr.

Sie taumelte vor ihm zurück. „Jesus Maria!" stöhnte sie mit blassen Lippen und schlug in Grauen die Arme vor das Gesicht.

Wenige Schritte folgte ihr der Alf mit gestreckten Händen, unter wirren Worten. Dann blieb er stehen, sah sie schweigend an und wandte sich ab. Die Fäuste an die Schläfen pressend, verschwand er aus der Höhle.

Mühsam nach Atem ringend, richtete Veverl sich auf. ‚Fort, fort, fort!‘ Das war in Todesangst ihr einziger Gedanke. Sie starrte um sich, ihre Augen fanden den dunklen Trichter des Felsenganges und die flackernde Fackel. Sie huschte vom Bett, fuhr in die Schuhe, riß die Fackel von der Wand und stürzte mit ihr dem dunklen Schachte zu, auf den Lippen das Stoßgebet: „Heilige Mutter Gottes, steh mir bei!"

Keuchend hastete sie sich hinauf über Stufen und Geröll. Der Qualm der Fackel benahm ihr fast den Atem. Manchmal lehnte sie sich erschöpft an die Steinwand, um gleich wieder aufzufahren, erschreckt durch das gespenstige Flattern der ‚Geisterdrachen‘, zu denen in ihren Augen die aus den Felsschrunden aufgescheuchten Fledermäuse wurden. Vorwärts und vorwärts! Bei diesem angstvollen Hasten wurden ihr die Minuten zu Stunden. Nun war der Schacht zu Ende. Kein Weg mehr. Vor sich und zu beiden Seiten fühlte und gewahrte sie nur kaltes, regungsloses Gestein. Im gleichen Augenblick klang hinter ihr eine Stimme, die ihren Namen schrie und unter dem Widerhall der hohlen Wände dröhnte. Die Fackel sank aus Veverls Händen, sie erlosch – und durch die Finsternis schimmerte in dünnem Streif ein grelles Licht. Den Namen des Erlösers kreischend, stürzte Veverl sich gegen die lichte Stelle. Der Stein gab nach. Aufjubelnd wankte sie hinaus in den hellen Tag, fast erblindend vor dem lang entbehrten Glanz der Sonne. „Veverl! Veverl!" tönte es noch aus dem Schacht. Sie floh wie ein gehetztes Reh durch die schlagenden Zweige der Latschenbüsche. Als sie den Almsteig erreichte, brach sie erschöpft zusammen, faltete die Hände und wollte beten. Ein donnerndes Krachen schreckte sie auf und trieb sie zu neuer Flucht. –

Ganz nahe war ein Schuß gefallen. Über dem Höllbach drüben, vor der Jagdhütte.

„Herr Graf", hatte Gidi zu seinem Herrn gesagt, „an Schuß sollten S' doch machen, vor wir auffisteigen. Damit S' doch wissen, ob 's Büchsl noch richtig hinschießt."

Schweigend hatte Luitpold das Gewehr aus Gidis Händen genommen und an die Wange gehoben. Auf hundertfünfzig Gänge lag zwischen den Bäumen ein faustgroßer, weißer Stein. Als der Schuß krachte, war er verschwunden.

„Geht schon noch! Sauber auch noch!" schmunzelte Gidi. Es war für ihn, seit sie am verwichenen Nachmittag das Schloß verlassen hatten, der erste vergnügte Augenblick.

Welch eine trübselige Nacht war das gewesen! In der Hütte waren die beiden vor dem flackernden Feuer gesessen, und Gidi hatte erzählen müssen – vom Finkenhof und ‚vom selbigen Tag in der Hahnfalzzeit'.

Der Morgen hatte schon durch die kleinen, vergitterten Fenster gegraut, als sie zur Ruhe gegangen waren. Von einer Frühpirsch auf den ‚Kapitalhirsch' war keine Rede mehr.

Jetzt ging es der Höhe zu. Es galt den drei ‚Fetzengamsböcken', die so ‚gfangig' standen. Zuversichtlich stieg Gidi, den Hund an der Leine führend, seinem Herrn voran. Da droben wird's ‚schnallen'. Mindestens einer von den drei Böcken mußte ‚dran glauben'.

Als die beiden Jäger zu dämmernder Abendzeit in die Jagdhütte zurückkehrten, war der dicke Edelweißbuschen auf Gidis Hut die ganze Beute. Gidi machte ein Gesicht wie ‚neun Tag Regenwetter'. Hatte er doch beim ‚Anriegeln' des ‚Bogens' von der Schneide der Höllenleite aus durch das Fernrohr mit angesehen, wie sich der stärkste der drei Böcke vor den Stand des Grafen hingestellt hatte, ‚schier mit'm Bergstecken zum Derschlagen'. Vergebens hatte Gidi nach dem sehnsüchtig erwarteten ‚Schnaller' ausgelauscht. Die Büchse quer im Schoß und den Kopf in die Hände gestützt, hatte der Graf neben dem Wechsel gesessen, während das Wild an ihm vorüberzog, gemächlich, als wüßte es, wie wenig Gefahr ihm drohe von dem so tief in Gedanken Verlorenen.

„Alles, was recht is! A richtiger Mensch muß trauern, wann er ebbes Liebs verliert. Aber an Gamsbock, der sich hinstellt auf a Dutzend Gäng, den braucht man deswegen net auslassen!"

Jetzt guckte Gidi im Küchenraum der Jagdhütte verdrießlich in die Pfanne, in der die ,Röschnocken' schmorten, sein und seines Hundes Nachtmahl.

In der Jägerstube saß Luitpold, durch das offene Fenster aufblickend zum dämmernden Himmel. Manchmal nippte er von dem roten Wein, der auf dem Tische stand.

Als Gidi hereinkam, um die Hängelampe anzuzünden, erhob sich Luitpold, wünschte seinem Jäger gute Nacht, lockte den Hund zu sich und zog sich zur Ruhe in das ,Grafenstüberl' zurück.

„Du lieber Herrgott! Den hat's arg erwischt! Der braucht a Zeitl, bis er sich wieder zammklaubt! – Laßt an Gamsbock durch!"

Der Jäger ging in die Küche zurück, um das Geschirr zu spülen und aufzuräumen. Als er damit zu Ende war, trat er ins Freie, schaute nach Wind und Wetter aus, schloß an allen Fenstern die Läden und versperrte, als er in die Hütte zurückkehrte, hinter sich die Tür.

In der Stube ließ er sich den Rest des Weines schmecken. Plötzlich erhob er sich, nahm seinen Hut vom Zapfen und betrachtete den Edelweißbuschen. „Ah was! Ich trag ihr den Buschen ummi. Weil er gar so schön is! Sie braucht ja net denken, daß er von mir kommt. A Freud hat s' doch!" Lautlos nahm er die Büchse, öffnete die Hüttentür, sperrte sie von außen wieder ab und sprang durch die Nacht dem Almsteig entgegen.

Als er die Lichtung erreichte, auf der er wenige Nächte zuvor mit dem ,Schafdieb' zusammengetroffen war, stockte ihm plötzlich der Fuß. Es war ihm, als hätte er ein Geräusch gehört, ein Rascheln im Gebüsch. Er lauschte in die Nacht hinein. ,Is wohl a Stückl Wildbret gwesen!' dachte er und sprang gegen die Brünndlalm.

Da tauchte aus den Büschen eine dunkle Mannsgestalt heraus, die sich über die schräg liegenden Felsplatten auf den Steig heruntergleiten ließ. Scharf hob sich das geschwärzte Gesicht mit dem lang herunterhängenden Schnurrbart von den helleren Steinen ab. Leis lachend spähte der Bursch dem Jäger nach und warf die kurze Büchse, die er in der Hand getragen, hinter die Schulter. „Dich hab ich glegen derschaut! Jetzt will ich dir den Almtanz danken! Geh nur fensterln! Ich zünd dir derweil a Lichtl an, daß d' leichter wieder heimfindst!"

Hastigen Laufes folgte er dem Pfad, bis die stille, dunkle Jägerhütte vor ihm lag. Neben der Tür waren dicke Reisigbündel aufgeschichtet, wie sie zum Entzünden des Herdfeuers dienen. Eines um das andere nahm er und reihte sie zu Füßen der Holzwand rings um die Hütte. Fast hatte er den Kranz geschlossen, als er aus dem Innern der Hütte den Anschlag eines Hundes vernahm.

„Schau, jetzt hat er sein Hundsviech daheim lassen! No, d' Jagdhund mögen 's Warmhaben gern!"

Er bückte sich, ein leises Zischen, und durch das dürre Reisig züngelten blaue Flämmchen.

Da fuhr der Wilddieb erschrocken auf. Ein klirrender Laut war an sein Ohr geschlagen, als wäre in der Höhe des Latschenfeldes die eiserne Spitze eines Bergstockes gegen einen Stein gestoßen worden.

Der Bursche spähte über den Berghang.

Sein Blick drang durch die Nacht nicht hinauf bis zu jener Höhe, in der zwischen dichtem Latschengebüsch zwei Männer standen, Hand in Hand.

„Und pfüet dich Gott jetzt!" sagte der eine, der auf dem Rücken eine schwerbeladene Kraxe trug. „Ich hol in einer von die nächsten Nächt, was ich heut net tragen kann. Leicht is bis dahin auch a Schreiben vom Münchner Advokaten da. Und wie d' Antwort ausfallt, so oder so – in derselbigen Nacht mußt fort und über die Grenz."

„Jetzt geh ich doppelt schwer."

„Es muß sein. So geht 's nimmer. Es reden d' Leut schon davon, daß ich so oft in der Nacht net daheim bin. Und gelt, sei gscheit und nimm dich in acht! Damit net am End noch wer dahinterkommt, wer im Höllbachgraben haust."

Mit festem Druck umschlossen sich die Hände der beiden. Während der eine sich niederließ auf das Gestein und den Kopf in die Hände stützte, rückte der andere die Kraxe höher und stieg durch die Büsche hinunter.

Als er den Almsteig erreichte, wurde er angerufen: „Wer da?" Fast brachen ihm die Knie vor Schreck. Nur einen Augenblick währte die Schwäche, die ihn beim Klang dieser Stimme überkommen hatte. Dann sprang er hinaus über den Steig und keuchte dem finsteren Walde zu, verfolgt von jenem, der ihn angerufen. Talwärts ging es in wilder Jagd. Sorge und Verzweiflung schienen dem Menschen übermenschliche Kräfte zu geben; aber die Last auf seinem Rücken wurde wie Blei, der Atem begann ihm zu versagen, und von Schritt zu Schritt verminderte sich die Hast seines Laufes. Aus dem Walde vermochte er noch hinauszuwanken auf eine Rodung. Dann erloschen ihm die Kräfte. Da stand auch schon der Verfolger vor ihm.

„Finkenbauer! Du!"

„Ja, Gidi! Aber mußt dir nix Übels denken. Um tausend Gotts willen bitt ich dich, komm morgen zu mir und laß mit dir reden!"

„Der Finkenbauer auf Schleicherweg? Da brauch ich weiters nix wissen. Dös geht kein' Jager ebbes an. Dös schlagt ins Steuerfach!" Die Achseln zuckend, wandte sich Gidi und schritt dem Waldsaum entgegen. Er suchte den Steig nicht wieder zu gewinnen. Quer über den Berghang nahm er die Richtung nach der Jagdhütte.

Manchmal blieb er stehen, um seinen erregten Atem zur Ruhe kommen zu lassen. Einmal murmelte er vor sich hin: „O du narrische Welt! Was eins erleben kann! Der Finkenbauer als heimlicher Schmuggler! Jetzt tät's mich nimmer wundern, wann sich d' Hebamm maschkieren möcht als Schützenhauptmann."

Da hob er lauschend den Kopf. Es war ihm, als vernähme er zwischen den Bäumen einen leisen Schritt, der sich zu nähern schien. „Ja Himmel! Is denn heut der ganze Berg lebendig?"

Nun sah er eine dunkle Gestalt vorüberschreiten. Heiß schoß ihm das Blut zu Kopf, als er über die Schultern jener Gestalt den Lauf einer Büchse aufragen sah. Im gleichen Augenblick gewahrte er auch die scharfe Linie des geschwärzten Gesichtes mit dem langen Schnurrbart. Und da sprang er schon mit wildem Satz auf den Burschen los und schlug ihm die Faust ins Genick. „Hab ich dich amal, du Lump, du kotzmiserabliger!"

„Für heut noch net!" zischte Valtl und riß, unter Gidis Faust sich duckend, das Gewehr von der Schulter. Der Jäger erkannte die Gefahr und fuhr mit beiden Händen nach der Büchse. Zu spät. Ein Blitz, ein Knall. Und „Jesus!" konnte Gidi noch stöhnen. Dann brach er zusammen, und der Waldboden trank sein Blut.

Der Hall des Schusses rollte über den Berghang und brach sich mit dumpfem Widerhall an den finsteren Felsen.

Da fuhr auch jener einsame Träumer, der immer noch, seitdem ihn Jörg verlassen, regungslos auf dem Steine saß, empor aus seinen brütenden Gedanken. Ein Schuß? Wer konnte da geschossen haben? Mitten in der Nacht? Er spähte talwärts. Über dem Höllbach drüben sah er eine grelle Röte durch die Bäume leuchten, sah züngelnde Flammen aufschlagen zwischen den schwarzen Lärchenwipfeln.

„Herrgott im Himmel! Dem Gidi sei' Hütten brennt! Da hat's an Unglück geben! Und er is heroben! Er und der Gidi! Gütiger Herrgott, laß mich nur jetzt net z'spat kommen!"

Das waren nicht mehr Gedanken, es waren stammelnde Schreie. Und der sie ausstieß, jagte in rasendem Laufe talwärts, immer entlang dem abstürzenden Ufer des Höllbachgrabens, der Gefahr nicht achtend, die ihm drohte, oft in mächtigem Sprung hinwegsetzend über Steinblöcke und wirres Buschwerk. Als er den Balken erreichte, der den Höllbach überbrückte, hörte er schon das Krachen des brennenden Gebälks, das Rauschen der Flammen und das Geheul des Hundes. So schauerlich diese Laute klangen, sie gaben ihm Hoffnung, sie sagten ihm, daß in der Hütte das Leben noch nicht unmöglich geworden.

Nun stand er vor dem brennenden Hause, sah, wie der Rauch in dicken Stößen aus den vergitterten Fenstern quoll, und sah die Flammen auf und nieder lecken über die geschlossene Tür. Wie diese Tür öffnen? Mit verzweifelten Blicken spähte er umher. Kein Balken, kein Pfahl, kein Scheit! Aber dort, unter einer Lärche, stand der schwere Baumblock, der als Hackstock diente. Auf diesen Block stürzte er zu, riß ihn empor und schleuderte ihn gegen die glimmende Tür. Krachend klafften die Bretter auseinander. Während der Block zurückrollte von der Schwelle, zwängte sich schon der Hund mit heiserem Gewinsel durch die eröffnete Lücke, stand mit hängender Zunge, schüttelte die Funken von seinem Fell und stürzte aufheulend davon, zwischen den Bäumen verschwindend.

Ein Ruck der kräftigen Arme, die den Block geworfen, und die klaffenden Türbretter flogen zur Seite. Rötlicher Qualm schlug dem Eindringenden entgegen und trieb ihn wieder zurück über die Schwelle. Unter tiefem Atemzuge hob sich seine Brust. Dann stürzte er wieder vorwärts, hinein in den von zuckender Helle und lichtem Rauch erfüllten Küchenraum. Da stieß sein Fuß gegen einen menschlichen Körper. Er schrie, warf sich auf den gepflasterten Boden hin, riß den Leblosen an seine Brust und wankte mit ihm ins Freie. Aufatmend stand er still und erkannte das blasse Gesicht. „Er!" Seine Augen hingen wie gebannt an dieser weißen, von der breiten Narbe durchzogenen Stirn. „Der Gidi? Jesus, der Gidi!" Er ließ die Last seiner Arme niedergleiten ins Moos und wandte sich wieder der brennenden Hütte zu. Schon stand er auf der Schwelle. Da stürzte ein glühender Pfosten vor ihm nieder, und krachend neigte sich die eine Seite des Gebälkes, dessen Klammern das Feuer schon zerbissen hatte. „Da gibt's kein Helfen nimmer!" Er bekreuzte sich und sah mit trauernden Augen in den glostenden Haufen. Nun schrak er auf und sprang zu dem anderen, warf sich nieder zu ihm, griff nach der Stelle des Herzens, fühlte unter den zittern-

den Fingern ein mattes Pochen, raffte den Körper des Bewußt-
losen auf seine Arme und eilte mit seiner Last in keuchendem
Lauf dem Steige zu und hinauf über den steinigen Berghang,
wo ihn die dichten Büsche verschlangen.

Er sah nicht mehr den Fackelschein, der sich auf dem Almsteig
hastig einherbewegte durch den Wald. Und beim Rauschen des
Höllbachs hörte er die schreiende Mädchenstimme zwischen den
Bäumen nicht: „Da, Dori! Da! Da!"

„Ja, Enzi, da bin ich schon!" klang aus dem Wald die Antwort
des Buben. „Was is denn? Wie ich aufgefahren bin aus'm Schlaf
und hab dich schreien hören, hab ich gmeint, es träumt mir! Was
is denn, sag?"

„Es muß was geben haben! A Stund kann's her sein, da bin
ich aufgewacht, und es is mir gwesen, als hätt ich an Schritt ghört
vor der Hütten." Daß sie Gidis Schritt erkannt und den Edelweißbuschen vor ihrem Fenster gefunden hatte, das verschwieg
sie. „Gar nimmer schlafen hab ich können. Und auf amal hat's
gschossen. Gleich hab ich mir denkt, da muß ebbes net in der
Ordnung sein. Mit'm Jager! Angehn tut er mich freilich nix, der
Jager, aber a Mensch is er doch! Drum hat's mir kei' Ruh nimmer
lassen –" Mit kreischendem Aufschrei verstummte Enzi. Etwas
Erschreckendes war dicht an ihrem Rock vorübergefahren. „Was
is denn dös gwesen?" stammelte sie und neigte die Fackel.

„Dem Gidi sein Hundl!" schrie der Bub und deutete dem
Schweißhund nach, der mit suchender Nase über den Steig surrte
und zwischen den talwärts ziehenden Büschen verschwand.

„Heilige Mutter! Dem Gidi is ebbes gschehen!" schluchzte Enzi
und fing zu laufen an, daß dem Dori die langen Beine zu kurz
wurden. Nun blieb sie ohne Atem stehen, wie versteinert, und
lauschte gegen den tieferen Wald. „Dori? Hörst es!" stieß sie mit
heiserem Geflüster vor sich hin. „Hörst es denn net? Da drunt!"

Durch die Finsternis des Waldes klang der klagende Standlaut
des Hundes, der seinen Herrn gefunden hatte.

Ehe Dori einen Gedanken auszudenken vermochte, war Enzi
schon zwischen den Bäumen verschwunden. Der Bub rannte mit

erhobener Fackel der Richtung zu, die sie genommen. Wohl vernahm er immer wieder das Rauschen und Brechen der Büsche und Zweige. Dennoch gelang es ihm nicht, das Mädel einzuholen. Näher und näher klang das Heulen des Hundes. Jetzt durchzitterte ein herzzerreißender Schrei die stille Nacht.

Keuchend kam Dori zur Unglücksstelle und sah den Jäger ausgestreckt auf der Erde, sah das Mädel über ihn hingeworfen und sah den Hund, der winselnd an der Faust seines Herrn leckte.

„Enzi!" stammelte Dori. Da fuhr das Mädel auf und schrie: „Da schau, jetzt haben s' ihn mir erschossen! Mein' Buben!" Wieder warf sie sich neben den Jäger hin, hob seinen Kopf in ihren Schoß und kreischte: „Jesus Maria! D' Augen hat er offen. Und reden möcht er, und anlachen tut er mich! Gidi! Du Lieber, du Guter, du! Um tausend Gotts willen, mach d' Augen nimmer zu!" Ihre Worte erstickten. Während sie mit dem Arm über ihre Augen fuhr, sprudelte es wieder von ihren Lippen: „Ich bin die Richtige! Pfui Teufel! Heulen kann ich! Nix als heulen, wo 's Helfen gscheiter wär! Weiter, Dori! Steck 's Licht in Boden! Und her zu mir!"

„Ja, Madl, ja!" stammelte der Bub und bohrte die Kienfackel in den moosigen Grund. „Enzi!" Er lauschte. „Mir is, als höret ich Leut im Wald!"

„Leut? Die schickt mir der Herrgott! Da is ihm zum Ausgleich ebbes Verstandsams eingefallen!" Mit hallender Stimme schrie sie in den Wald hinein: „Ho! Leut! Da her! Da her!"

„Ho! Ho!" scholl es von verschiedenen Seiten. Dunkle Gestalten tauchten unter den Bäumen auf. Es waren Holzknechte, die in der Hütte auf dem Höllbachschlage hausten. Sie hatten den Schuß gehört und die Brandröte gewahrt, hatten den Gluthaufen der Hütte gefunden und das jammernde Geschrei des Mädels vernommen. Jeder wußte einen Rat, und es schien ihnen das klügste, den Jäger hinunter ins Schloß zu tragen.

„Nix da!" fuhr Enzi auf. „Dritthalb Stund bis ins Dorf abi? Seids denn verruckt, ös Narrenviecher! Zu mir in d' Hütten kommt er auffi! Weiter, Dori! Her da! Du haltst mir mein'

Buben! Du, Hies, rennst abi ins Ort um an Doktor! Weiter! Du, Sepp, springst auffi in d' Sennhütten, zündst a Feuer an, stellst Milli und Wasser zu! Da hast den Schlüssel zu meiner Truhen, da nimmst dir a meinigs Hemmed und schneidst es in handbreite Streifen! Weiter! Und du und du, ös zwei machts aus Stecken a Traggatter zamm! Und du, Lenzi, hilfst mir Daxen reißen zum Drauflegen!"

Einen Blick noch warf sie auf das Gesicht des Jägers. Dann legte sie seinen Kopf in Doris Arme und sprang auf die nächste Fichte zu, die Hände schon nach einem der buschigen Zweige streckend. Sie zog und zerrte die Äste nieder, daß es krachte durch den Wald, daß die rauhen Rinden ihre Hände blutig rissen und daß ihr der Schweiß in dicken Perlen über die Augen troff. Ihr Eifer feuerte auch die Männer an. Eine Hand kam der anderen zu Hilfe. Ehe noch wenige Minuten vergangen waren, konnten sie schon den Gidi auf die fertige Bahre legen. Sie hoben die Stangen auf ihre Schultern, drei Holzknechte und die Emmerenz. Dori leuchtete mit der Fackel voraus, und ihm zur Seite trippelte der Hund, der immer wieder stehenblieb und winselnd aufblickte zu der stillen Last, die da getragen wurde.


12


Auf dem Heubett, auf dem eine Nacht zuvor das Veverl in wunderlichen Träumen geschlummert hatte, lag Luitpold ausgestreckt. Naß klebte ihm das Haar an Stirn und Schläfen, und die entblößte Brust, die zu atmen begann, war feucht und gerötet.

Der vor ihm kniete, warf die nassen Tücher fort und sprang hinüber zu jener Felsnische, in der das Kruzifix an der Steinwand hing. Er brachte ein zerknittertes Blatt. Das schob er auf den Holzstuhl, auf dem ein kleines Medaillon an goldenem Kettchen lag. Und nun verschwand er lautlos aus der Höhle.

Luitpold griff mit beiden Händen nach seiner Brust und öffnete die Augen. Da traf sein erster Blick die flackernde Helle der Fackel. „Feuer! Das Feuer!" stöhnte er schaudernd und fuhr in die Höhe. Als seine Füße den Felsboden berührten, gewann er das klare Bewußtsein der gefahrlosen Lage, in der er sich befand. Staunend betrachtete er seine seltsame Umgebung und sah in den Glanz der stillen Fackelflamme. Wieder schauerte er zusammen. Bei diesem Leuchten und Flackern tauchte die Erinnerung an jene fürchterlichen Minuten in ihm auf. Er fühlte sich wieder erwachen, hörte die eigene Stimme, mit der er den knurrenden Hund zur Ruhe verwies, hörte das Knistern, das er im wiederbeginnenden Halbschlaf für das Prasseln der Herdflamme gehalten hatte, und empfand aufs neue den stechenden Druck auf der Brust, mit dem er aus qualvollen Träumen aufgefahren war. Wieder hörte er das Winseln und Scharren des Hundes und erinnerte sich, wie er in die Kleider fuhr und durch die raucherfüllte Stube der Tür zustürzte. Alles lebte wieder in ihm auf: wie er vergebens nach dem Jäger schrie; wie er den Herd ohne Feuer und doch alle Räume erfüllt sah von erstickendem Qualm; wie er die Gefahr erkannte und die Tür von außen verschlossen fand, an allen Fenstern die Scheiben öffnete, die Läden aufstieß und ... den starren Eisenstäben rüttelte, über die er die Flammen schon heraufzüngeln sah; und wie er, halb schon betäubt vom Rauch und umkreist von dem heulenden Hund, die Tür hinauszudrücken versuchte und in beginnender Besinnungslosigkeit zu taumeln begann.

Wer hatte ihn gerettet? Wer hatte ihn in diese bewohnte Höhle gebracht? Wer hatte ihn zurückgerufen ins Leben?

Da traf sein Blick den goldenen Schmuck auf dem Sessel. Wer hatte diese Kette von seinem Hals genommen? Hastig griff er danach, öffnete die goldene Kapsel und betrachtete das kleine Pastell, dieses schöne, zarte Mädchengesicht mit den dunklen, tiefen Augen.

Wieder blickte er um sich her. Und gewahrte das Blatt auf dem Sessel, erkannte die feinen, klaren Schriftzüge, mit denen es bedeckt war. „Ihre Schrift! Wie kommt dieses Blatt hierher?"

Mit huschenden Augen begann er zu lesen: „Mein lieber Bruder! Ich weiß, Du hast Deine Johanna lieb, und Du wirst es ihr vergeben, wenn sie Dir Schmerz bereitet. Aber nun muß geschehen, was schon längst hätte geschehen sollen. Heute kommt die Mariann, und ich könnte ihr nicht mehr in die Augen sehen, wenn ich auch nicht glauben kann, daß es Sünde war, was ich beging. Ich habe geliebt. Mehr darf ich vom Leben nicht verlangen. Ich scheide mit Gedanken und Wünschen der Liebe für jenen, der mein alles war, dem auch Du von Herzen gut bist. Grüß mir die Mariann, grüße mir meinen Jörg, sag ihm, daß ich ihm danke für alle Güte. Es wird ihn tief ins Herz treffen, ich weiß es, aber ich kann nicht anders. Sag ihm, daß ich glücklich war. Und Dich, liebster Bruder, küsse ich tausendmal. Wir werden uns wiedersehen, dort, wo alle Menschen gleich sind. Nimm den letzten Gruß Deiner im Tode glücklichen Johanna!"

Lange schon hatte Luitpold gelesen. Noch immer hingen seine Augen an dem Blatt. „Das hat sie geschrieben, ihrem jüngeren Bruder, an jenem unglückseligen Morgen! Aber dieses Blatt? Wie kommt dieses Blatt hierher? Das ist wie eine Mahnung! Von wem kann sie kommen? Es kann nur einer noch von diesem Blatte wissen! Jener, an den es gerichtet war!" Vor sich hinstarrend, streifte er die zitternde Hand über die Stirn! „Ich bin krank! Mit gesunden Sinnen denkt man nicht, daß möglich wäre, was unmöglich ist. Die Toten stehen nicht wieder auf."

Da sprang er vom Bett, mit erwürgtem Schrei, fiel wieder zurück und hing mit irrem Blick an diesem blassen Gesicht, aus dessen Augen Scheu und Vorwurf redeten.

„Du?"

„Ja, Luitpold! Ich, der Ferdl!"

„Und du? Du lebst?"

„Leben? Ja! Aber wie? Da frag lieber net!"

„Darf ich es glauben? Hat mich denn alle Welt belogen?"

„Keiner kann sagen, was er net weiß. Außer meim Jörgenbruder und der Mariann bist du der erste Mensch, der erfährt, daß der Ferdl net im Höllbachgraben liegt."

„Und du? Du warst es, der mich rettete?"

„Ja, Luitpold! Wann ich dös net anders sag als mit Freud, so mußt net glauben, daß ich mir ebbes einbild auf dös bißl Zugreifen im rechten Augenblick. Jeder andere hätt's grad so gmacht. Mich freut's, weil ich sagen kann: die heutige Nacht für den roten Tag in der Stadt! Jetzt sind wir wett mitanander, du und ich. Wann's unser Herrgott gelten laßt!"

„So sollst du nicht reden! Was an jenem unheilvollen Tag geschehen ist, das darfst du nicht auf dein Herz nehmen als eine Schuld!"

„Ich spür's halt so. Und dös hab ich gmerkt aus allem, was über mich kommen is als Buß und Straf. 's Leben is ebbes Liebs. Und 's Sterbenmüssen is net 's Ärgste. Aber leben und tot sein müssen? Keiner, der unterm Wasen liegt, hätt tauschen mögen mit mir. Und doch! Für ein', den 's Wasser schon niederreißt, is jeder Strohhalm a Trost. Allweil hab ich mir fürgredt: Dös is ebbes Fremds in deim Verstand gewesen, du hast nix gwußt von dir und nix von der Hand, die sich aufghoben hat gegen den, der mir allweil nach der Hanni und nach'm Jörg der liebste Mensch war auf der Welt! Wann ich dir sagen kunnt, was gwesen is in mir, wie ich d' Hanni so liegen hab sehen –"

„Wer sollte das besser verstehen als ich? Wer besser wissen, wie wert Johanna der Liebe war, mit der du an ihr gehangen! Es hätte ihres Todes nicht bedurft, um mich erkennen zu lassen, was sie mir galt und was ich an ihr verlor. Denkst du noch an unsere Knabenzeit? Schon damals war mir jeder Tag verhaßt, den ich nicht an ihrer Seite verbringen konnte. Ihr Bild ist mir nachgegangen auf allen Wegen. Und als ich wiederkam? Als ich Johanna vor mir stehen sah in ihrer blühenden Schönheit, fühlte ich beim ersten Blick in ihre Augen, daß mein Herz seine Heimat gefunden hatte. Aber ich dachte an meinen Vater. Bei aller Güte unterschied er streng zwischen Menschen und Menschen. Ich dachte meines eigenen Stolzes und habe gekämpft gegen dieses Gefühl, habe die Gefahr geflohen, weil ich mich zu schwach fühlte, um ihr zu widerstehen. Ich grollte mit meiner Mutter, als sie mir die Versuchung unter das eigene Dach führte. Versuchung? Nein! Wir gehörten zueinander. Das fühlten wir. Dennoch gingen wir aneinander vorüber mit steifer Höflichkeit – bis die Natur ihr verkümmertes Recht erzwang und uns zusammengab in einer Stunde der Leidenschaft."

Luitpold schwieg. Von der Fackel fiel ein Funke auf den Steinboden und erlosch.

„Es war in mir nicht der leiseste Gedanke an Schuld. Ich fühlte nur, daß ich das Glück meines Lebens gewonnen hatte. An jenem unheilvollen Morgen hab ich mit meiner Mutter gesprochen. Mit Freuden hat sie ja gesagt. Johanna war ihr längst wie eine Tochter. Doch als ich Johanna suchte, um ihr diese Nachricht zu bringen, hatte sie das Haus verlassen. Angst befiel mich, als ich auf ihrem Tisch einen Brief mit meinem Namen fand. Ich las. Und alle Sorge war verschwunden. In zärtlichen Worten sprach sie zu mir. Sie hätte geliebt und Liebe gefunden. Mehr dürfe sie vom Leben nicht fordern. Und so wollte sie mir den Kampf zwischen Pflicht und Liebe ersparen. Kein Wort, das nur die leiseste Ahnung ihres fürchterlichen Entschlusses in mir hätte erwecken können. Wohl sprach sie von einem Abschied für immer. Aber ich dachte dabei nichts anderes, als daß sie heimgefahren wäre ins Dorf. Ich wollte ihr nachreisen, war schon auf der Schwelle meines Zimmers. Da standest du vor mir! Und als ich die Verstörtheit in deinen Augen sah, zuckte die entsetzliche Ahnung in mir auf. Ich war schon zu Tod getroffen, noch ehe deine Hand sich erhob." Er grub das Gesicht in die Hände.

Schweigend saßen die beiden. Lange.

Mit zerdrückten Worten brach Ferdl das Schweigen. „Ich hätt's erraten müssen! Aber völlig blind hat's mich gmacht. Und schwer hab ich büßt! Die zwei Tag und Nächt, die ich braucht hab von der Stadt bis ins Dorf, die wünsch ich meim Todfeind net. Und daheim! Der Jörg! Dös anschaun müssen! Wie ich den Sprung über'n Höllbach gwagt hab und wie's mich niedergerissen hat, da war mir's Sterben schier wie Erlösung. Den ersten Aufschlag hab ich noch gspürt, und wie's mich hin und her wirft von einer

Platten zur andern. Nacher weiß ich nix mehr von mir bis zu dem Augenblick, wo ich aufwach und spür, daß ich auf festem Boden lieg, tropfnaß am ganzen Leib, und daß 's Wasser weg- rauscht über meine Füß. Kaum hab ich mich aufheben können. So bin ich gsessen, Stund um Stund, unter mir der Höllbach, über mir a Gwänd, wo einer fliegen hätt müssen, wann er auffi hätt mögen in d' Höh. Da merk ich, daß an dem Platz, wo ich glegen bin, a Schlucht in' Berg eini geht. Ich hab mich weiter- tappt, in die Finsternis, von eim Ghöhl bin ich ins ander kommen und hab kein' Ausweg gfunden. Und es muß doch einer sein! Überall hab ich frische Zugluft gspürt. Aber wer weiß, ob ich aussigfunden hätt, wann ich net im Felsgang a Fledermaus hätt fludern hören. Dös Tierl is mein Engel gwesen – was Schutzengel heißt, dös sieht oft gspaßig aus. Und da hab ich d' Lichten schim- mern sehen. Und bin draußen gstanden unter der lieben Sonn, z'mittelst drin in die dicksten Latschen."

In Erinnerung versunken nickte Ferdl vor sich hin.

„Was a Gstorbener denkt, wann er wieder lebendig wird? Da gibt's keine Wörtln dafür. So lang's Tag war, bin ich in die Lat- schen blieben. Bei der Nacht bin ich nunter ins Dorf. Und wie ich meim Jörgenbruder sei' Freud gsehen hab, da is mir's Leben wieder ebbes wert gwesen. Ich hab ihm verzählt von dem Ghöhl, dös ich im Berg drin gfunden hab. Und da sagt er: ‚Wo dich unser Herrgott hingführt hat, da bleibst!' Acht Tag is der Jörg heroben gwesen bei mir und hat mir gholfen, den Höhlboden von die Stei- ner säubern und den Zugang weiter machen, daß man leichter was beischaffen kunnt. Vorm Ausgang haben wir an Steinblock über Walzen glegt, daß er gangen is wie a Tür. Die ganze Sennhütten hat der Jörg ausgräumt, daß ich a leichteres Hausen hätt. Alles hat er mir zutragen, was ich braucht hab zum Leben und zum Zeitvertreib. Und so is der Tag mei' Nacht gwesen, und d' Nacht mein Tag. Dös gstorbene Leben is mir allweil härter ankommen. Wann ich auch um deintwegen a bißl leichter denkt hab, seit mir der Jörg hat sagen können, daß's besser geht mir dir, so hat mich doch 's ander allweil schwerer druckt. Ich bin Soldat gwesen mit

Leib und Seel. Mein' auch, ich hab's bewiesen, wie's golten hat in Frankreich. A Schwur is allweil ebbes Heiligs. Und für a Mannsbild sollt's kein Schwur net geben, der ihm so heilig is als wie der Soldatenschwur. Heimat und Volk und Reich – dös alles is aufbaut auf'm Soldatenschwur. So hab ich allweil denkt. Und ich, der ich so stolz gwesen bin auf mein Kreuzl – ich hab's gmacht wie einer, vor dem ich selber amal ausgspien hab!"

Ferdl preßte die Fäuste über die Augen.

„Hundertmal hab ich mir gsagt: Stell dich, frag net, was kommt! Aber wann ich dem Jörg in die traurigen Augen gschaut hab, war's wieder aus. Und nacher hab ich am Bleiben halten müssen, und er hat trieben, daß ich fort sollt über die Grenz. Ich hab gmerkt, was er im Sinn hat. Sein' Finkenhof will er verkaufen. Den Finkenhof! Wo schon seit hundert und hundert Jahr allweil nach'm Vater der Sohn ghaust hat! Und mir z'lieb will er's tun, daß er mit mir und mit seine Leut fort kunnt nach Amerika! Ah na! Ehnder ich so ebbes zulaß, lieber bleib ich mein Leben lang im Berg – wenngleich seit die letzten Täg ebbes kommen is, was mich wieder ins Licht und unter d' Menschen zieht."

„Du wirst zurückkehren zu den Menschen, die dir lieb sind!" fiel Luitpold mit bewegten Worten ein. „Eines ist schon geschehen, um dir die Rückkehr zu erleichtern. Alle, die dich um meinetwegen anklagten, glauben heut –"

„Ich weiß. Heut in der Nacht is der Jörg bei mir gwesen. Dös dárf ich net zulassen."

„Auch nicht, wenn ich dein Schweigen fordern würde? Bei dem Andenken an unsere Johanna? Wo kein Kläger ist, wird auch kein Richter sein. Hast du nicht selbst gesagt, daß wir wett sind, wir beide? Es wäre auch nie so weit gekommen, wär ich nicht durch Wochen krank gewesen, nicht durch die Wunde auf meiner Stirn, durch die Wunde in meinem Herzen. Als die Besserung begann, haben sie mir deinen vermeintlichen Tod verschwiegen, um meine Genesung nicht zu gefährden. Weil niemand kam, um eine Aussage von mir zu fordern, mußte ich denken, daß wir beide allein, nur du und ich, von jener Begegnung auf der Schwelle meines Zimmers wüßten. Man glaubt, was man hofft, selbst wenn sich die Hoffnung an den Widersinn klammert. Dann führte mich meine Mutter nach dem Süden. Erst vor wenigen Tagen bin ich zurückgekehrt. Es drängte mich, dich aufzusuchen. Ich ging zu deinem Regiment. Da starrten sie mich an wie einen Verrückten. Erst jetzt erfuhr ich, was alle in meinem Hause vor mir verschwiegen hatten. Mein erstes Gefühl hat mir die Worte herausgetrieben, die dich freisprachen von aller Schuld. Und jetzt –"

Er faßte die Hände des anderen und sah ihm in die Augen.

„Wie dank ich es meinem Herzen, daß es mich hierhergetrieben, zu deinem Bruder, zum Grab meiner Johanna! Jetzt soll gut werden, was noch gutzumachen ist. Was du als Soldat getan hast? Da wirst du die Strafe auf dich nehmen müssen. Ich hoffe, sie wird keine allzu strenge sein. Die beste Fürsprach hast du an der guten Erinnerung, in der du bei den Vorgesetzten deines Regiments stehst. Und jetzt führe mich! Es drängt mich, bald zu tun, was ich tun kann. Und du versprich mir, nicht von hier zu gehen, bevor ich dich nicht hole. Komm! Es drängt mich auch, den Gidi von der Sorge zu befreien –"

„Der Gidi war net in der Hütten?" schrie Ferdl in Freude.

„Nein. Die Tür war von außen verschlossen. Wohin er gegangen ist?" Ein Lächeln. „Kann's vermuten."

„Na, na! Da is ebbes net in Ordnung!" stieß Ferdl in neuerwachender Sorge hervor. „Wann ich mich auf den Schuß bsinn, den ich ghört hab –"

„Ein Schuß?" fuhr Luitpold erschrocken auf. Kaum hörte er noch auf Ferdls Worte, der ihm einen Mantel und einen Hut aufzudrängen suchte, und war schon in der Mündung des Felsenganges verschwunden, ehe Ferdl die Fackel von der Wand zu reißen vermochte.

Sie gewannen das Freie und stiegen am Höllbachgraben hinunter. Von der Stelle, auf der die Jagdhütte gestanden, schimmerte noch eine matte Röte. Als sie den Almsteig erreichten, löschte Ferdl die Fackel, weil sie Stimmen hörten. Es waren zwei Holzknechte. Von ihnen erfuhren sie, was mit Gidi geschehen war. „Jetzt liegt er droben in der Brünndlhütten, auf der Sennerin ihrem Kreister. Es is a harter Schuß, den er kriegt hat. Er wird dran z'beißen haben, wann er's durchreißen will."

In hastigem Gange folgten Luitpold und Ferdl dem Steig. Als sie aus dem Wald auf die Almlichtung traten, sahen sie schon die blinkenden Fenster der Hütte und hörten die Leute reden, die vor der hellerleuchteten Türe standen, Sennerinnen der nächsten Alm und Schafhirten. Je näher sie der aufgeregten Gruppe kamen, desto deutlicher hörten sie eine Stimme aus den anderen heraus. „Der Dori!" flüsterte Ferdl und lauschte den Worten des Buben: „Ja, und so hat halt d' Enzi dem Gidi 's Leben grett! Dös is zum Neiden! So ebbes is a Glück! So a Glück hat halt an andrer net! Und wann er sich gleich d' Augen drum ausschaut. Und kunnt er 's Glück haben, so verschlaft er's! So a Hammel, so a gscherter, wie ich einer bin!"

Schon wurden die Leute auf die beiden aufmerksam, die sich näherten. Da reichte Luitpold seinem Gefährten schweigend die Hand. Sie verstanden sich auch ohne Worte.

Während Luitpold der Tür zuschritt, huschte Ferdl hinter die Hütte. Er kam an einem offenen, erleuchteten Fensterchen vorüber und verhielt den Schritt. Da drinnen sah er auf dem Kreister den Jäger liegen. Das blutleere Gesicht zeigte in der Umrahmung des schwarzen Bartes eine erschreckende Blässe; doch es war nicht entstellt, war ohne Schmerz. Ein Lächeln schmunzelte ruhig um Gidis Mund, während die glänzenden Augen an dem Gesicht des Mädels hingen, das mit zitternden Händen ein feuchtes Tuch über die entblößte Schulter des Jägers legte.

„Wie dös wohltut, Enzi!"

„Tu mir net reden! Ich bitt dich, so halt dich doch stad!"

„No ja! Aber gelt, jetzt hast mich halt doch in dei' Hütten gholt! So oder so!"

„Du? Bist denn narrisch?" fuhr Enzi auf. „Jetzt is er halbert hin! Und kann von söllene Dummheiten reden!"

„Ah, geh, dös bißl Blut! Ich muß dem Valtl noch a ‚Vergelts Gott' sagen. Sonst hätt ich lang warten müssen! Aber was ich sagen will – is keiner net da, der ummispringt zu mir in d' Hütten? Mein junger Herr Graf kunnt sich sorgen um mich, wann er aufwacht und ich bin net daheim."

„Jesus Maria! Dein Graf – ", hörte Ferdl die Enzi stammeln. Und sah mit dem gleichen Blick, daß Luitpold über die Schwelle der Hüttenstube trat. Da wandte er sich vom Fenster ab und schritt hinaus in die Nacht.

Er kam zum Eingang seiner Höhle, hob schon die Hand, um den Stein beiseite zu rollen, und ließ den Arm wieder sinken. „Luft muß ich haben! Und Stern muß ich sehen!" Er streckte sich hin auf das Gestein, verschlang die Hände unter dem Nacken und sah hinauf zu den funkelnden Augen des Himmels. Alle Erinnerungen der letzten Tage und Stunden zogen an ihm vorüber. Hoffnung und Unglaube kämpften in seinem Herzen.

Stunde um Stunde verrann. Zwischen den Kuppen der östlichen Berge tauchte schon, die Sterne löschend, eine fahle Blässe über den Himmel herauf, und drunten im Tale schieden sich die von Berg zu Berg gelagerten Nebel in mattem Grau vom tiefen Dunkel der steilgebauten Wälder.

Ferdl erhob sich. Nun begann seine Nacht. Schon streckte er die Hand nach der steinernen Pforte. Da war es ihm, als hätte er ein Geräusch gehört. Lautlos huschte er durch das Gezweig, erreichte die offene Platte und hätte fast vor Freude laut aufgeschrien, als er die Mädchengestalt gewahrte, die sich mühsam emporarbeitete über den rauhen Grund.

Sie! Sie kam wieder zu ihm! Die vor ihm geflohen in Furcht und Grauen! Unbeweglich verhielt er sich am Rand des Gebüsches und hörte das Mädel mit erloschener Stimme beten: „Lieber Herrgott! Grad noch a bißl Kraft!" Sie quälte sich taumelnd über das Geröll, lehnte sich atemlos an einen Felsblock, hob einen Stein von der Erde und warf ihn hinaus über den Rand des Höllbachgrabens.

Da vermochte sich Ferdl nicht länger zu halten. „Veverl!" jubelte er auf. „Du! Du kommst zu mir!" Mit ausgestreckten Armen sprang er auf das Mädel zu.

„Jesus Maria!" stammelte sie. „Jetzt is er schon da!"

„Du! Du kommst zu mir!" Ferdl umklammerte ihre eiskalten Hände. „So a Freud! Du! Du kommst zu mir! Wie soll ich dir dös vergelten, du Liebe, du Herzliebe du!"

„So mußt net reden! Net so freundlich und gut! Du hast mir bloß Liebs erwiesen, du hast mich bschützt vor'm Wetter, hast mich pflegt und hast mir mein' Fuß wieder gsunden lassen! Und ich bin fort von dir, ohne ‚Vergelts Gott‘! Straf mich, wie d' magst! Aber ihm mußt helfen, für den ich bitten komm. Was liegt an mir! Und wann's um mein Leben geht! Aber er hat Weib und Kinder. Und unschuldig is er. Da leg ich mei' Hand ins Feuer. Du mußt es ja wissen, weil d' alles weißt. Fang mit mir an, was d' willst. Behalt mich bei dir im Berg, ich will net erschrecken und gern will ich's leiden. Aber sei' Unschuld mußt erweisen, daß er wieder heim kann zu seine Kinder, die sich d' Augen ausweinen –" Sie schlug die Hände vor das Gesicht, und ihre Worte erstickten in Schluchzen.

„Veverl! So red doch! Was is denn passiert? Es wird doch mit'm Jörg nix gschehen sein?"

„Ja! Den Jörgenvetter haben s' fort! D' Schandarm sind kommen in der Nacht und haben Haussuchung ghalten. Und a Schleicher wär er, haben s' gsagt. Und haben ihn fortgführt, eini aufs Amt! Und unschuldig is er! Dös war bloß a Bosheit vom Kommandanten. Gestern hat mir d' Mariann verzählt, daß er mich heiraten möcht –"

„Ah, den schau an!"

„Und daß ihm der Jörgenvetter gsagt hat, er soll sich nix einbilden! Dös muß der Vetter jetzt büßen! Heut in der Nacht um elfe is er heimkommen, a schwere Krax auf'm Buckel, und der Kommandant is bei ihm gwesen und der ander Schandarm. Auf der Straß haben s' ihn troffen. Und der Kommandant hat ebbes gsagt von eim Gred unter die Leut und vom Valtl, der auf d' Schandarm allweil spöttelt: ob s' net wüßten, wo der Finkenbauer schlaft, wenn er net daheim is in der Nacht? Der Jörgenvetter is käsweiß gwesen übers ganze Gsicht, und wie man die

Kraxen aufbunden hat, sind lauter Schnitzersachen drin. Da sagt der Kommandant, wann der Vetter net ausweisen kunnt, daß die Sachen net einigschmuggelt sind von Tirol, so müßt er ihn fortführen aufs Amt. ‚So führts mich fort!' sagt der Jörgenvetter. Aber d' Mariann hat gjammert: ‚Jörg, Jörg, denk an deine Kinder! Jetzt mußt reden!' Kein Wörtl hat er gsagt und hat s' angschaut mit zwei Augen, daß d' Mariann zittert hat am ganzen Leib. Und hat ihm die Kinder gholt, in die Hemderln hat s' es bracht – und dös vergiß ich nimmer im Leben, wie s' ihn fortgführt haben! Und er hat doch gwiß nix Unrechts verübt! Du mußt es ja wissen! Und helfen mußt ihm, helfen!"

„Ja, Veverl! Wer kunnt besser helfen als ich! Aber sag mir, weiß die Mariann, daß du bei mir bist?"

„Um Gotts willen, na!" fuhr Veverl aus ihrer Freude erschrocken auf. „Ich weiß doch, daß bei so was 's Mitwissen von eim zweiten den guten Ausgang verdirbt. Es hat auch kei' Menschenseel erfahren, daß ich schon amal daheroben gwesen bin. Dei' Macht hat's gfügt, daß alle glaubt haben, ich wär auf der Wallfahrt gwesen. Und kein Sterbenswörtl hab ich gredt. Man därf net reden von so was, wenn man's erlebt hat. Sonst wär's aus und gar, und nie nimmer kunnt man –" Erschauernd bedeckte Veverl das Gesicht mit den Händen.

Schweigend stand Ferdl vor ihr. Trotz der Sorge um den Bruder spielte ein Lächeln um seinen Mund.

„Wie s' den Jörgenvetter fortgführt haben, is mein Denken allweil bei dir gwesen. Allweil hab ich mir gsagt: Ich weiß ein', der helfen kann! Und fort bin ich. Und du in deiner Güt, du hast mir's ja schon versprochen, daß d' helfen willst! Ich bitt dich um tausend Gotts willen, hilf! Und wann ich mich selber drum geben müßt."

An allen Gliedern zitternd, die Hände gefaltet, mit sehnsüchtigen Augen, aus denen die Tränen über ihre blassen Wangen fielen, stand sie im Dämmerschein des ergrauenden Morgens. Da zog er sie an sich, sah ihr froh in die nassen Augen und strich ihr die braunen Zaushärchen aus der Stirn. Sie duldete es und rührte sich nicht.

„Komm, Veverl! Setz dich a bißl nieder! Ich bin gleich wieder da." Zögernd gab er ihre Hände frei und sprang in die Stauden.

Als er wiederkam, führte er die Ziege an der Hand und hatte das Hansi auf der Schulter sitzen. „Da, Veverl, nimm!" Er reichte ihr den Vogel, nach dem sie unter stammelndem Dank mit beiden Händen griff. Dann schob er die Ziege von sich: „Geh, Zottin! Kennst dich ja aus daheroben! Jetzt kriegst a bessers Leben, als d' es bei mir hast haben können." Mit feuchten Augen sah er dem gierig grasenden Tiere nach, das ihm durch Monate Geselle seiner Einsamkeit gewesen war. „Komm, Veverl!" Er griff nach ihrer Hand, die sie ihm willig reichte, während sie mit der anderen ihr Hansi an der Brust gefangenhielt. So schritten sie talwärts, dem Ufer des rauschenden Höllbachs folgend.

Die Goldflut der erwachten Sonne lag schon über den Bergen, als die beiden im Tal aus dem Wald hervortraten auf die von dünnem Nebel überzogenen Wiesen.

An einer Stelle, an der sich der Fußweg teilte, blieb Ferdl stehen. Erschrocken sah Veverl zu ihm auf. Ein seltsam bedrücktes Gefühl beschlich ihr Herz.

„Jetzt, Veverl, gehn unsre Weg ausanander!" Seine Stimme war unsicher. „Der deinige geht heim, der meinige geht, wohin der Herrgott will. Morgen soll der Jörg wieder daheim sein bei der Mariann. Und tu net erschrecken, wann d' erfahrst, daß Geister Menschen werden. Pfüet dich Gott!"

Mit beiden Händen hielt er ihre Hand umklammert. Nun wandte er sich und kehrte wieder zu ihr zurück. „Vevi!" brach es dürstend aus ihm heraus. Er riß sie an seine Brust, und seine stammelnden Lippen suchten ihren Mund.

Sie wußte nicht, wie ihr geschah, wußte nicht, daß sie den eigenen Arm um seinen Nacken schlang, hielt die Augen geschlossen und trank unter Schauer und Zittern die heiße Glut dieses Kusses in ihr Leben.

Wer weiß, wie lang die stumme, glühende Zwiesprach dieser beiden Herzen gedauert hätte, wäre Hansi nicht zwischen Brust und Brust in drückende Gefangenschaft geraten. Mit ungemütlichem Krächzen zerstörte der boshafte Vogel den Zauber des Augenblicks.

Ferdl löste seine Arme, nahm Veverls Köpfl zwischen die Hände und sah sie an mit trunkenem Blick. „Jetzt, Vevi, soll kommen, was mag!" Er drückte noch einen herzhaften Kuß auf ihren Mund und sprang davon, im grauen Nebel verschwindend.

Veverl stand, als wäre sie eine Schicksalsgenossin der Frau Lot geworden. Es lag über ihr wie Rausch und Betäubung. Alles Denken war in ihr erloschen, Gefühl war alles, was in ihr lebte und zitterte: Gefühl des Glückes, Gefühl der Freude. Der Freude? Worüber? Doch wohl darüber, daß der Jörgenvetter wieder heimkehren sollte zu Weib und Kind? Das war beschworen, er hatte das versprochen. Er! Und da fing sie nun doch zu grübeln an. Ob es ihm leicht oder schwer werden würde, des Jörgenvetters Unschuld an den Tag zu bringen? Und welch ein Wort nur war das gewesen? Vom Menschwerden? Aber wie selbstverständlich war der Sinn dieses Wortes! Unter den Herren vom Gericht hatte doch keiner die Königsblume gefunden. Da mußte der Alf aus freien Stücken menschliche Gestalt annehmen, wenn er ihnen auseinandersetzen wollte, wie die Sache mit dem Jörgenvetter wäre. Und nichts, nichts, gar nichts hatte er von ihr zum Dank dafür verlangt. Im Gegenteil, er hatte sie noch mit ihrem Hansi beschenkt und hatte –

Sie schrak zusammen. Alles Blut schoß ihr zum Herzen. Er hatte sie geküßt! Und das wußte sie: Ein Geisterkuß tötet noch in der Stunde, in der man ihn empfangen. Sterben? Sie war so jung! Und die Welt ist so schön, die Berge, das Tal, der Wald, die Wiesen! Und sterben! Aber als sie in der Nacht davongesprungen war, dem Jörgenvetter zulieb? Hatte sie da nicht gleich gedacht, daß es ans Sterben ginge? Was lag an ihr! Der Jörgenvetter war gerettet. Und der Tod, der ihr bevorstand, konnte kein schmerzhafter sein. Das fühlte sie schon jetzt. Es war ihr, sie wußte nicht wie! Doch bevor er käme, dieser gute, leichte, süße Tod, sollte die Mariann noch ihren Trost haben.

erfahren hatte, daß Gidis Verwundung zwar eine bedenkliche sei, daß aber bei der eisernen Gesundheit des Jägers und bei der trefflichen Pflege, die ihm in Aussicht stand, das Beste zu hoffen wäre.

Ums Gebetläuten kam die Enzi in den Finkenhof. „Gelt, Bäuerin", sagte sie, „dös siehst ein, daß mich mein Gidi im Jagerhäusl nötiger braucht als wie der Finkenbauer auf der Brünndlalm. Mußt halt über a paar Wochen an Aushilf auffischicken."

Am anderen Morgen wackelte die Waben hinauf zur Almhütte. Als Dori, der unter der Hüttentür stand, die Alte über das Almfeld ‚daherknotschen' sah, fuhr er sich mit beiden Händen hinter die Ohren: „Uijeeh! Die Waben! Jetzt is's gut! An alts Weib muß mir auch noch übern Weg laufen! Da is mir 's Unglück sicher!" Trübselig guckte er der Näherkommenden entgegen.

„Schöne Sachen passieren daheroben!" pfiff es durch die Zahnlücken der Alten.

„Drunt muß auch net alles bei Verstand sein. Sonst hätten s' net dich da auffigschickt!" Dori verschwand in der Hütte.

Keifend folgte ihm die Alte. Als sie das vergrämte Gesicht des Buben sah, fragte sie doch mit Sorge, was ihm fehle.

„Nix!"

„Ssssso?" sagte sie, erkundigte sich nach dem Befinden der Kühe und begann vom Unglück des Finkenbauern und von der ‚gspaßigen' Krankheit zu erzählen, von der das Veverl befallen worden wäre. „Gestern in aller Fruh, da hör ich d' Finkenbäuerin in der Stub drin schreien: ‚Waben, Waben, Waben!' Und wie ich einikomm, liegt 's Madl auf'm Stubenboden. Schier a Stund hat's braucht, bis s' wieder d' Augen aufgmacht hat. Und seit der Zeit is 's Madl wie verwendt. Mit keim redt's a Wörtl, und allweil steht ihr 's Wasser in die Augen!"

Wortlos zappelte Dori auf den Heuboden hinauf, holte die Kraxe herunter und begann sie in Hast mit dem Almgewinn der letzten Tage zu beladen.

„Was treibst denn da?" staunte die alte Waben.

„Abtragen muß ich!" Dori sprach kein Wort mehr, bis er die Hütte verließ.

Je weiter er sich von der Alm entfernte, desto hetzender wurde sein Schritt. Auf dem ganzen Weg vergönnte er sich keine Sekunde Rast. Als er aus dem Wald auf die Wiesen trat, tropfte ihm der Schweiß vom Gesicht, und sein Atem rasselte.

Schon näherte er sich der Höllbachmühle. Da stutzte er plötzlich. Hurtig stellte er die Kraxe nieder, duckte sich und schlich zum Ufer des Baches hinüber. Hinter einem der Erlenbüsche, mit denen das Ufer bewachsen war, verbarg er sich. Ein Fuchs, der den zum Opfer auserlesenen, schöngefiederten Gockel belauscht, kann nicht gieriger funkelnde Augen haben, als Dori sie machte, während er durch das Buschwerk die Bewegungen des sechsjährigen Müllersöhnchens verfolgte, das keck über den schwankenden Balken hin und her spazierte, der unterhalb des Mühlausflusses den schäumenden Bach überspannte. So oft das Bürschl ein bißchen wackelig wurde, zuckte in Doris grinsender Hoffnungsfratze die Freude auf, die sich wieder verfinsterte, sobald der kleine Übermut mit schlagenden Armen das Gleichgewicht zu gewinnen wußte. „Schad! Jetzt hätt's ihn aber schiergar grissen!" Zwischen Sehnsucht und Enttäuschung hin und her geschüttelt, lauerte Dori, bis ihm ein unwillkommener Christengedanke sagte, was er da tat. „Ich bin einer! Kann da sitzen und drauf spechten, ob net dem armen Schluckerl a Sauerei passiert! Jetzt gehst mir aber!" Grimmig schoß er aus den Stauden heraus. Das Bübl auf dem Balken hörte die Büsche rascheln, sah ein bleiches Geistergesicht mit großem Maul und noch größeren Ohren, erschrak darüber, geriet ins Wackeln und plumpste mit grillendem Schrei vom Balken in die milchigen Wellen.

„Jetzt hat's ihn! Halleluuuija!" jubelte Dori und sprang mit glückseligem Satz dem Buben nach in den Bach. Hurtig erwischte er ihn bei dem nach oben gedrehten, zu einer Luftblase aufgeschwollenen Hosenboden und zerrte den kleinen Kerl ans Ufer, wo er ihn herzte und busselte, daß dem Buben Hören und Sehen verging. Dann ließ er das triefende, heulende Knirpsl stehen und rannte davon über die Wiese. Neben der Kraxe warf er sich ins Gras, wälzte sich wie ein Pudel und brüllte in Freude: „Ich hab eim Menschen 's Leben grett! Jetzt därf ich selber wieder leben! Mei' Sünd is gut gmacht und vergeben! Ich hab mir 's Leben wieder gwonnen! Mein Leben! Mein blutjungs Leben!" Kaum versiegen wollten die Tränen seines Glückes. Als er sich endlich erhob, sah er vergnügt an seinem plätschrigen Gewand hinunter. „So kann ich net gut ins Ort eini! Da muß ich mich z'erst a bißl trücknen!" Er nahm die Kraxe auf und lief zum Waldsaum. Hier hängte er seine Joppe über einen Fichtenboschen, dazu das Hemd und die Kurzlederne, machte sonderbar unästhetische Tanzbewegungen und streckte sich, nur noch bekleidet mit Wadlstutzen und Nagelschuhen, ins linde Moos, auf das die Sonne ihre brennende Mittagshitze herunterbullerte. Besonders schön und reizvoll sah der Dori als ‚fünfvertelnackichtes Adämle' nicht aus. Man hätte glauben mögen, daß er in einer Zeit erschaffen worden wäre, in der sich der liebe Gott über die Gestalt des zukünftigen Menschen noch nicht völlig im klaren war und sie beim ersten mißglückten Experimente formen wollte als eine in die Länge gezogene Mischung aus Spinne und Wäschekluppe. Schönheit war am Dori nur innerlich vorhanden. Sehr reichlich sogar. Trunkene Freude füllte sein Herz, wundersame Lebensbilder gaukelten vor seiner Seele, eine rieselnde Wärme begann in seinem Körper zu erwachsen, und das tat ihm so wohl, daß er in Behagen die Lider schloß und die rätselhaft gedrechselten Knochen dehnte. Stunde um Stunde verrann. Als er aus dem Schlaf erwachte, der ihn wider Willen überkommen hatte, lag schon die Abenddämmerung über Berg und Tal. Erschrocken fuhr er in die gründlich getrockneten Kleider, packte die Kraxe und fing zu rennen an, so besessen, daß die erwärmte Butter auf seinem Buckel sich vorzeitig in Schmalz verwandelte.

Im Finkenhof sah er durch die erleuchteten Fenster des Dienstbotenhauses die Ehhalten bei der Schüssel sitzen. Auch die Stubenfenster des Wohnhauses waren erleuchtet. Die Haustür fand er verschlossen. Er pumperte, und die Bäuerin öffnete ihm. Sein erstes Wort war eine Frage, wie die Sache mit dem Finkenbauer stünde?

„Es wird sich schon alles wieder machen!" gab Mariann kleinlaut zur Antwort.

„Und wo is denn 's Veverl?"

„Die is schon droben in der Kammer."

„So? Wie ich von der Waben ghört hab, wär 's Veverl krank?"

„Ah na! Doch weiter! Jetzt is kei' Zeit net zu eim Diskurs im Hausgang. Lad dei' Kraxen ab und trag alles in' Keller abi." Sie schritt ihm voraus in die Küche, entzündete ein Kerzenlicht und gab es ihm. Dann kehrte sie in die Stube zurück, während Dori die Kellertreppe hinunterstieg. Als er drunten seine Last auf die Fliesen gestellt hatte, lauschte er zum Hausflur hinauf und brachte aus der Kraxe ein zierliches Sträußl von Edelweißblüten zum Vorschein. „Ich steck's ihr hinter die Türschnall, da findt sie's gleich in aller Fruh!" Er streifte die Schuhe von den Füßen, huschte lautlos hinauf in den dunklen Hausflur und zur Treppe, die nach dem oberen Stockwerk führte. Auf der Treppe blieb er erschrocken stehen – er sah an Veverls Kammer die Tür offen, sah auf der Kommode den Leuchter mit der brennenden Kerze stehen. Schon wollte er geräuschlos den Rückzug antreten, da hörte er über sich aus einer Ecke des Ganges eine zischelnde Stimme: „Ich rat dir's im guten, tu kein' Muckser, vor ich net draußen bin aus'm Haus!" Das Blut wollte ihm gerinnen beim Klang dieser Stimme. Er spähte durch die Geländerstäbe dem Winkel zu, aus dem er sie gehört hatte – sah das Mädel zitternd an die Wand gedrückt und vor ihr die dunkle Gestalt des Burschen, den er an der Stimme erkannt hatte, bevor er noch in dem halben Dunkel die scharfen Züge und den langen Schnurrbart gewahrte. „Lump, du gottverfluchter!" kreischte Dori und sprang die Treppe hinauf. Als er die oberste Stufe erreichte, warf Valtl sich über ihn. Dori brach unter der Wucht dieses Stoßes in die Knie, im Stürzen riß er den Burschen mit sich nieder, und die beiden kollerten mit Gepolter die Treppe hinunter bis auf die Steinplatten des Hausflurs. Unter Hilferufen eilte Veverl auf die Treppe zu, hörte einen stöhnenden Schrei des Dori und sah, wie Valtl die Haustür aufriß und wie ihm Dori mit beiden Fäusten schon wieder an der Gurgel hing.

Da flog die Stubentür auf, und die Mariann erschien auf der Schwelle. „Um Gotts willen! Was is denn?"

„Der Dori und der Valtl!" stammelte Veverl. „In meiner Kammer bin ich gwesen, hör an Schritt auf der Dachbodenstieg, will nachschauen, und wie ich die Tür aufmach, steht der Valtl vor mir und halt mir 's Messer hin."

„Jesus!" schrie die Bäuerin. Sie sprang zur Haustür hinaus, sah einen dunklen Knäuel, der sich über den Hof hin gegen die Straße balgte, und hörte Doris röchelnde Stimme: „Du willst der Veverl ebbes anhaben? Du? Du willst der Veverl ebbes anhaben?" In ihrer Sorge kreischte Mariann in die Nacht hinaus: „Leut! Leut! Leut!"

Da rannten sie aus dem Gesindehaus herbei, aus allen Nachbarhöfen, mit Stöcken, mit Lichtern. Alle sprangen der Straße zu. Und da fanden sie den Valtl ausgestreckt auf dem Boden, das blutige Messer in der zuckenden Faust, an der Kehle gewürgt von Doris Händen, der über ihm lag mit der unbegreiflichen Form eines krampfhaft zuckenden Körpers. Die Weiber schrien, während die Männer sich über die beiden warfen. Einer zerrte das Messer aus Valtls Hand, die anderen suchten den Dori aufzurichten. Der hing mit seinen Fäusten an Valtls Hals verklammert, und immer schrillte es von seinen Lippen: „Du willst der Veverl ebbes anhaben? Du? Du willst der Veverl ebbes anhaben?" Er verstummte auch nicht, als es den Männern endlich gelang, ihn fortzureißen gegen den Straßenrain. Die anderen sprangen auf Valtl zu, um ihn dingfest zu machen. Erschrocken wichen sie zurück, als der Knecht keine Hand zur Abwehr regte. Leblos lag Valtl auf der Straße, erdrosselt von Doris Fäusten.

Jetzt erlosch auch das Geschrei des Dori in gurgelndem Stammeln. Aus dem wirren Lärm hörte man eine Frauenstimme: „Jesus Maria, es reißt ihn um!" Und einer der Männer schrie: „Es rinnt ja 's Blut von ihm abi wie lauter Bacherln!"

„Holts den Pfarr! Tragts ihn eini ins Haus! Laufts um an Dokter!" schrillten die Stimmen der Leute, die den blutenden Buben umstanden.

Der Schmied drängte sich durch den Kreis, hob den Dori vom Boden auf und trug ihn zur Gesindestube. Hier legte er ihn auf die Kissen und Decken nieder, die man aus der Mägdekammer herbeischleppte und über die Dielen breitete.

Mariann rannte ins Wohnhaus hinüber, um Tücher und Essig herbeizuschaffen. Veverl kniete neben dem Dori und hielt seine Hand umschlossen. Ein mattes Lächeln lag um den blassen Mund des Buben, und ein feuchter Glanz war in seinen Augen. „Mußt net weinen, Veverl! Dir is nix gschehen! Heut weiß der Mensch wieder amal, daß er an hilfreichen Herrgott hat."

„Dori, Dori!" klagte das Mädel.

„Mußt dich net sorgen, Veverl! Dös tut mir nix! Ich därf wieder leben, ich hab mir mein Leben wieder gwonnen!" Doris Stimme dämpfte sich zu mattem Flüstern. „Selbigsmal in der Nacht, eh man d' Hanni heimbracht hat, da hab ich an Streit ghabt mit'm Valtl – und wie ich zur Stuben aussi bin, is er mir nach – derwischt hat er mich net – auf an Baum bin ich auffi, drüben beim Haus – und in der Hanni ihrem Stübl hab ich dich gsehen – und angrufen hab ich dich – ganz stad – und wie dös Schüsserl zum Fenster gstellt hast und den Wecken – da hab ich gmeint, es ghört für mich – und wann er Hunger hat, der Mensch, no ja, da frißt er halt, weißt!"

In einem Röcheln erstickten seine Worte, schwer hob sich seine Brust, ein schmerzvolles Zucken flog über sein Gesicht, und tief drückte er den Kopf in das Kissen, so daß die kalkweiß abstehenden Ohren nach vorne klappten und fast die blutleeren Wangen berührten.

„Sorg dich net, Veverl – mei' Sünd is büßt. Ich därf wieder leben! Ich hab an Menschen aussigrissen aus der kalten Ewigkeit – 's Müllerbübl hab ich aus'm Wasser zogen und hab mir 's Leben gwonnen – und muß net sterben! Jetzt därf ich leben –" Immer leiser war seine Stimme geworden. Ein Zittern überrann seinen

Körper, und der schwere Kopf schien zwischen den Schultern zu versinken. So lag er eine Weile regungslos. Nun streckte er sich mit lächelndem Seufzer. Und über seine lebensfrohen Augen legte sich der Schleier des Todes.

„Dori!" schrie das Veverl, während die anderen, die den stumm gewordenen Buben umstanden, mit murmelnden Stimmen zu beten begannen.

Als der Doktor kam, blieb ihm nichts anderes mehr zu tun, als die Todesursache festzustellen. Er fand in Doris Brust und Schultern sieben Stiche, jeder ausreichend, um einer Menschenseele das Türlein ins bessere Jenseits aufzusperren. Fast unglaublich erschien es, daß einer mit solchen Wunden noch die Kraft besaß, einen anderen zu überwältigen. „Der Bub muß ein Leben gehabt haben wie ein Hirsch in der Brunft", sagte der Doktor, „oder wie ein Heiliger im Martyrium."

## 14

Zwei Tage vergingen. Dori wurde zur Ruhe getragen. Das war ein Begräbnis, als würde der reichste Bauer des Tals in die Ewigkeit befördert, nicht der ärmste Hüterbub des Dorfes. Gerechtigkeit im Leben ist selten. Der Tod erinnert sich ihrer zuweilen. –

Wieder kehrte Tag um Tag im Finkenhof ein. Keiner brachte den Jörg. Gleich am dritten Tag nach seiner Verhaftung war eine Botschaft an die Bäuerin gekommen: seine Sache wäre in Ordnung, aber die Mariann sollte ihn nicht erwarten; die Ungewißheit über Ferdls Schicksal ließe ihm keine Ruhe, und er möchte in München bleiben, bis in Ferdls Sache etwas entschieden wäre.

Weiter war keine Nachricht mehr gekommen. Fast wußten die Leut im Dorfe mehr von Jörg und Ferdl als im Finkenhof die Mariann und noch eine andere, die nie eine Frage tat, an jedem Morgen aber mit einem flehenden Blick ihrer verstörten Augen an dem Gesicht der Bäuerin hing.

In den Zeitungen hatten die Leute die erste Nachricht von Ferdls Auferstehung gelesen und hatten erfahren, daß jener böse Verdacht, in dem er gestanden, durch eine Aussage des Grafen völlig von ihm genommen wäre, so daß Ferdl nur dem Spruch des Militärgerichts unterstünde. In allen Stuben wurde die Sache unermüdlich verhandelt. Wieder führte der Brennerwastl das große Wort. Wenn er das schmalzig glänzende Köpfl wiegte und mit blinzelnden Augen behauptete: „So ebbes hab ich mir lang schon denkt!" – dann wagte niemand diesen Ausspruch zu bezweifeln. Keiner der Burschen hörte es gerne, wenn ihnen Wastl die Geschichte mit dem Dori unter die Nase rieb und daran den Vorwurf knüpfte: „Hätts mir gfolgt! Nacher lebet der arme Schlucker noch! Aber allweil is dös a so: Is a Gscheiter in der Welt und sagt er ebbes Verstandsams, so lusen d' Rindviecher auf alles andre, bloß net auf's richtige Wörtl. Da drüber muß ich reden mit unserm Herrgott, wann ich auffisäusel. So geht's net weiter. Da muß amal a Wandel kommen."

An der Haustür des Finkenhofes liefen die Neugierigen fast die Schwelle krumm. Die Mariann wußte sie kurz und bündig abzufertigen: „Ich weiß nix! Laßts mir mei' Ruh!" Die einzige, mit der sie sich aussprach, war die Emmerenz. Jeden Abend, wenn die Enzi in der Krankenpflege für eine Erholungsreise von der Schloßhauserin abgelöst wurde, kam sie auf ein Stündl in den Finkenhof und brachte immer gute Nachricht von Gidis Besserung. „Gidi" zu sagen, das hatte sie freilich verlernt. Jetzt sagte sie immer: „Der Meinige!"

Bei solchen Plauderstunden war Veverl selten zugegen. Fast die ganzen Tage saß sie in ihrer Kammer, mit einer Näharbeit beschäftigt. Wie viele Seufzer und Tränen stichelte sie da hinein! Das änderte sich freilich mit dem Morgen, an dem die Mariann von Jörg einen langen Brief erhielt, einen Brief voll Jubel und Freude. Alles wäre gut; das Militärgericht hätte seinen Spruch getan; in Rücksicht auf Ferdls gute Führung, auf seine im Krieg bewiesene Tapferkeit, auf den Umstand, daß seine Dienstzeit ohnehin zwei Tage später zu Ende gewesen wäre, und in Erwägung der Tatsache, daß er sich selbst wieder gestellt hätte, wäre seine Flucht nicht als Desertion zu betrachten, nur als ‚willkürliche Absentierung vom Regiment, begangen im Zustand hochgradiger Aufregung über den Tod einer nahen Verwandten'. Der Brief schloß mit den Worten: ‚So hat er die gnädigste Straf kriegt, fünf Tag Mittelarrest. Nacher muß er seine zwei letzten Tagschichten noch ausdienen. Und mich laßt's net fort aus der Stadt, ich muß drauf warten, bis er frei is, daß wir mitanander heimzu können.'

Vor Freude glänzte das Gesicht der Bäuerin, als sie diesen Brief in Veverls Hände legte. Unter Zittern begann das Mädel zu lesen und brach in Schluchzen aus.

„Aber Veverl, mußt doch auslesen!" lachte die Mariann. „Schau, ganz unten am Briefl steht noch ebbes aufgschrieben."

Das Veverl guckte unter Zährengetröpfel in den Brief und las: „Gelt, Mariann, schau Deine Kästen nach, ich mein', es wird bald Hochzeit geben im Finkenhof." In scheuem Schreck hob Veverl die Augen. Als sie den heiter zwinkernden Blick der Mariann gewahrte, färbten sich ihre Wangen mit glühendem Rot.

Von dieser Stunde an blühte das Veverl auf wie eine Rose unter der Junisonne. Mit aller Innigkeit ihres Wesens umschlang sie den köstlichen Besitz, den ihr Herz gefunden und erworben, während jene traumhafte Welt, in der sie bislang gelebt und geatmet hatte, in Trümmer brach. Die Königsblume ohne Macht und Geheimnis! Kein Edelweißkönig! Kein Alfenreich! Nicht Wunder, noch Zauber! Alles nur greifbare Wirklichkeit! Und der Dori dahin, trotz der Sühne, die er geleistet, trotz der heiligen Bannwurzel, die er um den Hals getragen! Jeder dieser Gedanken hatte eine klaffende Bresche in die Schutzwehr ihrer Geisterwelt gerissen. Und endlich waren sie ausgetrieben, die Alfen und Wichte, die Feen und Waldweiblein, und wo sie sonst in Dämmerung gehaust hatten mit sicherem Behagen, herrschte jetzt der irdische Tag mit seinem hellen, lachenden Himmel.

Nur Liebe noch und Sehnsucht war Veverls ganzes Fühlen und Denken. Und wie glücklich war sie bei diesem Bangen und

Harren – wenn auch immer wieder das trauernde Erinnern an den guten Buben, der nun draußen lag in kühler Erde, ihr Glück zu trüben kam, wie ein Wolkenschatten hinhuscht über sonnige Wiesen.

Dann war es eines Abends. Veverl saß in der Stube bei den Kindern. Da stürzte die Mariann herein – „Veverl! Sie kommen!" – flog wieder hinaus in den Hof, und hinter ihr her die beiden Kinder. Veverl sprang auf und stand wie gelähmt. Blaß und zitternd hörte sie die näher kommenden Stimmen. Jetzt erschienen sie unter der Tür, der Jörgenvetter und die Mariann und ihnen voran ein schmucker Soldat mit lachendem Mund und glänzenden Augen, das Braunhaar militärisch gestutzt, der Geisterbart zusammengeschwunden auf einen netten Schnauzer. Er streckte dem Mädel die beiden Hände hin. Und als das Veverl noch immer ohne Laut und Bewegung blieb, fragte er: „Du? Hast denn für dein' Edelweißkönig net a Bröserl Grüßgott?"

Sie taumelte lachend auf ihn zu und hing mit Weinen und Stammeln an seinem Hals.

Schweigend blickte Jörg auf die beiden, winkte die Mariann zu sich, nahm die Kinder bei der Hand und verschwand mit ihnen in der Kammer. Dort beschwichtigte er das neugierige Geplapper des kleinen Paars und begann der Mariann zu erzählen, alles, was er zu erzählen hatte.

Als Jörg sich endlich erhob und unter die Stubentür trat, saß der Ferdl am Tisch. Und Veverl, das Köpfl an seine Schulter gelehnt, blickte mit leuchtenden Augen an ihm hinauf.

Vier Wochen später wurde im Dorf zu einer Doppelhochzeit gerüstet: für Ferdl und Veverl – für Gidi und Emmerenz. Am Morgen der Hochzeit strömten die Leute aus dem ganzen Tal zusammen, daß die Kirche kaum die Menge der Menschen zu fassen vermochte. Als die zwei jungen Paare unter Trompetengeschmetter und Klarinettenklängen aus dem Kirchenportal über den Friedhof wanderten, stockte der Zug. Ferdl und Veverl standen vor Johannas Grab und vor dem jungen Hügel des

Dori. Neugierig drängten die Leute näher, reckten die Köpfe und sahen, wie Veverl den bräutlichen Rosmarinstrauß, den sie am Mieder trug, mit zitternden Fingern löste und die grünen Zweige niederlegte auf die mit welkenden Blumen bedeckten Hügel. Wortlos blickte sie zu dem Gesicht ihres Mannes auf, als möchten ihre Augen ihn fragen, ob sie auch recht getan. Ferdl nickte. Und wieder setzte sich der Zug in Bewegung. Während die Böller krachten, daß die Berge hallten, taten die Musikanten ihr Bestes, bis das Wirtshaus erreicht war, in dem das Mahl schon auf die Gäste wartete.

Von den Geladenen waren nur zwei nicht erschienen. Der eine war ferngeblieben, obwohl man ihn sehnlichst erwartet hatte und schmerzlich vermißte. Er hatte dem Gidi einen Glückwunsch gesandt, dazu den ‚gräflichen Förster‘ mit einer Gehaltserhöhung, die den ‚gesunden Appetit der Emmerenz‘ in Rechnung zog. Dem Ferdl hatte Luitpold geschrieben, daß er gerne gekommen wäre, wenn er nicht gefürchtet hätte, durch die Stimmung, die der Anblick soviel jungen Glückes in ihm erwecken müßte, die Freude der anderen zu trüben. Mit diesem Brief war ein Brautgeschenk für das Veverl eingetroffen: der Schmuck, den sie am Halse trug – sechs goldfarbene Topase, im Kreis umringt von spitzgeflammten, aus kleinen Perlen gebildeten Zacken – ein Edelweiß mit dreißig Strahlen.

Der andere der beiden, die nicht kamen, war Herr Simon Wimmer. Der Aufenthalt im Dorfe hatte für ihn, wie man zu sagen pflegt, ein paar kitzlige Haare bekommen; er hatte um seine Versetzung nachgesucht, sie war ihm gewährt worden, und da hatte er seine Abreise gerade auf den Hochzeitsmorgen festgesetzt, ein boshafter Racheakt, durch den er die allgemeine Fröhlichkeit beträchtlich erhöhte. Ihm selbst entging dadurch ein munterer Kunstgenuß und die stolze Genugtuung, sich eingereiht zu sehen unter die poetisch besungenen Helden und Geistesgrößen der Menschheit. Die achtundvierzig gleichklingenden Reime, die der Hochzeitslader auf die Leitworte Simmerle Wimmerle ersonnen hatte, mußten in Abwesenheit des lyrisch Gefeierten verlesen werden.

An Stelle dieses Geladenen, der in mehrfacher Hinsicht verzichtet hatte, war an der festlichen Tafel ein Ungeladener erschienen – der weiße Hansi. Obwohl in Tierseelen schwer zu lesen ist, könnte die Vermutung ausgesprochen werden, daß Hansi vielleicht die Pflicht empfand, bei diesem glückreichen, aus Schmerzen aufgeblühten Lebensfest die versunkene Alfenwelt nach Kräften zu vertreten. Entsprechend dieser Sendung, erschien er nicht nach irdischer Art durch die Stubentür, sondern mit lautlosem Geisterflug durchs offene Fenster, erwies sich aber in allem übrigen dieser ans Geheimnisvolle streifenden Aufgabe durchaus unwürdig. Von Teller zu Teller hüpfend und gierig von allen Schüsseln schnappend, überfutterte sich der weiße Vogel so unverständig, daß er bei aufgeplustertem Gefieder wie kropfig aussah, einen mißmutigen Blick und eine fettige Stimme bekam, unverkennbar den Eindruck eines schwerverbitterten Pessimisten machte und schließlich – was er ganz und gar nicht zu verheimlichen verstand – sich überaus unpäßlich fühlte.

Daß die Kinder darüber jubelten, ist bei ihrem Mangel an Lebensweisheit verzeihlich. Es gab aber auch erwachsene Leute, sehr viele sogar, die bei so unappetitlichem Anblick sich belustigen konnten. Nur die Mariann, die sich um die Nettigkeit der Hochzeitstafel sorgte, wurde wütend und schimpfte: „Machst net, daß d' weiter kommst, du Rabenviech, du ausgfärbts!"

Sonst war die Mariann eine gerechte Seele. Hier erwies sie sich als ungerecht. Schließlich hatte doch der weiße Vogel nichts anderes verbrochen, als daß er nach einer nebulosen Vergangenheit ehrlich allem Geisterhaften entsagte und sich rückhaltlos als reales, ein bißchen entartetes Tier erwies. Aber es ist eine alte Kindertorheit zahlreicher, manchmal sogar sehr liebenswerter und verständiger Menschen: daß sie von den Dingen des Lebens immer verlangen, sie sollen anders sein, als die Natur sie erschaffen hat. Der Brennerwastl hätte wieder einmal sagen können: „Da muß a Wandel kommen!"

Ein guter, wohltätiger Berggeist ist er, der Edelweißkönig, der den Menschen hilft, wenn sie in Not sind. Freilich erscheint er nicht jedem. Nur wer das Königsblümel gefunden hat, ein Edelweiß, fünfmal so groß wie die gewöhnlichen Blüten, und wer dazu noch das rechte Sprüchlein weiß, vor dem taucht er auf – so weiß das wundergläubige Veverl den Kindern des Finkenbauern zu erzählen. Und ahnt in diesem Augenblick noch nicht, daß sie selbst bald den Edelweißkönig rufen und sehen wird ...

Der Finkenbauer Jörg, sein Bruder Ferdl und das Hannerl, die Jüngste, hängen seit dem frühen Tod der Eltern mit großer Zärtlichkeit aneinander. Auch als sich ihre Wege trennen – Jörg übernimmt den elterlichen Hof, Ferdl wird Holzschnitzer und die zu einem bildschönen Mädchen herangewachsene Hanni geht in die Stadt, als Gesellschafterin der Gräfin, mit deren Sohn die drei Geschwister schon als Kind gespielt haben –, reißt das Band geschwisterlicher Liebe nicht ab. Da stürzt plötzlich der Himmel über dieser kleinen, friedlichen Welt ein: Hanni sucht freiwillig den Tod, Ferdl glaubt, den vermeintlichen Entehrer seiner Schwester getötet zu haben und flieht; unterstützt vom Bruder, in die Berge ...

Wie in so vielen seiner Bücher versteht es Ganghofer auch im »Edelweißkönig«, eine ungemein dramatische Handlung vor dem gebannten Leser zu entrollen. Aber ganz wie im wirklichen Leben gibt es auch bei Ganghofer nicht das pechschwarze, durch keinen Hoffnungsschimmer aufgehellte Unglück. Was so verworren schien, löst sich glücklich, nicht zuletzt durch die Mithilfe des Edelweißkönigs.